坚净居忆往

启功 著

图书在版编目（CIP）数据

坚净居忆往 / 启功著. — 南京：江苏凤凰文艺出版社，2017
（名家书坊）
ISBN 978-7-5399-9483-3

Ⅰ. ①坚… Ⅱ. ①启… Ⅲ. ①散文集－中国－当代 Ⅳ. ①I267

中国版本图书馆 CIP 数据核字(2016)第 171183 号

书　　　名	坚净居忆往
著　　　者	启　功
责 任 编 辑	蔡晓妮
责 任 校 对	史誉遐　王娜娜
出 版 发 行	江苏凤凰文艺出版社
出版社地址	南京市中央路 165 号，邮编：210009
出版社网址	http://www.jswenyi.com
印　　　刷	江苏凤凰新华印务有限公司
开　　　本	880×1230 毫米 1/32
印　　　张	7.75
字　　　数	170 千字
版　　　次	2017 年 2 月第 1 版　2017 年 8 月第 2 次印刷
标 准 书 号	ISBN 978–7–5399–9483–3
定　　　价	39.00 元

（江苏凤凰文艺版图书凡印刷、装订错误可随时向承印厂调换）

目录

往事丝缕

003　我的几位恩师
021　我和荣宝斋
023　"上大学"
030　陈垣先生教我教书
033　我是怎样成为"右派"的
039　我所尊重的李长之先生
042　夫子循循然善诱人
　　　——陈垣先生诞生百年纪念
060　仁者永怀无尽意
　　　——回向赵朴初先生
064　哲人·痴人
068　忆先师吴镜汀先生
070　谈谈李叔同先生的为人与绘画
078　溥心畬先生南渡前的艺术生涯
098　平生风义兼师友
　　　——怀龙坡翁
101　记齐白石先生轶事

109　我教古典文学"唐宋段"的失败

114　钟敬文先生的做人和治学

118　北京师范大学百年纪念私记

论画与书

133　唐末到宋初的几位山水画家

137　柳宗元文三次不幸遭遇

139　李唐、马远、夏圭

144　杆儿

147　谈《韩熙载夜宴图》

159　记《棟亭图咏》卷

165　谈南宋院画上题字的"杨妹子"

171　斜阳暮

174　望江南

177　故宫古代书画给我的眼福

185　池塘春草、敕勒牛羊

189　苏诗中两疑字

192	坡词曲解
195	漫谈学习书法
198	金石书画漫谈
212	我心目中的郑板桥
218	恽南田的书髓文心
	——记恽南田赠王石谷杂书册
226	玩物而不丧志
230	谈诗书画的关系
240	台北故宫博物院珍藏书画精品复制品展览观后感言

往事丝缕

我的几位恩师
我和荣宝斋
"上大学"
陈垣先生教我教书
我是怎样成为"右派"的
我所尊重的李长之先生
夫子循循然善诱人
仁者永怀无尽意
哲人·痴人
忆先师吴镜汀先生
谈谈李叔同先生的为人与绘画
溥心畬先生南渡前的艺术生涯
平生风义兼师友
记齐白石先生轶事
我教古典文学"唐宋段"的失败
钟敬文先生的做人和治学
北京师范大学百年纪念私记

我的几位恩师

　　大约从十五岁到二十五岁，我有幸结识了一些当时知名的艺术家、诗人、学者，如贾羲民、吴镜汀、戴姜福、溥心畬、溥雪斋、齐白石等先生，并向其中的一些人正式拜过师。在他们的教诲下，我日后比较见长的那些知识、技艺才打下根基，得到培养。在我回忆成长过程时，不能不提及他们。我曾经写过《记我的几位恩师》《溥心畬先生南渡前的艺术生涯》及《记齐白石先生轶事》等文章，记载了他们的有关情况，现把和我相关的一些情况再概述并补充一下。

　　贾羲民和吴镜汀　　羲民先生名尔鲁，又名鲁，原以新民为字，后改为羲民，北京人。镜汀先生名熙曾，镜汀是他的号，长期客居北京。我虽然自幼喜爱绘画，也下过一些功夫，比如我家有一卷王石谷《临安山色图》的珂罗版照片，原画已流入日本，当时能得到它的照片已很不易，不像现在能见到那么多的王石谷真迹，所以我到现在还保留着这幅照片。我和我五叔祖曾一起用心临摹过它。又经热心人帮助，还找到 1926 年(丙寅)我画的一张菊花小册页。但这些仅是凭着小聪明，还不具备专业的素质。为了能登堂入室，大约升入中学后不久，我即正式磕头拜贾先生为师学习绘画。贾老师一家都是老塾师，他本人原也做过北洋政府部曹一类的小官。贾老师不但会画，而且博通经史，对书画鉴定也有很深的造诣。那时画坛有这样一个定义不太明确的概念和分法——"内行画"和"外行画"。所谓"内行画"是指那种注重画理、技巧的画，类似王石谷那样画什么像什么;所谓"外行画"是指那种不太注重画理、技巧的画,画的山不像山,水不像水,类似王原祁,有人说他画的房子像丙舍——坟中停灵的棚子。贾先生是文人,他不同意这种提法,认为这样的词汇不应是文人论画所使用的语言;而吴先生却喜欢用这种通俗的说法来区分这两派不同的画风。正由于贾先生是文人,所以他不太喜欢王石谷而喜欢王原祁,我现在还保留着他的一张小幅山水,很能看出他的特点。也正因如此,他在当时画界不太被看重,甚至有些受排挤。贾老师曾经参加过一个画会,它是由金绍城又名金城(号巩北、北楼)倡立的。金先生是王世襄先生的舅舅,为了提高这个画会的地位,他请来周肇祥做会长,因为周是民国大总统徐世昌的学生,又做过东北葫芦岛开辟督办,有的是贪污来的钱。这个画会后来办了一个展览,金先生把贾先生的参展作品放在很不起眼的角落里。贾先生受到这个冷遇后,就主动写了一封信,声明退出画会。

贾先生对我的教益和影响主要在书画鉴定方面,由于他是文人,学问广博,又会画,所以书画史和书画鉴定是他的强项。他经常带我去看故宫的书画藏品。平时去故宫,门票要一块钱,这对一般人可不是小数目,而每月的一、二、三号,实行优惠价,只需三毛钱,而且这三天又是换展品的日子,大量的作品都要撤下来,换上新的,只有那些上等展品会继续保留一段时间,而有些精品,如董其昌题的范中立《溪山行旅图》、郭熙的《早春图》等会保留更长的时间。所以我对这类作品印象非常深,现在闭起眼睛,还能清楚地想象出它们当时挂在什么位置,每张画画的是什么,画面的具体布局如何。如《溪山行旅图》树丛的什么位置有"范宽"两个小字,《早春图》什么地方有一个"郭熙笔"的图章,什么地方有注明某年所画的题款,都清楚地印在我的脑中。由于有优惠,我们天天都盼着这三天，每当这三天看完展览，或平时在什么地方相遇，分手时总是说："下月到时候见！"每看展览，贾先生就给我讲一些鉴定、鉴赏的知识，如远山和远水怎么画是属于北派的，怎么画是属于南派的，宋人的山水和元人的山水有什么不同等等。这些知识和眼力是非常抽象的，只靠看书是学不会的，必须有真正的行家当面指点。有一回我看到一张米元章的《捕蝗帖》，非常欣赏，可贾先生告诉我这是假的。我当时还很奇怪，心想这不是写得很好吗？后来我见得越来越多，特别是见了很多米元章真迹的影印本，再回过头来看这张《捕蝗帖》，才觉得它真的不行。又如，最初见到董其昌的很多画，难以理解：明明是董其昌的落款，上面还有吴荣光的题跋，如《秋兴八景》等，但里面为什么有那么多的毛病？比如画面的结构不合比例，房子太大，人太小；或构图混乱，同一条河，这半是由左向右流，那半边又变成由右向左流；还有的画面很潦草，甚至只画了半截。开始，我认为这些都是假的，或代笔的画手太不高明。贾老师便告诉我，这并不全是假的，而是属于文人那种随意而为的"大爷高乐"的作品——"大爷高乐"是《艳阳楼》戏中"拿高登"的一句戏词："大爷您在这儿高乐呢！"——画家也常有些不顾画理，信手涂抹的"高乐"之作，特别是文人画，并没什么画理可讲。还有些画，可能是自己起草几笔，然后让其他画手代为填补，所以画风就不统一了，因此不能把它们一概视为赝品。贾老师的这些教诲使我对文人画有了进一步的了解，对真画假题、假画真题、半真半假的作品有了更深的理解。有时只我一个人到故宫看展览，这时最希望能遇到一些懂行的老先生，每当他们在议论指点时，我就凑上去，听他们说什么，有时还不失时机地向他们请教一下，哪怕得到的只是三言两语，但都极有针对性，都使我受益匪浅。

　　随着知识和鉴赏能力的提高，我鉴定作品真伪的能力也逐步提高。如前面提到的那两幅画：郭熙的《早春图》，有钤章，有题款，画法技巧纯属宋人的风格，非常难得，无疑是真品。而范中立的《溪山行旅图》仅凭画面树丛里有"范宽"两个题字，就能断定它是赝品。因为据郭若虚《图画见闻志》载："(范宽)名中正，字中立(也作仲立)，华原人，性温厚，故时人目之为范宽。"可见范宽是绰号，形容他度量大，不斤斤计较。试想他怎么能把别人给他起的外号当做落款写到画面里呢？比如有人给我起外号叫"马虎"，我能把它当落款题到画上吗？天津历史博物馆也有一张类似风格的作品，落款居然是"臣范宽画"，这更没谱了，难道他敢在皇帝面前大不敬地以外号自称？这又不像戏里可以随便编。有一出包公戏，写包公见太后时称"臣包黑见驾"，这在戏里行，但在正式场合绝对不行。这都是一些原来没落款的画，后人给它妄加上的。这些观点虽然不都是贾老师亲口传授，但和他平日点滴的"润物细无声"的培养是分不开的。

贾老师和吴老师的关系很好。贾老师有一块很珍贵的墨，送给了吴老师，吴老师把他的一幅类似粗笔的王石谷的画回赠给贾老师。贾老师把它挂在屋里，我还从他那里借来临摹过。实话实说，当初我虽投奔贾老师学画，但心里更喜欢所谓的"内行画"，也就是吴老师这派的画。后来我把这个意思和贾老师说了，他非常大度，在一次聚会上，主动把我介绍给吴老师，并主动拜托吴老师好好带我。这事大约发生在我投贾老师门下一年多之后。能够主动把自己的学生转投到别人门下，这种度量，这种胸襟，就令人肃然起敬，所以说跟老师不但要学做学问，更要学做人，贾老师永远是我心中的恩师。

吴老师的"内行画"确实非常高明，他能研究透每种风格、每个人用笔的技法，如王原祁和王石谷的画都是怎样下笔的，他可以当场表演，随便抻过一张纸来，这样画几笔，那样画几笔，画出的山石树木就是王原祁的风格，再那样画几笔，这样画几笔就是王石谷的味道，还能用同样的方法表现出其他人的特点与习惯。这等于把画理的基本构成都解剖透了，有点现代科学讲究实证的味道，真不愧"内行"中的"内行"。这不但提高了我用笔技法的能力，而且对日后书画鉴定有深远的影响，因为看得多了，又懂得"解剖学"的基本原理，便掌握了诀窍，一看画上的用笔，就知道这是不是那个人的风格，符合不符合那个人的习惯。我随吴老师学画，仍从临摹开始。有一回我借来吴老师赠给贾老师的那张画来临，临到最后，房子里的人物安排不下了，只好删去了。我母亲在一旁看到后，一语双关地戏称我临得"丢人"。后来就逐渐有了长进。

　　有一件事我至今记忆犹新，权当画界当时的一个小掌故说一说吧。吴老师原有一位弟子，是无锡的周先生，当然就是我的师兄。有一回，有人告诉吴老师地安门的品古斋正在卖一张溥心畬家藏的沈士充的《桃源图》，吴老师就从品古斋借出来，亲自指导周先生临，临得似像似不像。临完后又把原作还给品古斋，我就和曹七先生（事迹见后）说了这张画的来历，他花了三百元买下来。他的太太会画画，曾得到吴毂祥的指导，后来年岁大了，就不怎么画了。曹七先生跟我说："你也临一张，算是我太太临的。"于是我就临了一张题上他太太的名字，现在也不知这张画的下落。后来我又在绢上临了一张，拿去给吴老师看，他很高兴，夸奖我"画得好，是塌下心画出来的"。后来徐燕荪要办一个画展，准备把我这张和周师兄那张都拿去参展，并把我的摆在前面。这下吴老师不高兴了，甚至和徐先生吵了起来。我虽然很愿意把我排在前边，但一想师兄比我大五岁，又是先和吴老师学画，便和徐先生说："还是把周先生的放在前面吧，这里面有吴老师的指导。"这件风波才就此平息。这幅画我现在还保留着。从这件事我明白,作为老师,他当然会看重亲自指导过的作品,但对真正下过功夫的人,他心里也是有数的。我的这位师兄最初善画芦塘,他自称"别人都管我叫周芦塘";后来又画葡萄,有一张还作为礼品赠给美国总统,于是他又自称"他们都管我叫周葡萄"。后来我在一次聚会上和大家开玩笑说:"他画芦塘、葡萄,说人家管他叫周芦塘、周葡萄,以后我专画山药,你们就叫别人管我叫'启山药'好了。"听的人无不大笑。他九十岁时,家人要为他办个画展,他夫人来找我,我写了四首诗,后来还收到我的诗词集中,但在展览会上并没拿出来。他们可能误认为有点"刺",因为他们可能感觉到在他声名高了之后,其他几个师兄弟可能对他有些不满,也不愿和他多往来,觉得他有点看不起吴老师,以致和吴老师的关系闹僵。其实我的诗都是称赞他的,并坚持认为他的艺术成就和吴老师的培养是分不开的,正如其二所说:

弱冠从师受艺初,耕烟(王石谷)名迹几番摹。
灵怀(吴镜汀)法乳通今古,壮岁芦塘似六如(唐寅)。

吴老师后来精神就有点错乱。据说吴老师有一位女学生,他很爱她。后来这个女学生出国留学去了,吴老师精神上受到了刺激。其实这位女学生不出国,估计也不会嫁给吴老师,因为她属于新派人物。吴老师家原是开药店的,哥哥吴念贻又是有名的老中医,想尽办法给他治,最后不得不送到精神病院,后来终于治好了。解放后,提倡现实主义,吴老师响应号召,也到各地去写生,画的风格有所变化,不久因病故去了。上世纪九十年代我花重金从海外收购回他一大卷山水,这是他平生最好的作品之一,此卷由我出资,由香港《名家翰墨》出版。我现在还常常对着它把玩不已,一方面欣赏他高超的画艺,一方面缅怀他对我的教诲。我还保留了他与我合作的一幅扇面,这更是永久的纪念。

戴姜福 戴姜福先生字绥之,江苏人,别号"山枝",其意是影射自己为戴南山的支派。戴南山名名世,明末人,著名学者,清初因"文字狱"被杀。可见戴先生的家学渊源。他自己也是一位功底深厚的学者,如前所述,他是我曾祖任江苏学政时选出的拔贡。所谓拔贡指各地科举考试中贡入国子监的生员,清乾隆以后每十二年才举行一次,由各府学从生员中挑选,名额很少,保送入京,经朝考合格后,可任京官、知县或教职。戴老师被我曾祖选为拔贡后,也照例入京参加考试。那一年参与阅卷的是著名学者李慈铭(越缦),他的《越缦堂日记》是一部非常有价值的著作,记载了很多读书的方法和心得。这些日记曾被人借阅,有一部分找不到了,后在琉璃厂发现了十一本,我买到了其中的前几本,后来古籍书店把这十一本全复印出版。李慈铭在当时享誉学林,连翁同龢去见他也要在帖子上恭恭敬敬地写上"越缦先生"。但他最初不是进士出身,官至御史后才反过来参加朝考,考前到处托人——不是托人帮助考中,他对考中充满信心,而是托人考中后千万别把他归入翰林一档,而要"归班",继续任他的御史官,因为任翰林的那些官员,甚至他们的上级都是他的后辈,再向他们揖让敬礼,实在尴尬。也就是说,他参加考试并不是为了升迁,而为证明自己的实力。戴老师在他的门下考中举人,此事在《越缦堂日记》中有记载,可见他是一位资格很老的前辈学者。但他从没把举人的头衔看得太重,始终以拔贡为荣,逢人作自我介绍时,总说自己是某某年的江苏拔贡。

前清时,戴老师很早就从政界退下来,以教书为生。他曾做过赵尔丰的秘书。辛亥革命时,赵尔丰在四川被杀,戴老师一家便从成都逃了出来,由重庆坐船东下,在滟滪堆不幸翻船,戴师母遇难。

后来戴老师娶了戴师母的一个丫环做小太太,照顾他的生活,她死于上世纪七十年代,距戴老师故去有很长时间,我们几个学生照例去吊唁过她。

戴老师到北京后,先在北洋政府下设的"评政院"任职,评政院本是挂名衙门,没什么实际事可做。北伐后,评政院被解散,戴老师只好去教家馆。定好星期几,他先到东单的赵家,再到礼士胡同的曹家教他们的孩子读书。赵家即赵尔丰的儿子赵叔彦,戴老师教的是赵叔彦的儿子赵守俨,后来他成为中华书局的栋梁之材。曹家也是大家族,世代都是中医国手。老先生叫曹夔一(君直),是西太后由苏州请到北京的名医,专门给西太后看病。他也是我曾祖做江苏学政时的门生,算是我家的世交,跟我的祖父交谊深厚,情如兄弟。他有几个儿子,七爷叫曹元森(就是我前边说过的曹七先生),也是数一数二的中医国手。他的夫人是当时有名的才女,能文、能诗、能画。戴老师就教他们的儿子曹岳峻。曹岳峻当时已经工作了,挂了很多职位,都是他父亲给当时的总统、军阀、达官贵人看好病后赏的挂名差事,他用不着正式上班,有时间继续跟戴老师学习。我也在这里跟着戴老师念书,算是"附学"。那时我虽然已上了汇文中学,而且快毕业了,但更有兴趣的是下午四点跑到礼士胡同曹家随戴老师学古文,那时,曹岳峻已经下课,戴老师留下再单独教我一会儿。

戴老师既重视基础教育,又很善于因材施教,他对我说:"像你这样的年龄,从'五经'念起,已经不行了,还是重点学'四书'和古文吧。至于'五经',你可以看一遍,点一过,我给你讲讲大概就可以了。"于是我把《诗》《书》《礼》《易》《春秋》加上《左传》都点了一遍,有不对的地方就由老师改正。至于古文,老师让我准备了一套《古文辞类纂》,让我用朱笔从头点起,每天点一大摞,直到点完为止,一直点了好几个月。后来又用同样的办法读了一部《文选》。经过这番努力,我在较短的时间内,打好了古文基础。后来老师又让我买了一套浙江书局出的《二十二子》,即二十二种子书。为什么单买这套呢?这自有他的眼光和见识。二十二子的第一子是《老子》,浙江书局的《老子》用的是王弼的注,而不是河上公的注。读了王弼的注我才知道他的很多观点与《韩非子》的《解老》《喻老》一样,从而能把两家打通,懂得法家往往要从读《老子》、治老学开始,并明白《史记》把老子和韩非子放在同一传内是有内在原因的。这就是戴老师的高明之处,选择的教材都大有学问,入门的门径选得好,就能事半功倍。戴老师不赞成程朱理学那一套说教,我记得有一回他给我出的作文题目是"孔孟言道而不言理",这题目本身就具有启发性。为了让我写好文章,老师从头给我讲孔孟的学说怎样,程朱的学说又怎样,又着重指出,程朱一派原来叫道学,后来才标举理学,为的是强调他们好像掌握了真理,我听了以后大受启发。后来,我一直对程朱理学持反对态度,前几年还写了几篇持这种观点的文章,这些见解都是从戴老师那里接受过来的。戴老师对《墨子》也不感兴趣。《墨子》中有《备城门》等篇,文辞十分艰深,老师说,这几篇点点就算了,其意是不主张我接受墨派的观点,他宁肯同意韩非,也不同意墨子,学术观点非常鲜明,而且颇具个性。众所周知,《韩非子》是法家思想,在传统思想中是受排斥的,但戴老师却有自己独立的观点。还有一个事例能够充分证明这一点。我在点《古文辞类纂》时,戴老师有意抽出柳宗元的《封建论》让我先行点读,当时我还体会不出这里面有什么学术思想。说来也巧,几十年后,"四人帮"在搞评法批儒时,也大举标榜这篇文章,说它代表了法家思想,好像只有他们才了解这篇文章的价值,殊不知戴老师很早以前就非常注重它,只不过戴老师强调的是学术,而"四人帮"玩弄的是阴谋。

戴老师学问非常全面,音韵学、地理学、文字学都很高明。晚年不再教书,有人把张惠言一部专讲音韵的书稿拿来,请他帮助整理,我们平时很少听他讲音韵学,但很快他就把这一大摞尚未成型的书稿用工整的毛笔字整理好。他还有一本《华字源》,专讲文字,把要讲的字按"六书"分类,置于行首,然后在下面讲解它的含义构成及来源。我现在还保留着当时听课用的红格笔记,有些讲解现在还记忆犹新。如"赢"字:"亡"代表无,"口"代表范围,"贝"代表钱财,"凡"代表用手执,"月"代表盈亏,即不停地用手把钱财填进已空的范围内,就是"赢",通俗易懂,深入浅出。

就这样,我随戴老师一直读到他患肺病去世,那一年正值西安事变(一九三六年),戴老师享年六十余。他去世时,我们几个师兄弟都去帮助办丧事,曹岳峻亲手为老师穿上入殓的衣服,我写了一副挽联,可惜时间久远,没保留下来,我也记不清了。但戴老师为我打下的深厚的古文功底,帮我建立的独具个性的学术思想和善于因材施教的教学方法,却一直指导着我,恩泽着我,灌溉着我,这是我永生也不能忘记的。我终身的职业是教师,而且主要教授的是古典文学,而教授这些课的基础恰是这些年随戴老师学习夯实的。

溥心畬 溥心畬先生名溥儒,字心畬。按溥、毓、恒、启的排辈,他属于我曾祖辈,他家一直袭着王爵。心畬先生虽为侧室所生,但家资仍很富饶,所以在我眼中,他自然属于"贵亲",不敢随便攀附。再说,他不但门第显赫,而且诗、书、画都有很高的造诣,在当时社会上享有盛誉,被公认为"王公艺术家",我只是一个初出茅庐的后生晚辈,岂敢随便高攀人家为老师。但按姻亲关系论,他的母亲是我祖母的亲姐姐,他是我的表叔。这位大姨奶奶和我家一直有来往，她家原住在大连，每逢过年常给我们捎些礼物，其中包括给我的小玩具，有些我至今还保留着。

我十八九岁的时候渐渐在诗画方面有了些小名气，在一次聚会中遇到心畲先生，他是个爱才的人，便让我有时间到他那去，那时他住在恭王府后花园的萃锦园。但我的母亲早就教导我说，对于贵亲，要非请莫到，这条经验还是从袁枚的《随园笔记》中得来的：四任两江总督的尹继善，说袁子才就是"非请莫到"。但心畲先生却是真的爱才，在日后有见面机会时，他总是问我为什么不去，这样我才敢经常登门求教。

他对我的教授和影响是全面的。

他把诗歌修养看做艺术的灵魂，认为搞艺术，特别是书画艺术当以诗为先，诗作好了书画自然就好了。他高兴的时候，还把他的诗写在扇面上送给我，我至今还保留着他小行草的《天津杂诗》的扇面。我其实最想向他学画，但每次提起，他总是先问作诗了没有？后来我就索性向他请教作诗的方法。他论诗主"空灵"，但我问他什么是空灵，他从来没正面回答过，有一回甚至冒出一句"高皇子孙的笔墨没有一个不空灵的"，我听了差点要笑出来。为了让我体会什么是空灵，他让我去读王（维）、孟（浩然）、韦（应物）、柳（宗元）四家集。这是他心目中"空灵"的最高境界。但我读了之后，并没什么太多的收获。王维的作品原已读了很多，并没什么新体会；孟浩然的作品料太少，没什么味道；柳宗元的作品太冷峻，也不太合我的胃口；只有韦应物的作品确实古朴清新，给我一些新启发。溥心畲的诗作很符合他自己提倡的"空灵"说。他早年有一本手写石印的《西山集》，后来又出了一本《寒玉堂诗集》，其中虽保留《西山集》的名目，但比我最先看到的要少了一些，其中有《落叶》四首。我见到这四首是他写在一小张高丽笺上的，拿给我看，我非常喜爱,他就送给我。我把它夹在一本保存师友手札的册页中,放到一个箱子里,就没再动过,保留到现在。而《寒玉堂诗集》却没收这四首,不知是不是原稿已经遗失,但幸好,我当时一边吟赏,一边已把这四首背了下来,即使我的收藏也不在了,我仍然能把它们补上。我不妨背两首,也可看看他的"空灵体"到底是什么风格:

> 昔日千门万户开,愁闻落叶下金台。
> 寒生易水荆卿去,秋满江南庾信哀。
> 西苑花飞春已尽,上林树冷雁空来。
> 平明奉帚人头白,五柞宫前梦碧苔。

> 微霜昨夜蓟门过,玉树飘零恨若何。
> 楚客离骚吟木叶,越人清怨寄江波。
> 不须摇落愁风雨,谁实催伤假斧柯。
> 衰谢兰成应作赋,暮年丧乱入悲歌。

这种诗文辞优美,音调摇曳,外壳很像唐诗,但内在的感情却有些空泛,即使有所寄托,也过于朦胧。所以当时著名学者,溥仪的师傅陈宝琛说"儒二爷尽做'空唐诗'"。这一评价挺准确,在当时就传开了。后来又有一位老先生,也是我汇文的老师,叫郑骞,把"空唐诗"误传为"充唐诗",如果真的以此评价,又未免贬之过甚了。读他的"空唐诗"多了,我也会仿作。有一次我画了一个扇面,想让他指点,但他一向是一提画就先说诗,所以我特意在扇面上又作了一首题画诗:

> 八月江南岸,平林欲著黄。
> 清波凝暮霭,鸣籁入虚堂。

卷幔吟秋色,题书寄雁行。

一丘犹可卧,摇落漫神伤。

他接过扇面,果然先不看画,而看诗,仔细吟读了一会儿之后,突然问我:"这是你作的吗?"我忍着笑回答:"是。"他又反复看了一阵,又问:"真是你作的吗?"这回我忍不住笑了,答道:"您就说像不像您的诗吧?"他也高兴地笑了起来,这才对我的画作了一些评点。现在检点我年轻时的一些诗,在心畲先生的影响下,确实有几首类似他的风格,但那仅是仿作,之后就很少有这类作品了。

那时在心畲先生那儿学诗还有一个机会:每年当萃锦园的西府海棠盛开时,心畲先生必定邀请当时知名文人前来赏花。在临花圃的廊子上随便设些桌椅茶点,来的人先在素纸长卷上签名,然后从一个器皿中拈取一个小纸卷,上面只注一个字,即赋诗时所限的韵。来人有当场作的,也有回去补的。这是真正的文人雅集,类似这样的雅集,还有溥雪斋的松风草堂。溥雪斋先生是著名的书画家,而且精通音乐,他那里的集会多以书画、弹琴为主,每次集会,俨然就是一次小型的画会或古乐音乐会。有时还做"押诗条"(也称"诗谜""敲诗""打诗宝")的游戏,这是当时文人的一种带有赌博性质的文字游戏。方法是把古人的一句诗写在一张长条纸上,但要隐去其中一字,而把它写在纸尾,另配四字,写在旁边。猜的人就五字中选择一字,选中为胜。游戏者可选择不同的赔率,如一赔三,即下注一元,出诗的赔三元。直到上世纪五十年代,我和溥雪斋先生、王世襄先生还在张伯驹先生家玩过这种游戏。不过我们玩的比纯以赌博为目的的更复杂,不但出一句,而且出一首,每句都可押一字或一词。这种游戏对练习琢磨古人是如何用字遣词是很有帮助的。我的《启功韵语》中有几首"社课"之作,都是那

种背景下写的,只不过有些作品已经超出当时的环境借题发挥了。如这首《社课咏福文襄故居牡丹限江韵》:

东栏斗韵秉银缸,尊酒花时集皓庞。
易主园林春几许,应图骨相世无双。
碧红色乱苍苔砌,楼阁香凝玉女窗。
莫问临芳当日事,寸根千载入危邦。

如果说前边的一些描写还有"空唐诗"的痕迹,那么结尾的"寸根千载入危邦"就别有用意了,因为那时溥仪刚刚离开天津,只身潜到东北,我对他的前途充满忧虑。这些作品交卷时,总会得到别人的一些指教。我记得经常出入心畬先生公馆和宴集的有一位福建人李宣倜,号释堪,行十三,"十三"的音,正好和"释堪"相近,大家就称他为"李十三";还有一位叫李拔可,行八,大家根据谐音称他为"李八哥"。每当我拿着习作向他们请教时,他们能分析出某首诗先有的哪句,后凑的哪句,哪句好,哪句不好,为什么押了这个韵,分析得头头是道,令我很佩服,很受教益。李释堪的儿子和我是中学同学,所以关系更为密切,我称他为李老伯,还常到他家去。他特别喜欢梅兰芳,与梅兰芳关系很好。因为他曾在汪伪政府任过伪职,所以光复后被当做汉奸关押过一阵,释放后生活很潦倒,梅兰芳就让他的女儿梅葆玥跟他读书。其实,梅老板也没指望梅葆玥跟他学多少东西,而是找这样一个机会周济一下他的生活,这在当时也算是一件美谈。梅兰芳还和我说过:"他们(指自己的子女)都学别的了,我就留了一个小玖(指梅葆玖)学我这行。"他虽然没提梅葆玥,但她的老生唱得实在好。解放后,我受命到上海筹备成立中国画院的事,还在戏院里见到过李老伯,后来就失去了联系。

我向心畬先生学画的想法始终没断,怎么入手呢?正在焦急的时候,突然天赐良机。有一回我在旧书摊上无意发现一套题为清素主人选编的《云林一家集》。所谓"云林一家",并非指元代画家倪云林,而是指诗风全都讲"空灵"的唐人诗,书商不知"清素"是谁,卖得挺便宜,其实他就是心畬先生的父亲,看来他讲空灵是有家学渊源的。我曾听他说过,这书虽是他父亲选编的,但由于时间久远,出版得又少,他家里已找不到此书了。我赶紧把它买下,恭恭敬敬地送给他。他非常高兴,问我多少钱买的,要给我钱。我说这是孝敬您的,他就不断地念叨着:"这可怎么谢谢你呢?"我便乘机说:"您家那幅宋人的手卷(后来我发现只是元明人的作品)能不能借我临一临?"这是我早就看上的作品。他痛快地答应了。我拿回家后认真地临了两幅,所以花的时间比较长,到后来他不放心了,派听差的来问。我让他转告:"请老爷子放心,等我一临完,保证完璧归赵。"他才放心。我临的这两幅,一幅画在绢上,装裱过,后来送给陈垣老校长,他又转送他弟弟。另一幅画在纸上,至今还应在我手中。心畬先生的中堂外,挂着两个方形四面绢心的宫灯,每面绢上都是他自己画的山水,一个是临夏圭《溪山清远图》的,原图不设色,而临作是加色的,虽然是淡淡的,却别有风味;一个就是临我临的这幅无款山水卷,每次我到他家去,总要在灯前欣赏半天。贵族艺术家的气派和气质,就是不同凡响,还没进屋就能感受到艺术氛围扑面而来。

有一回最开眼界的经历令我终生难忘:心畬先生有很多艺术界、学术界的朋友,他们经常光顾萃锦园。一回,著名画家张大千先生也应约光临。当时有"南张北溥"之说,这两位泰斗聚在一起举行笔会,自然是难得的艺坛盛事,大家都前来观摩,二位也特别卖力气。只见大堂中间摆着一张大案子,二位面对面各坐一边,这边拿起画纸画两笔,即丢给对方,对方也同样。接过对方丢来的画稿,这方就根据原意再加几笔,然后再丢回去。没有事先的商定,也没有临时的交谈,完全根据对对方的理解,如此穿梭接力几回,一幅,不,应是一批精美的作品便产生了,而且张张都是神完气足,浑融一体,看不出有任何拼凑的痕迹,真让人领教了什么叫"心有灵犀一点通",什么叫信手拈来,挥洒自如。不到三个小时就画了几十张,中间还给旁观的人画了几幅扇面,我还得了张大千先生的一幅。最后两人各分了一半,拿回去题款钤印,没画好的再补完。据我所知,曾在《人民日报》负责制版的张树蕴先生手中就有两开这次的作品,他的叔叔在《体育报》,善于摄影,我的全家合影就是他拍摄的。

最后再说说齐白石(萍翁)先生。我有一个远房的四叔祖,叫毓逊,他开棺材铺,曾给齐先生做过一口上等好寿材,因此和齐先生有些交情。他专喜欢齐先生的画,认为凡画齐先生那路画的就能赚钱,而我家当时很穷,他就让我向齐先生学画。齐先生最佩服金农(冬心),什么都学他,尤其是字。金农喜欢称自己的号"金吉金",又进一步把两个"金"字改用外来语"苏伐罗",于是变成"苏伐罗吉苏伐罗"。我常开玩笑说,齐先生如果连称自己的名字也学金农的话,他应该叫"齐—white—stone"。齐先生称自己是著名学者王闿运先生的学生。王闿运也是风云一时的人物。当年袁世凯请他进京,特别优待让他直接进新华门,他却指着新华门说这是"新莽门",意在讽刺袁世凯是窃国大盗,就像西汉末年篡汉建立"新"朝的王莽。王闿运也自称手下有两个最得意的学生,一个木匠,一个铁匠,这木匠就是指齐白石。齐先生也有耿直的一面,沦陷时期,国立艺专聘他为教授,他在装聘书的信封上写下"齐白石死了"五个字,原信退回。有一个伪警察想借机索要他一张画,被齐先生严词拒绝。齐先生画的艺术成就不用我多说,我跟他也确实学到很多东西,开了不少眼界。比如他善于画虾,没见他亲笔画之前,我不知他那神采飞扬的虾须是怎么画的,及至亲眼所见,才知道他不是转动手,而是转动纸,把纸转向不同的方向,而手总朝着一个方向画,这样更容易掌握手的力量和感觉,这就是窍门,这就是经验。又如一次我看他治印,他是直接把反体的印文写到石料上,对着镜子稍微调整一下。在刻一竖时,他先用刀对着竖向我说:"别人都是这边一刀,那边再一刀,我不,我就这么一刀,这就是所谓的单刀法。"说完,一刀下去,果然效果极佳,一边光顺顺的,一边麻渣渣的,金石气跃然刀下,这就是刀力,这就是功力。

我最喜欢的是他那些充满童趣和乡土气息的作品。我的诗集里有这样一首诗:《齐萍翁画一妇人抱一小儿,儿执柏叶一枝,题首柏寿二字。又题云:"小乖乖,拜寿去。"》诗云:

小乖乖,拜寿去。
老乖乖,多妙趣。
此是山翁得意处,我亦相随有奇句。

我最欣赏的就是这类作品。上世纪八十年代末,我访问香港,某晚,友人出示齐先生画稿八开,我一口气为它们题写了八首诗,其中第二首说:

牧童归去纸鸢低(山翁句),牛背长绳景最奇。
处处农村俱入画,萍翁不断是乡思。

也是称赞这种风格。但他有些理论比较怪异,至今我都不太理解,比如有人问"画树的要领是什么",他说"树干、树枝一定都要直,你看大涤子(石涛)的树画得多直"。怎么能"都"直呢？我现在也想不通,再说他自己和石涛画得也未必"都"直,所以有人让我鉴定齐白石和他欣赏的石涛的画时,我常开玩笑说:"这是假的,为什么呢？因为树画得不直。"

齐先生曾自称书优于画,诗优于书。在我看来他的诗确实不错,特别是小绝句和那些朴实无华、充满童趣的诗句很有意思,如上引的"牧童归去纸鸢低"以及"两崖含月欲吐珠"等,我曾有《齐萍翁画自识云:"人生一技故不易,知者尤难得也。"因广其意题此》一诗称赞道:

一生三绝画书诗,万里千年事可知。
何待汗青求史笔,自家腕底有铭辞。

但齐先生的长诗不如小诗,他曾把自己的诗稿交给著名学者黎锦熙先生,黎先生为他编了年谱及选集,集中选了若干长诗,我觉得还不如不选。齐先生在论诗和作诗时,有时会出现一些错误,如他说金农的诗虽然不好,但词好。我记忆中金农并没有什么好的词作,就问他为什么,他说:"他是博学鸿词啊。"其实博学鸿词是清朝科举考试的一种门类,和"诗词"的"词"毫无关系。他有一首写给女学生的诗,其中有一句为"乞余怜汝有私恩",这有点不伦不类了。我这里虽然挑了他一些毛病,但并不妨碍我对他的尊敬,他也挺喜欢我,总管我叫"小孩儿",常念叨:"那个小孩儿怎么老没来？"就凭这句话,我就应恭恭敬敬地叫他一声老师。

选自《启功口述历史》第六十五页
北京师范大学出版社　二○○九年一月第一版

我和荣宝斋

荣宝斋这个商店的字号，近百年中，和文化、艺术、教育、出版事业几乎是牢不可分的。它所经营的，文具纸笔外，从价值千金的名人字画，到小孩描红的字模，无不尽有。

我尚在刚刚识字的时候，看见习字用的铜镇尺上两行刻字之下有"荣宝斋"字样，问我的祖父，得知是一个南纸店的名字。约在十四岁时，我自己第一次到琉璃厂买纸笔，看到荣宝斋墙壁上以及通道的较高处都挂满了名人字画。我虽不全懂得好在哪里，但那时的惊奇和喜爱的心情今天还记忆犹新。回来不时地向长辈夸说我这次的见闻，也提出我的问题，才知道琉璃厂一条街都是"文化用品"的商店。清代各地来京应科举考试的人，都从这里得到参考书和笔墨文具。南纸店所挂的字画，有一般书画家的作品，也有大官僚，老翰林的笔迹。后者这些人当然不是专为卖钱，实在因为他们和这些文化商店打的交道太久了，感情太深了，并且以自己的笔迹能在这里挂出为荣。"荣名为宝"的荣宝斋，就光荣地掌握着这样权威过了近百年！

我青年时从上学到辍学，年长后过着边教书边卖画的生涯时，直到今天，都从来没有和琉璃厂中断过联系。如果说书店是我的"开架图书馆"，那么荣宝斋便是我的"艺术博物馆"。我从它的墙壁上学到多少有关书画方面的知识和技能，又在它的座位间见到多少前辈名家，听到他们多少教导和鼓励。

从我开始到荣宝斋来,至今已五十四年了。这中间荣宝斋也经历了无限沧桑:社会动乱,民族灾难,纷至沓来,而它却屹然未垮。在旧社会固然有资本家为利润而努力经营的因素,更重要的是广大人民对文化艺术的客观要求,撑着它生存下来。

解放后,荣宝斋的事业也获得新的生命。由私营到合营再到国营,由三间门面到一大排陈列室和营业室。木版水印品,由小块花笺到长卷的《夜宴图》《簪花图》和巨幅挂轴《踏歌图》。书画用品,由每天售出无多的纸笔,到时常脱销和好宣纸供不应求。它的声望,由琉璃厂中的一家南纸店,到世界知名几乎和各地古迹相等的文化名胜。在这里不但可以看到国营企业的成就和气魄,也更可以听到拨乱反正以来文化事业发展的脉搏。

我自己,从当年在荣宝斋拿了几元钱卖画的所谓"润笔",出门来又送进书店,抱着几本书回家去的情形,到今天亲眼见到我的笔迹赫然挂在中堂之上。这怎能不感谢人民给我的荣誉,怎能不感谢这个曾起过导师作用的"艺术博物馆"!

今当新生的荣宝斋三十周年纪念时,我对这有三十年新交谊,又曾有二十四年旧交谊的荣宝斋,岂可无一言为祝!因此写出回忆中的片段和说不尽的感受,聊当我的颂词。还想借此一寸的纸面,敬告爱好艺术的青年,今天的学习条件是多么的方便,又是多么的珍贵啊!

一九八〇年六月十六日

"上大学"

提起上大学,无疑的都是指到大学读书,以至毕业取得学位。我这里所说的"上大学"则是双关语,含意是在大学里做工作,学到怎样教学、怎样治学。尤其重要的是怎样去思考学术上的问题。

我一周岁时失去父亲,十周岁时失去祖父,不到三十岁的寡母和一位没出嫁的姑姑抚养我这个孤儿。我的曾祖和祖父都是科举考试出身的,生平所做的官,绝大多数是主考、学政之类,因而并无财产遗留。我们母子的生活,只靠祖父的"门生",特别是邵明叔、唐子秦两位先生为之募集经营,邵老伯还每一二周要看我的作业。如果一个月没去呈教,他老先生就自己到我家来了。唐老伯有一次看见我作的诗,意兴衰飒,竟流下眼泪,加以教导。

小学毕业考上了中学,这时已从贾羲民先生学画,从戴绥之先生读书,学"古文辞"之学。由于对算术、外语不用功,没兴趣,终至不及格,也无法再往下念了。生活用费是不等待人的,我原无"大志",只想做个小职员,能够奉养母亲、姑姑,也就过得去了。原指望求一位企业家的老世交为我安置一个小位置而终不可得。

老世交傅沅叔先生把我介绍给恩师陈援庵先生。特别要说明,这个"恩"字,不是普通恩惠之恩,而是再造我的思想、知识的恩谊之恩!陈老师把我派在辅仁大学附属中学,教初中一年级的"国文",我很满足了,总算有了一个职业,还可有暇念书学画,结果中学负责人说我没有大学文凭,就来教中学,不合格,终被停止续聘了。陈老师又把我调到辅仁大学美术系做助教，但还是在那位中学负责人统治之下，托故把我又刷了。陈老师最后派我教大学一年级的"普通国文"，这课是陈老师自己带头并掌握全部课程的。老师自己选课文，自己随时召集这课的教员指示教法，自己也教一班来示范。这项工作，延续好多年。我们这些"普通国文"班底中所有的教员，无论还教其他什么专门课程，而这门"普通国文"课，总是"必教课"，事实上是我们的"必修课"。因为教这课，就必须随时和老师见面，所指示的，并不总是课内的问题，上下纵横，无所不谈。从一篇文章的讲法，常常引到文派学派的问题，从一个字句的改法，也会引到文章的作法、文格的新旧问题。遇到一个可研究的问题，老师总是从多方面启发我们的兴趣，引导我们写文章。如果有篇草稿了，老师的喜悦表情，总是使我如同得了什么奖品。但过不了两天，"发落"这篇"作业"时，就不好受了。一个字眼的不合逻辑，一个意思雷同而表面两样的句子，常被严格挑出来，问得我哑口无言。哑口无言还不算，常常被问要怎么改。哎呀！我如果知道怎么改，岂不早就不那么写了吗？吃瘪之后，老师慢慢说出应该怎么改。这样耳提面命的基本训练，哪个大学里、哪个课程中、哪位教授的班上能够得到呢？试问我教书以来，对我教的学生，是否也这样费过心力呢？想起来，真如芒刺在背，不配算这位伟大教育家的门徒！如果我的一篇文章发表了，老师每每提醒旁人去看，如果有人夸奖几句，其实很明显是夸奖给老师听的，那时老师的得意笑容，我至今都可以蘸着眼泪画出来！

　　解放后，凡我参加什么书的编写，写了什么学术的讨论文章，领导上以为可鼓励处，都向老师去说。老师都向人表示"理所当然"似的说："本来吗，他如何如何……（的好）。"这些事和话老师从来不告诉我，这是我从旁人得知的。一次一项有争论的学术问题，我勉强仓促地写了文章,幸而合格。领导去向老师夸奖,老师虽仍然表示了"理所当然"似的态度,但这次并未事先见到原稿。事后把我叫去说:"以后你们写文章,务必先给我看!"这时已是浩劫的前夕,老师已然有病了。对一个学生每走一步,还要如此关心。我还想,我的工作、文章,人家为什么都向老师去说,不言而喻,老师平日揄扬的深广,岂不可想、可知、可见了吗!

另一个场合,即是辅仁大学的教员休息室。当时一个大学的总人数,还不及今天一个系的人那么多。各系的教师,上课前、下课后都必到这里来。几位老学者,更是经常到这个休息室来。以文史这方面的先生说,像沈兼士先生、余嘉锡先生、于省吾先生、容庚先生、唐兰先生、郭家声先生、张效彬先生、戴君仁先生、缪金源先生,有专任的也有兼课的。陈老师虽有校长办公室,但仍然经常到这里来。这间大屋子里总是学术空气浓浓的。抗战了,大家讨论无不慷慨激昂。敌人反动高压加强后,这个屋中还潜流着天地正气。

这个屋子并不是"俱乐部",而是个大讲堂。可以说,这里边有任何讲堂中学不到的东西。对当时社会上、学术中变节事敌的人的批评自不待言,学术上有某人的一篇文章在报纸杂志上刊出,一本著作,以至什么书籍的出版,都可以听到很重要的评论。那些评论,哪怕片语只词,往往有深重的意义。"顺藤摸瓜",回去自己再找那文、那书来看,真收获"问一得三"之益,实际是"听一得三"的。

古书版本,哪家注释好,哪本错字多,哪家诗文如何,哪种"名著""不值一看"。哪个字怎么讲,怎么写,是"木"旁、是"手"旁。诸如此类,从大到小,小到偏旁点画的问题,都总会使我有"虚往实归"之感。

一首诗、一张字,常见老先生们自己拿着图钉按在墙上展览,一件小古董、一张拓片、一本书，也常有人拿来共赏。摩尔根一本论古代社会的书，有人新译成中文，几位老先生互相传观赞叹。值得注意的是这些老先生特别是陈、沈、余诸位都是纯读古书的，他们未曾接触西洋文化，即使接触过一些，也是间接的或科技的常识，但他们这时是如此的虚心，立刻联想到治中国古史的种种问题。解放初期，陈老师拿了许多马列主义的通俗宣传小册子，手持放大镜没日没夜地看。结果病倒了，护士把小册子给收起来，才去休息。这样如饥似渴地接受新鲜事物，在学术上无成见，不怕人说"你连摩尔根的书都没瞧过"？我觉得如果有说这样话的人，他才是真没知识的。

　　沈先生是文字音韵学的大家，一次有人问某一个字究竟应念什么音，先生说："大家怎么念，就念什么。"我刚听了，不觉一愕。问者正是要得到最标准、最"正"的读音，怎么这位大权威却说出这个答案？后来逐渐懂了，语音本来是客观上各不相同的，陆法言"我辈数人定则定矣"的话，说明了多么大的问题。沈先生这句话是陆法言的一个"转语"（借用禅宗的术语）。一千几百年来，古今音韵学中，前后有这两句话，就都包括进去了。一位学者之通、之大，就在这里！"定"有功于语音统一；音从大众，实际音是来自大众，这句话是如何的尊重事实，是如何的透彻古今。

　　沈先生最重要的学术主张，是声训、意符。我不曾深入学过文字声韵之学，但每每听到先生的议论，使我得知学问不是死的。后来我每逢和人谈到我对许多问题的理解时，常用个比喻说，盘子不是永远向上盛东西的，立起来也可当小车轮子用。"学"与"思"相辅相成，体味诸老辈的言行，从中可以增加无穷的智力。

　　沈先生平生最慕朱筠，提拔寒畯，乐道后学之长，甚至于不避夸张。具体事例，这里来不及多举了。当时我这个学无一长的青年,也在先生揄扬、提拔、鼓励、鞭策之中,向旁人说到我时,语气总是那样肯定。我去年得到一副朱笥河先生的亲笔对联,每挂在墙上,必心酸一次。

我还曾"亲炙"余嘉锡先生。先生的学问深邃,人所共仰。而人品的方严,取予之不苟,若非亲受过教诲的人,是不易知道的。先生学问之博,用力之勤,治学态度的严肃,恐怕现在说给后学听,可能并不会相信。先生平生用力最大的是《四库提要辨证》,繁征博引,目的是"归于一是"。他的底稿都是自己用极其工整的小楷写成的,极少涂抹。可见起草过程也就是构思过程,也是誊清过程。我没有资格仰赞先生学问的涯涘,我只举一点体会。我们试翻一条提要辨证,即使不是专为看对某一古书的结论,只看这篇考辨过程,所得的收获,除这一古书的结论外,还会知道许多怎样探索、怎样分析判断的方法。一段段地引,一段段地阐述,好像很"笨"地专跟提要"过不去"。事实上,这时提要已成了先生学术总体的一个货架子,而这架子却没有档格,互相流通的。从这里认识到先生对古书、古学说,都在极扎实的根据上,驳倒前人那些率尔作出的误说。受到最深刻的教导,是懂得对古人的成说,不可盲从,不可轻信。

先生病重时,我去看望,那时已经患了"中风",说话不太利落。见面后,从抽屉中拿出新写的提要辨证一些条,字迹虽然颤抖,但依然没有涂抹。虽不能知这几页是否是最后的绝笔,但我知道这时离先生逝世并不太远。我觉得应该把这些页遗墨珍重地影印出来,教后学得知什么是"死而后已"!

当我二十一岁初出茅庐时的第一个朋友是牟润孙先生,接着认识台静农、储皖峰、赵荫棠诸先生,都是在附中教书的时候。后来认识余逊、柴德赓几位先生。我比他们都年小,比台小十岁,比柴小四岁。周祖谟先生来了，才有比我小两岁的。这些朋友对我的"益"，又常有诸师长所起不到的作用。因为首先可以没有礼法可拘。我向他们任何人请教什么问题，绝没有吞吞吐吐考虑成熟才说的必要，都是单刀直入。他们的答案，有时是夹杂着开玩笑而说出的。这样声入心通，有哪个课堂上所讲的东西能够相比呢？

现在牟润孙先生在香港，前几年他初次来京，我们相对痛哭，后来虽有较多见面的机会，但究竟是难共晨夕的。台静农先生远在台北，今年已经八十四岁了。周祖谟先生虽在北京，但远隔重闉，我又牵于俗冗，见面还是很少的。

我近年常有最刺心的事，就是学术上每有疑问，或遇小小心得，总感到无处请益。有时刊出了一篇拙稿，印成了一本小册，明知是极不成熟的，但想到热切期望我有所成就、坚定预言我可以造就的恩师们已看不见了。古人对亡亲"焚黄祭告"的心理，是何等痛苦，就不难明白了。

辅仁大学校友会要出一本书，教我写一篇我的经历和回忆。现在仓促写了这篇，姑且标题为"上大学"。这个题目，开始处已略交代，这里再补充几句：我上这个大学，没有年限，没有文凭。但也可以说有的，这张文凭，奇怪的是我自己用笔写出来的。

如要开列职务经历，真贫乏得很了，即是附中教员、大学助教、大学普通课教员、讲师、副教授。解放了，院系调整，成为新师大，一九五六年被评选为教授，次年取消，一九七六年以后重算教授了。

回忆这五十多年，我总是在"失"中获"得"，使我"得"的固然有恩；使我"失"的实起了促进、激励作用，其恩亦何可泯！陈老师去世后，我曾私撰一副挽联，那时浩劫未完，不敢写出。后来在一篇纪念老师的文章题为"夫子循循然善诱人"的文章中录出过，现在

重写在这里:

依函丈卅九年,信有师生同父子;
刊习作二三册,痛余文字答陶甄!

一九八五年五月十五日

陈垣先生教我教书

陈垣先生在史学上的贡献,是国内国外久有定评的。我作为亲受业者,回忆一些当年受到的教导,谨自述一些侧面,对于今天教育工作者来说,仍会有所启发的。

我那时是一个中学生,同时从一位苏州的老学者戴姜福先生读书,学习"经史辞章"范畴的东西,作古典诗文的基本训练。因为生活困难,等不起逐步升学,一九三三年由我祖父辈的老世交傅增湘先生拿着我的作业介绍给陈垣先生,当然意在给我找一点谋生的机会。傅老先生回来告诉我说:"援庵说你写作俱佳,他的印象不错,可以去见他。无论能否得到工作安排,你总要勤向陈先生请教,学到做学问的门径,这比得到一个职业还重要,一生受用不尽的。"

我谨记着这个嘱咐,去见陈先生。初见他眉棱眼角肃穆威严,未免有些害怕。但他开口说:"我的叔父陈简墀和你祖父是同年翰林,我们还是世交呢!"其实陈先生早就参加资产阶级革命,对于封建的科举关系焉能那样讲求?但从我听了这句话,我和先生之间,像先拆了一堵生疏的墙壁。在此后漫长的岁月里,每次见面,他都给我换去旧思想,灌注新营养。在今天如果说我对文化教育事业有一滴贡献,那就是这位老园丁辛勤灌溉时的汗珠。

我见了陈老师之后不久,老师推荐我在辅仁大学附属中学教一班"国文"。在交派我工作时,详细问我教过学生没有,多大年龄的,教什么,怎么教。我把教过家馆的情形述说了,老师在点点头之后,说了几条"注意事项"。过了两年,有人认为我不够中学教员的资格,把我解聘了。老师便派我在大学教一年级的"国文"。老师一贯的教学理论,多少年从来未间断地提醒着我。今天回想,记忆犹新,现在综合写在这里。老师说:

(一) 教一般中学生与在私塾屋里教几个小孩不同。一个人站在讲台上要有一个样子。人脸是对立的,但感情不可对立。

(二) 万不可有偏爱、偏恶,万不许讥诮学生。

(三) 以鼓励夸奖为主。不好的学生,包括淘气的或成绩不好的,都要尽力找他们一小点好处,加以夸奖。

(四) 不要发脾气。你发一次,即使有效,以后再有更坏的事件发生,又怎么发更大的脾气?万一发了脾气之后无效,又怎么下场?你还年轻,但在讲台上即是师表,要取得学生的佩服。

(五) 教一课书要把这一课的各方面都预备到,设想学生会问什么。陈老师还多次说过,自己研究几个月的一项结果,有时并不够一堂时间讲的。

(六) 批改作文,不要多改,多改了不如你替他作一篇。改多了他们也不看。要改关键之处。

(七) 要有教课日记。自己和学生有某些优缺点,都记下来,包括作文中的问题,记下以备比较。

(八) 发作文时,要举例讲解。缺点改好了,有所进步的,尽力在课堂上表扬。

(九) 要疏通课堂空气。你总在台上坐着,学生总在台下听着,成了套子。学生打呵欠,或者在抄别人的作业,或看小说,你讲得多么用力也是白费。不但作文课要在学生座位行间走走,讲课时,写了板书之后,也可下台看看。既回头看看板书的效果如何,也看看学生会不会记。有不会写或写错了字的,在他们座位上给他们指点,对于被指点的人,会有较深的印象,旁边的人也会感兴趣,不怕来问了。

这些"上课须知",老师不止一次地向我反复说明,唯恐听不明,记不住。

老师又在楼道挂了许多玻璃框子,里边随时装入些各班学生的优秀作业。要求有顶批,有总批,有加圈的地方,有加点的地方,都是为了标志出优点所在。这固然是为了学生观摩的大检阅、大比赛,后来我才明白也是教师教学效果、批改水平的大检阅。

我知道老师并没搞过什么教学法、教育心理学,但他这原则和方法,实在符合许多教育理论,这是从多年的实践经验中辛勤总结得出来。

(摘自《过去的教师》,商友敬主编,教育科学出版社)

我是怎样成为"右派"的

一九五七年北师大由陈垣校长亲自主持评议新增教授人选。我在辅仁和师大干了这么多年,又是陈校长亲自提拔上来的,现在又由陈校长亲自主持会议,大家看着陈校长的面子也会投我一票。那天散会后我在路上遇到了音乐系的钢琴教授老志诚先生,他主动和我打招呼:"祝贺你,百分之百地通过,赞成你任教授。"我当然很高兴,但好景不长,教授的位置还没坐热,就赶上反右斗争,我被划为"右派",教授也被黜免,落一个降级使用,继续当我的副教授,工资也降了级。说起我这个"右派",还有些特殊之处。我是一九五八年被补划为"右派"的,而且划定单位也不是我关系所在的北京师范大学,而是中国画院。而且别的"右派"大都有"言论"现行,即响应党"大鸣大放"的号召,给党提意见,说了些什么。我是全没有。事情的经过和其中的原委是这样的:

我对绘画的爱好始终痴心不改,在解放前后,我的绘画水平达到了有生以来的最高水平,在国画界已经产生了相当的影响。解放后的前几年文化艺术还有一些发展的空间,我的绘画事业也在不断前进。比如在一九五一年至一九五二年期间,文化部还在北海公园的漪澜堂举办过中国画画展,我拿出了四幅我最得意的作品参展。展览后,这些画也没再发还作者,等于由文化部"收购",据说后来"文化大革命"时,不知被什么人抄走都卖给了日本人。"文革"后,又不断被国人买回,有一张是我最用心的作品,被人买回后,还找到我,让我题词,看着这样一张最心爱的作品毫无代价地就成了别人的收藏品,我心里真有些惋惜,但我还是给他题了。在事业比较顺利的时候,心情自然愉快,我和当时的许多画界的朋友关系都很好。

后来绘画界准备成立全国性的专业组织——中国画院。要组织这样一个有权威、有影响的组织,必须由一个大家都认可的人物来出面,很多人想到了著名学者、书画家叶恭绰先生。此事得到了周恩来总理的支持。当时叶恭绰先生住在香港,周总理亲自给他写信,邀请他回来主持此事。叶先生被周总理的信任所感动,慨然应允。回来后,自然成为画院院长的最热门人选。叶先生是陈校长的老朋友,我自然也和他很熟识,而且有些私交。如当我母亲去世时,我到南城的一家店去为母亲买装裹(入殓所穿之衣),路过荣宝斋,见到叶先生,他看我很伤心,问我怎么回事,我和他说起了我的不幸身世以及我们孤儿寡母的艰辛,他安慰我说:"我也是孤儿。"边说边流下热泪,令我至今都很感动。又如他向别人介绍我时曾夸奖说:"贵胄天潢之后常出一些聪明绝代人才。"所以承蒙他的信任,有些事就交给我办,比如到上海去考察上海画院的有关情况和经验,以便更好地筹办中国画院,为此我真的到上海一带做了详细的调查研究,取得了很多经验。这样,在别人眼里我自然成了叶先生的红人。但这种情况却引起了一些人的嫉恨。当时在美术界还有一位先生,他是党内的,握有一定的实权,他当然不希望叶先生回来主持画院,深知叶先生在美术界享有崇高的声望,他一回来,大家一定都会站在他那一边,自己的权势必定会受到很大的挑战;而要想保住自己的地位,就必须借这场反右运动把叶先生打倒。在这位先生眼中,我属于叶先生的死党,所以要打倒叶先生必须一并打倒我,而通过打倒叶先生周围的人也才能罗织罪名最终打倒他,于是我成了必然的牺牲品。但把一个人打成"右派",总要找点理由和借口,但凡了解一点我的人都知道,我是不会在所谓给党提意见的会上提什么意见的,不用说给党提意见了,就是给朋友,我也不会提什么意见。但怎么找借口呢?正应了经过千锤百炼考验的那条古训:"欲加之罪,何患无辞?"经过多方搜集挖掘,终于找到了这样一条罪状:我曾称赞过画家徐燕荪的画有个性风格,并引用了"春色满园关不住,一枝红杏出墙来"的诗句来形容称赞他代表的这一派画风在新时代中会有新希望。于是他们就根据这句话无限上纲,说我不满当时的大好形势,意欲脱离党的领导,大搞个人主义。当时的批判会是在朝阳门内文化部礼堂举行的,那次会后我被正式打成"右派"。叶恭绰先生,还有我称赞过的徐燕荪先生当然也都按既定方针打成"右派",可谓一网打尽。至于他们二人打成"右派"的具体经过和理由我不太清楚,不好妄加说明,但我自己确是那位先生亲自过问、亲自操办的。

  我也记不清是哪年,大约过了一两年,我的"右派"帽子又摘掉了,我之所以记不清,是因为没有一个很明确郑重的手续正式宣布这件事,而且当时是在画院戴的,在师大摘,师大也说不清是怎么回事,总之我稀里糊涂地被戴上"右派"帽子,又稀里糊涂地被摘掉帽子。当时政策规定,对有些摘帽的人不叫现行"右派"分子了,而叫"摘帽右派"——其实,还是另一种形式的"右派"。我虽然没有这个正式名称,但群众哪分得清谁属于正式的"摘帽右派",谁不属于"摘帽右派"?当时对"摘帽右派"有这样一句非常经典的话,叫"帽子拿在群众手中"——不老实随时可以给你再戴上。我十分清楚这一点,日久天长就成了口头语。比如冬天出门找帽子戴,如发现是别人替我拿着,我会马上脱口而出:"帽子拿在群众手中。"如自己取来帽子,马上会脱口而出:"帽子拿在自己手中。"不管拿在谁的手中,反正随时有重新被扣上的危险,能不如履薄冰,如临深渊,战战兢兢吗?日久天长,熟悉我的人都知道这个典故,冬天出门前,都询问:"帽子拿在谁的手中?"或者我自己回答:"帽子拿在自己手中呢。"或者别人回答:"帽子拿在群众手中呢。"

有人常问我:"你这么老实,没有一句言论,没有一句不满,竟被打成'右派',觉得冤枉不冤枉?"说实在的,我虽然深知当"右派"的滋味,但并没有特别冤枉的想法。我和有些人不同,他们可能有过一段光荣的"革命史",自认为是"革命者",完全是本着良好愿望,站在革命的或积极要求进步的立场上,响应党的号召,向党建言献策的,很多人都是想"抚顺鳞"的,一旦被加上"批逆鳞"的罪名,他们当然想不通。但我深知我的情况不同于他们。当时我老伴也时常为这件事伤心哭泣,我就这样劝慰她:"算了,咱们也谈不上冤枉。咱们是封建余孽,你想,资产阶级都要革咱们的命,更不用说无产阶级了,现在革命需要抓一部分'右派',不抓咱们抓谁?咱们能成'左派'吗?既然不是'左派',可不就是'右派'吗?幸好母亲她们刚去世,要不然让她们知道了还不知要为我怎么操心牵挂、担惊受怕呢?"这里虽有劝慰的成分,但确是实情,说穿了,就是这么回事,没有什么可冤枉的,没有什么可奇怪的。我老伴非常通情达理,不但不埋怨我,而且踏下心来和我共渡难关。直到"文化大革命"后,拨乱反正,我的"右派"才算彻底、正式平反。我当时住在小乘巷的斗室里,系总支书记刘模到我家宣读了正式决定,摘掉"右派"帽子,取消原来的不实结论。我当时写了几句话,表达了一下我的感想,其中有"至诚感戴对我的教育和鼓励"。在一般人看来,既然彻底平反,正式明确原来的"右派"是不实之词,那还有什么教育可谈?所以他还问我这句是什么意思,以为我是在讽刺。其实,我一点讽刺的意思也没有,这确实是我的心里话:从今我更要处处小心,这不就是对我的教育吗?而令我奇怪的是,摘帽之后,那位给我戴帽的先生好像没事人一样,照样和我寒暄周旋,真称得上"翻手为云覆手为雨""宰相肚里能撑船"了。

要说"右派"的故事,还要讲叶恭绰先生。他可是真冤啊。我当时是个无名小卒,但他是大名鼎鼎的社会名流,又是受周总理亲自邀请真心诚意地抱着报效国家的愿望回来的,但回来没落个别的,却落个"右派",怎么能不冤?他也到处申诉。怎么向别人申诉我不知道,但通过陈校长我却知道。他和陈校长是多年的至交,在辅仁时期即过往甚密,打成"右派"后,他给陈校长写了很多信,既有申明,又有诉苦,极力表白自己不是"右派",并想通过陈校长的威望告诉当局和大家。陈校长也真够仗义执言,冒着为"右派"鸣冤叫屈的危险,竟把这些信交到中央,至于是交给周总理还是其他人,我就不知道。后来也就摘帽了,继续让他在文字改革委员会工作。叶先生的高明在于他善于汲取教训。毛主席曾给他亲笔写过大幅横披的《沁园春·雪》,从此他把它挂在堂屋的正墙上,上面再悬挂着毛主席像。毛主席还给叶先生写过很多亲笔信,叶先生把它们分别放在最贵重的箱子或抽屉的最上面,作为"镇箱之宝"。后来,更厉害的"文化大革命"时,红卫兵前来抄家,打开一个箱子,看到上面有一封毛主席的亲笔信,再打开另一个箱子,看到上面又有一封毛主席的亲笔信,不知这位有什么来头,不敢贸然行事,只好悻悻而去。也凭着他的信多,换了别人还是不行。

以往我遭受挫折的时候陈校长都帮助了我,援救了我,但这次政治运动中他想再"护犊子"似的护着我也不成了。可陈校长此时的关心更使我感动。一次他去逛琉璃厂发现我收藏的明、清字画都流入那里的字画店,知道我一定是生活困难,才把这些心爱的收藏卖掉,于是他出钱买下这些字画,并立即派秘书来看望我,询问我的生活情况,还送来一百元钱。这在精神上给了我很大的安慰,再加上亲人、朋友的帮助,我才在逆境中鼓起继续生活下去的勇气。

我所尊重的李长之先生

长之先生以年龄论仅长我两岁，以学识论，实在应该是我的前辈。且不说他的学问，即以他读过的中国古典文史和英、德、法、日等外语的记忆、融贯和表达的能力，也是这种年龄的读书人所不易企及的。

我没上过大学，也不会外文，只从一位老学者读过经、子、文、史的书，学着写古文诗词，承世丈陈援庵先生提拔到辅仁大学教书，中间受尽轻视和排斥。解放后院系调整，到了北京师范大学。旧社会出来的知识分子有一些毛病或说习惯，一是乡贯相同，一是职业相同。今天分析起来，实是语言交流的容易为主要的原因。长之先生虽原籍山东利津，但从小久居北京，和我有绝大的相近关系，后来又有同"派"之雅，如果模拟科举习称，我们相呼"同年"，又有何不可呢！

我在北京师范大学中文系教古典文学，当时有一种"心照不宣"的规律，即文学史必由政治水平高的教师担任。所谓高低，当然在于政治的资历。如果是一位政治上有资格的教师，不论他的业务怎样，也可以讲文学的发展或文学发展的理论。有一位曾和另一位年轻的革命教师有过往还的中年教师，在业务上是东拉西扯，但他曾从那位年纪轻的革命教师那里听来一些革命理论的名词，这样他便常常在讨论中取胜。一次李长之先生讲陶渊明一句"鸡鸣桑树颠"，那位便说与"种桑长江边"有关，姑不论陶氏家是否临着长江,由于这位"半权威"的人说了就必须跟着他牵强附会地去误人子弟。

有一次一位朋友需要讲一位欧洲文学家的生平和他的文学成就,来求李先生帮他的忙,李先生就请他在一旁坐下,自己一边就拿起笔来起草。我由于不在旁边,听当时在旁边的人说,大约一个课时(九十分钟)的时间,即把草稿写成。那位朋友喜笑颜开地拿着那篇草稿走了。这是我得知李先生对外国文学和外国作家的熟悉情况。

李先生写过一篇分析鲁迅的文章,题目用了"批判"二字,那是日文"批评"的同义词。李先生是通日文的,在解放前有许多词汇是由日本文章上引来的,特别是法律上许多词汇,例如:法律、会议、通过、胜诉等。笔者幼年时流行新戏剧被称为"文明戏",有些人拿着手杖,被称为"文明棍"。一次我说了"文明"二字,被先祖申斥:"你跟谁学的这个'新名词'?"后来读了《易经》,见到这两个字,这时先祖已去世了,才知道即使古书上已有的词汇,在今天的用法和含义已不相同即当做新含义看待了。相传清末有一位达官看到秘书代他起草的一篇文稿中有一个"新名词",他便批上"某某二字是日本名词,阅之殊为可厌"。他的秘书看到之后又批了一句说:"名词二字亦日本名词,阅之尤为可厌。"这位达官也没办法了。李先生在大量袭用日本名词的时代也用了"批判"二字当做"分析"含义文章的标题,没想到解放后这"批判"二字的用法却只作负面的含义来用的,李长之先生的这篇文章便成为"阅之殊为可厌"的"反动"罪名了。

去年我与我校的一位老领导聂菊荪老同志见面,谈到李先生,我说:"他在中文系可是'罪大恶极'的人物啊!"聂老说:"他最后的解放是我签署的,据我所知:他年轻时通晓几种外文,文笔很快,也比较多,有傲气,得罪人较多。"这时我的胸间所压的一块大石头才像一张薄纸一样地被轻轻揭开,而李长之先生也总算亲手在改正"右派"分子的文件上签了自己的名字。他在给我的电话中说:"感谢当今的领导啊!"

李长之先生的学问、文章,都由他的二女儿李书和女婿于天池搜集编排,终成为这部文集,也是我们这些旧时代过来的知识分子们共同值得安慰和庆贺的!《文集》中绝大多数文章我没读过,只有关于司马迁那部分是曾拜读过的。我一向不敢为朋友的文章作"序",最多只称"读后记",但今见《李长之先生著译年表》后感到称"读后记"也不确实,只好标题"我所尊重的李长之先生"(代序)吧!

夫子循循然善诱人
——陈垣先生诞生百年纪念

陈垣先生是近百年的一位学者,这是人所共知的。他在史学上的贡献,更是国内国外久有定评的。我既没有能力一一叙述,事实上他的著作具在,也不待这里多加介绍。现在当先生降诞百年,又是先生逝世第十年之际,我以亲受业者心丧之余,回忆一些当年受到的教导,谨追述一些侧面,对于今天教育工作者来说,仍会有所启发的。

我是一个中学生,同时从一位苏州的老学者戴姜福先生读书,学习"经史辞章"范围的东西,作古典诗文的基本训练。因为生活困难,等不得逐步升学,一九三三年由我祖父辈的老世交傅增湘先生拿着我的作业去介绍给陈垣先生,当然意在给我找一点谋生的机会。傅老先生回来告诉我说:"援庵说你写作俱佳。他的印象不错,可以去见他。无论能否得到工作安排,你总要勤向陈先生请教。学到做学问的门径,这比得到一个职业还重要,一生受用不尽的。"我谨记着这个嘱咐,去见陈先生。初见他眉棱眼角肃穆威严,未免有些害怕。但他开口说:"我的叔父陈简墀和你祖父是同年翰林,我们还是世交呢!"其实陈先生早就参加资产阶级革命,对于封建的科举关系焉能那样讲求?但从我听了这句话,我和先生之间,像先拆了一堵生疏的墙壁。此后随着漫长的岁月,每次见面,都给我换去旧思想,灌注新营养。在今天如果说予小子对文化教育事业有一滴贡献,那就是这位老园丁辛勤灌溉时的汗珠。

一、怎样教书

我见了陈老师之后不久,老师推荐我在辅仁大学附属中学教一班"国文"。在交派我工作时,详细问我教过学生没有,多大年龄的,教什么,怎么教。我把教过家馆的情形述说了,老师在点点头之后,说了几条"注意事项"。过了两年,有人认为我不够中学教员的资格,把我解聘。老师后便派我在大学教一年级的"国文"。老师一贯的教学理论,多少年从来未间断地对我提醒。今天回想,记忆犹新,现在综合写在这里。老师说:

(一) 教一班中学生与在私塾屋里教几个小孩不同,一个人站在讲台上要有一个样子。人脸是对立的,但感情不可对立。

(二) 万不可有偏爱、偏恶,万不许讥诮学生。

(三) 以鼓励夸奖为主。不好的学生,包括淘气的或成绩不好的,都要尽力找他们一小点好处,加以夸奖。

(四) 不要发脾气。你发一次,即使有效,以后再有更坏的事件发生,又怎么发更大的脾气? 万一发了脾气之后无效,又怎么下场? 你还年轻,但在讲台上即是师表,要取得学生的佩服。

(五) 教一课书要把这一课的各方面都预备到,设想学生会问什么。陈老师还多次说过,自己研究几个月的一项结果,有时并不够一堂时间讲的。

(六) 批改作文,不要多改,多改了不如你替他作一篇。改多了他们也不看。要改重要的关键处。

(七) 要有教课日记。自己和学生有某些优缺点,都记下来,包括作文中的问题,记下以备比较。

(八) 发作文时,要举例讲解。缺点尽力在堂下个别谈;缺点改好了,有所进步的,尽力在堂上表扬。

(九)要疏通课堂空气,你总在台上坐着,学生总在台下听着,成了套子。学生打呵欠,或者在抄别人的作业,或看小说,你讲的多么用力也是白费。不但作文课要在学生座位行间走走,讲课时,写了板书之后,也可下台看看。既回头看看自己板书的效果如何,也看看学生会记不会记。有不会写的或写错了的字,在他们座位上给他们指点,对于被指点的人,会有较深的印象,旁边的人也会感觉兴趣,不怕来问了。

这些"上课须知",老师不止一次地向我反复说明,唯恐听不明,记不住。

老师又在楼道挂了许多玻璃框子,里边随时装入一些各班学生的优秀作业。要求有顶批,有总批,有加圈的地方,有加点的地方,都是为了标志出优点所在。这固然是为了学生观摩的大检阅、大比赛,后来我才明白也是教师教学效果、批改水平的大检阅。

我知道老师并没搞过什么教学法、教育心理学,但他这些原则和方法,实在符合许多教育理论,这是从多年的实践经验中辛勤总结得出来的。

二、对后学的诱导

陈老师对后学因材施教,在课堂上对学生用种种方法提高他们的学习兴趣,在堂下对后学无论是否自己教过的人,也都抱有一团热情去加以诱导。当然也有正面出题目、指范围、定期限、提要求的时候,但这是一般师长、前辈所常有的、共有的,不待详谈。这里要谈的是陈老师一些自身表率和"谈言微中"的诱导情况。

陈老师对各班"国文"课一向不但是亲自过问,每年总还自己教一班课。各班的课本是统一的,选哪些作品,哪篇是为何而选,哪篇中讲什么要点,通过这篇要使学生受到哪方面的教育,都经过仔细考虑,并向任课的人加以说明。学年末全校的一年级"国文"课总是"会考",由陈老师自己出题,统一评定分数。现在我才明白,这不但是学生的会考,也是教师们的会考。

我们这些教"国文"的教员,当然绝大多数是陈老师的学生或后辈,他经常要我们去见他。如果时间隔久了不去,他遇到就问:"你忙什么呢?怎么好久没见?"见面后并不考察读什么书,写什么文等,总是在闲谈中抓住一两个小问题进行指点,指点的往往是因小见大。我们每见老师总有新鲜的收获,或发现自己的不足。

我很不用功,看书少,笔懒,发现不了问题,老师在谈话中遇到某些问题,也并不尽关史学方面的,总是细致地指出,这个问题可以从什么角度去研究探索,有什么题目可作,但不硬出题目,而是引导人发生兴趣。有时评论一篇作品或评论某一种书,说它有什么好处,但还有什么不足处,常说:"我们今天来作,会比它要好。"说到这里就止住。好处在哪里,不足处在哪里,怎样作就比它好?如果我们不问,并不往下说。我就错过了许多次往下请教的机会。因为绝大多数是我没读过的书,或者没有兴趣的问题。假如听了之后随时请教,或回去赶紧补读,下次接着上次的问题尾巴再请教,岂不收获更多?当然我也不是没有继续请教过,最可悔恨的是请教过的比放过去的少得多!

陈老师的客厅、书房以及住室内,总挂些名人字画,最多的是清代学者的字,有时也挂些古代学者字迹的拓片。客厅案头或沙发前的桌上,总有些字画卷册或书籍,这常是宾主谈话的资料,也是对后学的教材。他曾用三十元买了一开章学诚的手札,在三十年代买清代学者手札墨迹,这是很高价钱了。但章学诚的字,写得非常拙劣,老师把它挂在那里,既备一家学者的笔迹,又常当做劣书的例子来警告我们。我们去了,老师常指着某件字画问:"这个人你知道吗?"如果知道,并且还说得出一些有关的问题,老师必大为高兴,连带地引出关于这位学者和他的学问、著述种种评价和介绍。如果不知道,则又指引一点头绪后就不往下多说,例如说:"他是一个史学家。"就完了。我们因自愧没趣,或者想知道个究竟,只好去查有关这个人的资料。明白了一些,下次再向老师表现一番,老师必很高兴。但又常在我的棱缝中再点一下,如果还知道,必大笑点头,我也像考了个满分,感觉自傲。如果词穷了,也必再告诉一点头绪,容回去再查。

老师最喜欢收学者的草稿,细细寻绎他们的修改过程。客厅桌上常摆着这类东西。当见我们看得发生兴趣时,便提出问题说:"你说他为什么改那个字?"

老师常把自己研究的问题向我们说,什么问题,怎么研究起的。在我们的疑问中,如果有老师还没有想到的,必高兴地肯定我们的提问,然后再进一步地发挥给我们听。老师常说,一篇论文或专著,作完了不要忙着发表。好比刚蒸出的馒头,须要把热气放完了,才能去吃。蒸得透不透,熟不熟,才能知道。还常说,作品要给三类人看:一是水平高于自己的人;二是和自己平行的人;三是不如自己的人。因为这可以从不同角度得到反映,以便修改。所以老师的著作稿,我们也常以第三类读者的关系,而得到先睹。我们提出的意见或问题,当然并非全无启发性,但也有些是很可笑的。一次稿中引了两句诗,一位先生看了,误以为是长短二句散文,说稿上的断句有误。老师因而告诉我们要注意学诗,不可闹笑柄。但又郑重嘱咐我们,不要向那位先生说,并说将由自己劝他学诗。我们同从老师受业的人很多,但许多并非同校、同班,以下只好借用"同门"这个旧词。那么那位先生也可称为"同门"的。

老师常常驳斥我们说"不是""不对",听着不免扫兴。但这种驳斥都是有代价的,当驳斥之后,必然使我们知道什么是"是"的,什么是"对"的。后来我们又常恐怕听不到这样的驳斥。

三、对中华民族历史文化的一片丹诚

历史证明,中国几千年来各地方的各民族从矛盾到交融,最后团结成为一体,构成了伟大的中华民族和它的灿烂文化。陈老师曾从一部分历史时期来论证这个问题,即是他精心而且得意的著作之一《元西域人华化考》。

在抗战时期,老师身处沦陷区中,和革命抗敌的后方完全隔绝,手无寸铁的老学者,发奋以教导学生为职志。环境日渐恶劣,生活日渐艰难,老师和几位志同道合的老先生著书、教书越发勤奋。学校经费不足,《辅仁学志》将要停刊,几位老先生相约在《学志》上发表文章,不收稿费。这时期他们发表的文章比收稿费时还要多。老师曾语重心长地说:"从来敌人消灭一个民族,必从消灭它的民族历史文化着手。中华民族文化不被消灭,也是抗敌根本措施之一。"

辅仁大学是天主教的西洋教会所办的,当然是有传教的目的。陈老师的家庭是有基督教信仰的,他在二十年代做教育部次长时,因为在孔庙行礼迹近拜偶像,对"祀孔"典礼,曾"辞不预也"。但他对教会,则不言而喻是愿"自立"的。二十年代有些基督教会也曾经提出过"自立自养",并曾进行过募捐。当时天主教会则未曾提过这个口号,这又岂是一位老学者所能独力实现的呢?于是老师不放过任何机会,大力向神甫们宣传中华民族文化,曾为他们讲佛教在中国所以能传播的原因。看当时的记录,并未谈佛教的思想,而是列举中华民族的文化艺术对佛教存在有什么好处,可供天主教借鉴。吴历,号渔山,是清初时一位深通文学的大画家,他是第一个国产神甫,老师对他一再撰文表彰,又在旧恭王府花园建立"司铎书院",专对年轻的中国神甫进行历史文化基本知识的教育。这个花园中有几棵西府海棠,从前每年花开时旧主人必宴客赋诗,老师这时也在这里宴客赋诗,以"司铎书院海棠"为题,自己也作了许多首,还让那些年轻神甫参加观光,意在造成中国司铎团体的名声。

这种种往事,有人不尽理解,以为陈老师"为人谋"了。若干年后,想起老师常常口诵《论语》中两句:"施于有政,是亦为政。"才懂得他的"苦心孤诣"!还记得老师有一次和一位华籍大主教拍案争辩,成为全校震动的一件事情。辩的是什么,一直没有人知道。现在明白,辩的是什么,也就不问可知了。

一次我拿一卷友人收藏找我题跋的纳兰成德手札卷,去给老师看。说起成德的汉文化修养之高。我说:"您作《元西域人华化考》举了若干人,如果我作'清东域人华化考',成容若应该列在前茅。"老师指着我的题跋说:"后边是启元伯。"相对大笑。中华民族的历史文化是民族的生命和灵魂,更是各兄弟民族团结融合的重要纽带,也是陈老师学术思想中的一个重要组成部分,甚至可以说是一个中心。

四、竭泽而渔地搜集材料

老师研究某一个问题,特别是作历史考证,最重视占有材料。所谓占有材料,并不是指专门挖掘什么新奇的材料,更不是主张找人所未见的什么珍秘材料,而是说要了解这一问题各个方面有关的材料。尽量搜集,加以考查。在人所共见的平凡书中,发现问题,提出见解。自己常说,在准备材料阶段,要"竭泽而渔",意思即是要不漏掉每一条材料。至于用几条,怎么用,那是第二步的事。

问题来了,材料到哪里找?这是我最苦恼的事,而老师常常指出范围,上哪方面去查。我曾向老师问起:"您能知道哪里有哪方面的材料,好比能知道某处陆地下面有伏流,刨开三尺,居然跳出鱼来,这是怎么回事?"后来逐渐知道老师有深广的知识面,不管多么大部头的书,他总要逐一过目。好比对于地理、地质、水道、动物等等调查档案都曾过目的人,哪里有伏流,哪里有鱼,总会掌握线索的。

他曾藏有三部佛教的《大藏经》和一部道教的《道藏经》,曾说笑话:"唐三藏不稀奇,我有四藏。"这些"大块文章"老师都曾阅览过吗?我脑中时常泛出这种疑问。一次老师在古物陈列所发现了一部嘉兴地方刻的《大藏经》,立刻知道里边有哪些种是别处没有的,并且有什么用处。即带着人去抄出许多本,摘录若干条。怎么比较而知哪些种是别处没有的呢?当然熟悉目录是首要的,但仅仅查目录,怎能知道哪些有什么用处呢?我这才"考证"出老师藏的"四藏"并不是陈列品,而是都曾一一过目、心中有数的。

老师自己曾说年轻时看清代的《十朝圣训》《朱批谕旨》《上谕内阁》等书,把各书按条剪开,分类归并。称它为"柱下备忘录"。整理出的问题,即是已发表的《宁远堂丛录》。可惜只发表了几条,仅是全份分类材料的几百分之一。又曾说年轻时为应科举考试,把许多八股文的书全都拆开,逐篇看去,分出优劣等级,重新分册装订,以备精读或略读。后来还能背诵许多八股文的名篇给我们听。这种干法,有谁肯干!又有几人能做得到?

解放前,老师对于马列主义的书还未曾接触过。解放初,才找到大量的小册子,即不舍昼夜地看。眼睛不好,册上的字又很小,用放大镜照着一册册看。那时已是七十岁的老人了,结果累得大病一场,医生制止看书,这才暂停下来。

老师还极注意工具书,二十年代时《丛书子目索引》一类的书还没出版,老师带了一班学生,编了一套各种丛书的索引,这些册清稿,一直在自己书案旁边书架上,后来虽有出版的,自己还是习惯查这份稿本。

另外还有其他书籍,本身并非工具书,但由于善于利用,而收到工具书的效果。例如一次有人拿来一副王引之写的对联,是集唐人诗句。一句知道作者,一句不知道。老师走到藏书的房间,不久出来,说了作者是谁。大家都很惊奇地问怎么知道的,原来有一种小本子的书,叫《诗句题解汇编》,是把唐宋著名诗人的名作每句按韵分编,查者按某句末字所属的韵部去查即知。科举考试除了考八股文外,还考"试帖诗"。这种诗绝大多数是以一句古代诗为题,应考者要知道这句诗的作者和全诗的内容,然后才好着笔,这种小册子即是当时的"夹带",也就是今天所谓的"小抄"。现在试帖诗没有人再作了,而这种"小抄"到了陈老师手中,却成了查古人诗句的索引。这不过是一个例,其余不难类推。

胸中先有鱼类分布的地图,同时烂绳破布又都可拿来作网,何患不能竭泽而渔呢?

五、一指的批评和一字的考证

老师在谈话时,时常风趣地用手向人一指。这无言的一指,有时是肯定的,有时是否定的,使被指者自己领会,得出结论。一位"同门"满脸连鬓胡须,又常懒得刮,老师曾明白告诉他,不刮属于不礼貌,并且上课也要整齐严肃,"不修边幅"去上课,给学生的印象不好,但这位"同门"还常常忘了刮。当忘刮胡子见到老师时,老师总是看看他的脸,用手一指,他便踧踖不安。有一次我们一同去见老师,快到门前了,忽然发觉没有刮胡子,便跑到附近一位"同门"的家中借刀具来刮。附近的这位"同门"的父亲,也是我们的一位师长,看见后说:"你真成了子贡。"大家以为是说他算大师的门徒。这位老先生又说:"入马厩而修容!"这个故事是这样:子贡去到一个贵人家,因为容貌不整洁,被守门人拦住,不许入门。子贡临时钻进门外的马棚"修容"。大家听了后一句无不大笑。这次这位"同门"才免于一指。

一次作司铎书院海棠诗,我用了"西府"一词,另一位"同门"说:"恭王府当时称西府呀?"老师笑着用手一指,然后说:"西府海棠啊!"这位"同门"说:"我想远了。"又谈到当时的美术系主任溥忻先生,他在清代的封爵是"贝子"。我说"他是孛堇",老师点点头。这位"同门"又说:"什么孛堇?"老师不禁一愣,"哎"了一声,用手一指,没再说什么。我赶紧接着说:"就是贝子,《金史》作孛堇。"这位"同门"研究史学,偶然忘了金源官职。老师这无言的一指,不啻开了一次"必读书目"。

老师读书,从来不放过一个字,作历史考证,有时一个很大的问题,都从一个字上突破、解决。以下举三个例。

北京图书馆影印一册于敏中的信札,都是从热河行宫寄给在北京的陆锡熊的。陆锡熊那时正在编辑《四库全书》,于的信札是指示编书问题的。全册各信札绝大部分只写日子,既少有月份,更没有年份。里边一札偶然记了大雨,老师即从它所在地区和下雨的情况钩稽得知是某年某月,因而解决了这批信札大部分写寄的时间,而为《四库全书》编辑经过和进程得到许多旁证资料。这是从一个"雨"字解决的。

又在考顺治是否真曾出家的问题时,在蒋良骐编的《东华录》中看到顺治卒后若干日内,称灵柩为"梓宫",从某日以后称灵柩为

"宝宫",再印证其他资料,证明"梓宫"是指木制的棺材,"宝宫"是指"宝瓶",即是骨灰坛。于是证明顺治是用火葬的。清代《实录》屡经删削修改,蒋良骐在乾隆时所摘录的底本,还是没太删削的本子,还存留"宝宫"的字样。《实录》是官修的书,可见早期并没讳言火葬。这是从一个"宝"字解决的。

又当撰写纪念吴渔山的文章时,搜集了许多吴氏的书画影印本。老师对于画法的鉴定,未曾做专门研究,时常叫我去看。我虽曾学画,但那时鉴定能力还很幼稚,老师依然是垂询参考的。一次看到一册,画的水平不坏,题"仿李营邱",老师直截了当地告诉我说:"这册是假的!"我赶紧问什么原因,老师详谈:孔子的名字,历代都不避讳,到了清代雍正四年,才下令避讳"丘"字,凡写"丘"字时,都加"邑"旁作"邱",在这年以前,并没有把"孔丘""营丘"写成"孔邱""营邱"的。吴渔山卒于雍正以前,怎能预先避讳?我真奇怪,老师对历史事件连年份都记得这样清,提出这样快!在这问题上,当然和作《史讳举例》曾下的功夫有关,更重要的是亲手剪裁分类编订过那部《柱下备忘录》。所以清代史事,不难如数家珍,唾手而得。伪画的马脚,立刻揭露。这是从一个"邱"字解决的。

这类情况还多,凭此三例,也可以概见其余。

六、严格的文风和精密的逻辑

陈老师对于文风的要求,一向是极端严格的。字句的精简,逻辑的周密,从来一丝不苟。旧文风,散文多半是学"桐城派",兼学些半骈半散的"公牍文"。遇到陈老师,却常被问得一无是处。怎样问?例如用些漂亮的语调,古奥的辞藻时,老师总问:"这些怎么讲?"那些语调和辞藻当然不易明确翻成现在语言,答不出时,老师便说:"那你为什么用它?"一次我用了"旧年"二字,是从唐人诗"江春入旧年"套用来的。老师问:"旧年指什么?是旧历年,是去年,还是以往哪年?"我不能具体说,就被改了。老师说:"桐城派作文章如果肯定一个人,必要否定一个人来作陪衬。语气总要摇曳多姿,其实里边有许多没用的话。"三十年代流行一种论文题目,像"某某作家及其作品",老师见到我辈如果写出这类题目,必要把那个"其"字删去,宁可使念着不太顺嘴,也绝不容许多费一个字。陈老师的母亲去世,老师发讣闻,一般成例,孤哀子名下都写"泣血稽颡",老师认为"血"字并不诚实,就把它去掉。在旧社会的"服制"上,什么"服"的亲属,名下写什么字样。"泣血稽颡"是比儿子较疏的亲属名下所用的,但老师宁可不合世俗旧服制的习惯用语,也不肯向人撒谎,说自己泣了血。

唐代刘知几作的《史通》,里边有一篇《点烦》,是举出前代文中啰唆的例子,把他所认为应删去的字用"点"标在旁边。流传的《史通》刻本,字旁的点都被刻板者省略,后世读者便无法看出刘知几要删去哪些字。刘氏的原则是删去没用的字,而语义毫无损伤、改变,并且只往下删,绝不增加任何一字。这种精神,是陈老师最为赞成的。屡次把这《点烦》篇中的例文印出来,让学生自己学着去删。结果常把有用的字删去,而留下的却是废字废话。老师的秘书都怕起草文件,常常为了一两字的推敲,能经历许多时间。

老师常说,人能在没有什么理由,没有什么具体事迹,也就是没有什么内容的条件下,作出一篇骈体文,但不能作出一篇散文。老师六十岁寿辰时,老师的几位老朋友领头送一堂寿屏,内容是要全面叙述老师在学术上的成就和贡献,但用什么文体呢?如果用散文,万一遇到措辞不恰当,不周延,不确切,挂在那里徒然使陈老师看着别扭,岂不反为不美?于是公推高步瀛先生用骈体文作寿序,请余嘉锡先生用隶书来写。陈老师得到这份贵重寿礼,极其满意。自己把它影印成一小册,送给朋友,认为这才不是空洞堆砌的骈文。还告诉我们,只有高先生那样富的学问和那样高的手笔,才能写出那样的骈文,不是初学的人所能"摇笔即来"的。才知老师并不是单纯反对骈体文,而是反对那种空洞无物的。

老师对于行文,最不喜"见下文"。说,先后次序,不可颠倒。前边没有说明,令读者等待看后边,那么前边说的话根据何在?又很不喜在自己文中加注释。说,正文原来就是说明问题的,为什么不在正文中即把问题说清楚?既有正文,再补以注释,就说明正文没说全或没说清。除了特定的规格、特定的条件必须用小注的形式外,应该锻炼在正文中就把应说的都说清。所以老师的著作中除《元典章校补》是随着《元典章》的体例有小注外,《元秘史译音用字考》在木板刻成后又发现应加的内容,不得已刓改板面,出现一段双行小字外,一般文中连加括弧的插话都不肯用,更不用说那些"注一""注二"的小注。但看那些一字一板的考据文章中,并没有使人觉得缺什么该交代的材料出处,因为已都消化在正文中了。另外,也不喜用删节号。认为引文不会抄全篇,当然都是删节的。不衔接的引文,应该分开引用。引诗如果仅三句有用,那不成联的单句必然另引,绝不使它成为瘸腿诗。

用比喻来说老师的考证文风,既像古代"老吏断狱"的爰书,又像现代科学发明的报告。

七、诗情和书趣

陈老师的考证文章,精密严格,世所习见。许多人有时发生错觉,以为这位史学家不解诗赋。这里先举一联来看:"百年史学推瓯北,万首诗篇爱剑南。"这是老师带有"自况"性质的"宣言",即以本联的对偶工巧,平仄和谐,已足看出是一位老行家。其实不难理解,曾经应过科举考试的人,这些基本训练,不可能不深厚的。曾详细教导我关于骈文中"仄顶仄,平顶平"等等韵律的规格,我作的那本《诗文声律论稿》中的论点,谁知道许多是这位庄严谨饬的史学考据家所传授的呢?

抗战前他曾说过,自己六十岁后,将卸去行政职务,用一段较长时间,补游未到过的名山大川,丰富一下诗料,多积累一些作品,使诗集和文集分量相称。不料战争突起,都成了虚愿。

现在存留的诗稿有多少,我不知道,一时也无从寻找。最近只遇到《司铎书院海棠》诗的手稿残本绝句七首,摘录二首,以见一斑:

> 十年树木成诗谶,劝学深心仰万松。
> 今日海棠花独早,料因桃李与争秾。
> 自注:万松野人著《劝学罪言》,为今日司铎书院之先声。"十年树木"楹帖,今存书院。
> 功按:万松野人为英华先生的别号。先生字敛之,姓赫舍里氏,满族人,创"补仁社",即是辅仁大学的前身。陈垣先生每谈到他时,总称他为"英老师"。
> 西堂曾作竹枝吟,玫瑰花开玛窦林。
> 幸有海棠能嗣响,会当击木震仁音。
> 自注:尤西堂《外图竹枝词》:"阜成门外玫瑰发,杯酒还浇利泰西。""击木震仁惠之音。"见《景教碑》。
> 功按:利玛窦,明人以"泰西"作地望称之,又或称之为"利子"。《景教碑》即唐代《景教流行中国碑》,今在西安碑林。

又在一九六七年时,空气正紧张之际,我偷着去看老师,老师口诵他最近给一位朋友题什么图的诗共两首。我没有时间抄录,匆匆辞出,只记得老师手捋胡须念:"老夫也是农家子,书屋于今号励耘。"抑扬的声调,至今如在。

清末学术界有一种风气,即经学讲《公羊》,书法学北碑。陈老师平生不讲经学,但偶然谈到经学问题时,还不免流露公羊学的观点;对于书法,则非常反对学北碑。理由是刀刃所刻的效果与毛笔所写的效果不同,勉强用毛锥去模拟刀刃的效果,必致矫揉造作,毫不自然。我有些首《论书绝句》,其中二首云:"题记龙门字势雄,就中尤属《始平公》。学书别有观碑法,透过刀锋看笔锋。""少谈汉魏怕徒劳,简牍摩挲未几遭。岂独甘卑爱唐宋,半生师笔不师刀。"曾谬蒙朋友称赏,其实这只是陈老师艺术思想的韵语化罢了。

还有两件事可以看到老师对于书法的态度:有一位退位的大总统,好临《淳化阁帖》,笔法学包世臣。有人拿着他的字来问写得如何,老师答说写得好。问好在何处,回答是"连枣木纹都写出来了"。宋代刻《淳化阁帖》是用枣木板子,后世屡经翻刻,越发失真。可见老师不是对北碑有什么偏恶,对学翻版的《阁帖》,也同样不赞成的。另一事是解放前故宫博物院影印古代书画,常由一位院长题签,写得字体歪斜,看着不太美观。陈老师是博物院的理事,一次院中的工作人员拿来印本征求意见,老师说:"你们的书签贴得好。"问好在何处,回答是:"一揭便掉。"原来老师所存的故宫影印本上所贴的书签,都被揭掉了。

八、无价的奖金和宝贵的墨迹

辅仁大学有一位教授,在抗战胜利后出任北平市的某一局长,从辅仁的教师中找他的帮手,想让我去管一个科室。我去向陈老师请教,老师问:"你母亲愿意不愿意?"我说:"我母亲自己不懂得,教我请示老师。"又问："你自己觉得怎样？"我说："我'少无宦情'。"老师哈哈大笑说："既然你无宦情，我可以告诉你：学校送给你的是聘书，你是教师，是宾客；衙门发给你的是委任状，你是属员，是官吏。"我明白了，立刻告辞回来，用花笺纸写了一封信，表示感谢那位教授对我的重视，又婉言辞谢了他的委派。拿着这封信去请老师过目。老师看了没有别的话，只说："值三十元。"这"三十元"到了我的耳朵里，就不是银元，而是金元了。

一九六三年，我有一篇发表过的旧论文，由于读者反映较好，修改补充后，将由出版单位作专书出版，去请陈老师题签。老师非常高兴，问我："你曾有专书出版过吗？"我说："这是第一本。"又问了这册的一些方面后，忽然问我："你今年多大岁数了？"我说："五十一岁。"老师即历数戴东原只五十四，全谢山五十岁，然后说："你好好努力啊！"我突然听到这几句上言不搭下语而又比拟不恰的话，立刻懵住了，稍微一想，几乎掉下泪来。老人这时竟像一个小孩，看到自己浇过水的一棵小草，结了籽粒，便喊人来看，说要结桃李了。现在又过了十七年，我学无寸进，辜负了老师夸张性的鼓励。

陈老师对于做文史教育工作的后学，要求常常既广且严。他常说做文史工作必须懂诗文，懂金石，否则怎能广泛运用各方面的史料。又说作为一个学者必须能懂民族文化的各个方面；作为一个教育工作者，常识更须广博。还常说，字写不好，学问再大，也不免减色。一个教师板书写得难看，学生先看不起。

老师写信都用花笺纸，一笔似米芾又似董其昌的小行书，永远那么匀称，绝不潦草。看来每下笔时，都提防着人家收藏装裱。藏书上的眉批和学生作业上的批语字迹是一样的。黑板上的字，也是那样。板书每行四五字，绝不写到黑板下框处，怕后边坐的学生看不见。写哪些字,好像都曾计划过的,但我却不敢问:"您的板书还打草稿吗?"后来无意中谈到"备课"问题,老师说:"备课不但要准备教什么,还要思考怎样教。哪些话写黑板,哪些话不用写。易懂的写了是浪费,不易懂的不写则学生不明白。"啊!原来黑板写什么,怎样写,老师确是都经过考虑的。

老师在名人字画上写题跋,看去潇洒自然,毫不矜持费力,原来也一一精打细算,行款位置,都要恰当合适。给人写扇面,好写自己作的小条笔记,我就求写过两次,都写的小考证。写到最后,不多不少,加上年月款识、印章,真是天衣无缝。后来得知是先数好扇骨的行格,再算好文词的字数,哪行长,哪行短。看去一气呵成,谁知曾费如此匠心呢?

我在一九六四、一九六五年间,起草了一本小册子,带着稿子去请老师题签。这时老师已经病了,禁不得劳累。见我这一叠稿子,非看不可。但我知道他老人家如看完那几万字,身体必然支持不住,只好托词说还须修改,改后再拿来,先只留下书名。我心里知道老师以后恐连这样书签也不易多写了,但又难于先给自己订出题目,请老师预写。于是想出"启功丛稿"四字,准备将来作为"大题",分别用在各篇名下。就说还有一本杂文,也求题签。老师这时已不太能多谈话,我就到旁的房间去坐。不多时间,秘书同志举着一叠墨笔写的小书签来了,我真喜出望外,怎能这样快呢?原来老师凡见到学生有一点点"成绩",都是异常兴奋的。最痛心的是这个小册,从那年起,整整修改了十年,才得出版,而他老人家已不及见了!

现在我把回忆老师教导的千百分之一写出来,如果能对今后的教育工作者有所帮助,也算我报了师恩的千百分之一!我现在也将近七十岁了,记忆力锐减,但"学问门径""受用无穷""不对

"不是""教师""官吏""三十元""五十岁"种种声音,却永远鲜明地在我的耳边。

老师逝世时,是一九七一年,那时还祸害横行,纵有千言万语,谁又敢见诸文字?当时私撰了一副挽联,曾向朋友述说,都劝我不要写出。现在补写在这里,以当"回向"吧!

依函丈卅九年,信有师生同父子;
刊习作二三册,痛余文字答陶甄!

一九八〇年六月十六日

仁者永怀无尽意
——回向赵朴初先生

中国幅员广大,世界闻名。长江、大河,自西东下,不但四岸的民命赖以生存,南北的文化教养,也获得无穷的滋长。

唐世藩镇割据,使得金瓯碎裂。北宋虽然部分统一,而又自制内部矛盾。同胞兄弟阋墙之后,夺位掌权的弟弟,把哥哥的子孙统统赶至江南,朝内失势的大臣,又都赶到更远的边境。从此造成数千年中国文化盛于江南,成了八九百年的局势。到了清朝,正常科举之外,还一再地举行博学鸿词的特别科举,所取人才,更多是江南的文士。

赵朴翁生于皖江,长于沪、宁,又加天资颖悟,所谓渊综博达,亦出勤学,亦出天资。始到"立年",即参加红十字会工作。这项工作,无疑是集中在扶生救死,奔走四方,对于体力锻炼、思想的仁慈,实是一种深刻的培养。那时有一急救对象,正处在困饿无援的境地,朴翁冒着生命的危险,把募来救济的粮食,送去救急。旁有关心的人士向年轻的朴翁提出警告,朴翁反问:你如见到你的同胞困饿将死,那应采取什么办法?是先问他的派别,还是先送去食品?由此不禁想到《论语》中孔子的弟子问孔子:如有"博施于民,而能济众"的人,算不算"仁"?孔子说:何止够"仁",应该算"圣",尧、舜恐怕都不易达到这种行为!又佛教传说中,有释迦牟尼自己割肉喂虎的故事。朴翁当然知道这类行为危险的程度,与割肉喂虎的传说相比可以说有过之而无不及！朴翁后半生更多地做佛教以及各宗教全体的统战工作，好像是一位彻头彻尾虔诚的佛教徒，哪知他的仁者胸怀，其来有自，宗教的表现，不过是仁者胸怀升华的一个支流罢了！

湖北蕲水陈家自秋舫殿撰（沆）以来，文风极盛。朴翁在沪上时常请教于殿撰诸孙曾字一辈的先德，尤其喜读《苍虬阁诗》。陈四先生（曾则）的女公子邦织女士，在家庭的影响下成长，又和朴翁结了婚，成为朴翁在新中国工作更加得力的帮手。

一九八三年我初次访问日本，谒见了宋之光大使，宋大使留我住在大使馆的宿舍。正在日本电视台上教中文的陈文芷女士，来到宿舍相访。文芷女士是邦织夫人的堂侄女，拿来朴翁吟诗的录音带给我听。她问我："你猜是谁的哪一首诗？"我说一定是"万幻惟余泪是真"那一首。文芷女士又惊又喜，说："你怎么猜得这么准？"我说："很简单。朴翁喜爱《苍虬阁诗》，《苍虬阁诗》中又以这'泪'的一首最为世所传诵。朴翁半生都是在'视民如伤'的心情下努力奔走的。请问朴翁选诗吟诵，不选这一首，又选哪一首呢？"这正如禅机心印，相对拍手大笑。

后来叶誉老的一部分书画文物捐给国家文物局，王冶秋局长拿到朴翁家中，也叫我去参加鉴定。朴翁对书画文物本是很内行的，却微笑地在旁看大家发表意见。这一批书画，本是誉老自己亲自收藏的明清人的精品，并没有次等作品。其中给我留下印象很深的一卷憨山大师的小行书长卷，中间有几处提到"达大师"，抬头提行写。我想这样尊敬的写法，如是称达观大师，他们相距不远，又不见得是传法的师弟关系；抬头一望朴翁，朴翁说："是达摩。"我真惊讶。一般内藏书中，对于佛祖称呼也并不如此尊敬抬头提行去写，不用说对达摩了。由此可见憨山在宗门中对祖师的尊敬，真是"造次必于是"的。我更惊讶的是，这一大包书画，朴翁并未见过，憨山的诗文集中也没见过这样写法，朴翁竟在随手批阅中，便知道憨山对祖师的敬意，这便不是偶然的事了。而朴翁乍见即知憨山心印，可证绝非掠影谈禅所能比拟的。

朴翁生活朴素，也不同于一般信士的长斋茹素。我曾侍于世俗宴会之上，但见朴翁自取所吃之菜，设宴的主人举出伊蒲之品，奉到朴翁坐前；表示迟奉的歉意，朴翁也就点头致谢，没有任何特殊的表示。这样生活，在饮食方面，我还见过叶誉虎先生。主人设宴，不知他茹素。誉翁只从盘边夹起蔬菜随便来吃。我与主人相熟，刚要向他提醒誉翁茹素，誉翁自己说："这是肉边菜。"及至主人拿来素菜，誉翁已吃饱了。这两位都过了九十余岁，二位虽然平生事业并不相同，但晚年在行云流水般的起居中安然撒手，在我这后学八十八岁的目中所见，除著名的宗门大隐外，还没遇到第三位！

我与朋友谈过朴翁素食的时间，我的朋友说一定是由于掌管佛教协会，才有这样的生活，但都不敢当面请教。一次，我因心脏病住进北医三院，小护士来从臂上取血，灌入试管，手摇不停。我问她为什么摇晃试管，她说："你还吃肥肉呢！血脂这么高，不摇动，它就凝固了。"正这时，见一位长者迈步进来，便说："你们吵什么？我吃了六十多年的素，血脂也并不低呀！"原来这位长者是赵朴翁。小护士拔腿跑了。我真是百感交集，我这小病，竟劳朴翁挂念，又遗憾那位朋友没得亲自听到这句"吃了六十多年素"。至今又是二十多年，朴翁因心脏衰竭病逝，并非因血脂高低影响生命。

朴翁寿近九十，常因保健住在北京医院。我有一天送我的习作装订本去求教，一进楼门，忽然打起喷嚏，我立刻决定写一个纸条，不敢上楼求见，谨将习作呈上，以求教正。后来虽有要去谒见的事，只要有感冒之类的病情，便求别人代达，不敢冒失去求见。

今天朴翁仙逝，正赶上我患"带状疱疹"（俗名串腰龙），又无法出门往吊。回忆朴翁令人转赐问病，真自恨缘艰，欲哭无泪了！

朴翁逝后，一次和一位佛教界的同志谈起今后朴翁这个位置的接班人问题，我们共同猜度，许多方面，例如：宗教信仰，办事才干，社会名望，人品年龄等，都不会成为极大的问题，只有一端，即朴翁的平生志愿和历史威望，实在不易想出有谁能够密切合格。朴翁身居佛教的领导人，却不是出家的比丘；以佛教协会的会长，在政协的各宗教合成的一组中团结一致，一言九鼎，大家同存敬佩之心，而不是碍于什么情面。我和友人说到这里，共同击掌相问："你说有谁？"接着又共同长叹。至今半年有余的时间中，自恨无文，不能把这段思想综合起来，写成动人的韵语，敬悬在朴翁的纪念堂中，向全国人民表达我们的希望！

朴翁一生，从青年、中年到老年的心期和工作，无一处不是在"博施济众"的目的之下的，在先师孔子论"仁"的垂教中曾说：能做到这个地步的人，不只是一位仁人，而且够上圣人，并恐怕尧舜未必全能做到！我读了若干篇敬悼朴翁的文章，所见的回向赞语，真可谓应有尽有，而"博施济众"的"仁人之语"，所见还不太多。我又在朴翁的书房中见到"无尽意斋"的匾额，这虽是《金刚经》中的一个词，对一位具有仁心，还无尽意的朴老来说，岂非"尧舜其犹病诸"，难道还不够一位"仁者"吗！

二〇〇〇年

哲人·痴人

张中行先生比我长三岁,在科举制度时,相差一科,在学校制度中,相差一届。他的学问修养,文章识见,都不折不扣地是我的一位前辈。我们相识已逾四十年,可以算是一位极熟的神交。一般说,神交二字多是指尚无交往而闻名相慕的人,我对张老何以忽然用上这两个字?其理不难说明:住得距离远,工作各自忙。张老笔不停挥地撰稿,我也笔不停挥地写应酬字。他的文章出来,我必废寝忘食地读,读到一部分时就忍不住写信去喝彩或抬杠。他的著作又常强迫我用胡说八道的话来作"序",说良心话,我真不知从何写起。"口门太窄",如何吐得出他这辆"大白牛车"?但是翻读《负暄续话》稿本未完,就忍不住要写信去喝彩、去抬杠。罢了,就把一些要写信的话写在这里,算作初步读过部分原稿的"读后感"。还得加个说明,为什么用"感"字而不用"记"字,因为"记"必须是扎扎实实地记录所读的心得体会;"感"就不同了,由此的感受,及彼的感发,都可包容。也就是有"开小差"的退路而已。

张先生这部《续话》中有一篇记他令祖的文章,题为《祖父张伦》。文中开头即说世间有两种人,一是哲人,一是痴人。哲人如孔子,痴人如项羽。其论点如何,我这里不想阐发,所要引的,即因我对张老总想用"徽号"般的词来概括他,又总想不出恰当的字眼;现在得到了,他既是哲人,又是痴人。

哲人最明显,从我肤浅的理解中,作武断的分析:他博学,兼通古今中外的学识；他达观，议论透辟而超脱，处世"为而弗有"；他文笔轻松，没有不易表达思想的语言；还有最大的一个特点，他的杂文中，常见有不屑一谈的地方或不傻装糊涂的地方，可算以上诸端升华的集中表现，也就是哲人的极高境界。

至于说他也是痴人，理由是他是一位躬行实践的教育家。他在学校教书，当然是教育工作者，他后来大部分时间做教育出版工作，我读过他主持编选注释的《文言文选读》，还读过他的巨著《文言和白话》，书中都是苦口婆心地为学习中国文学——特别是古典文学的人解决问题、引导门径。那部选注本，从每个词的解释，到每个字的规范写法，以至每个标点的使用，可以说都是一丝不苟的。第一册刚出版，他手持一本送给我，一句自谈甘苦或自表谦逊的话都没说，回忆仿佛只说是大家的辛劳而已。我也曾参加过这类选注本的工作，出版后送人时就不是这种态度，对照起来，我只有自惭，想把书中所列我的名字挖掉。

再说一本题为《文言和白话》的巨著，这真可谓马蜂窝，一捅便群蜂乱飞，是个总也捅不清的问题。而张老却抱着大智大悲的本愿，不怕被螫，平心静气，从略到详，还把有关弄懂文言文的种种常识性问题一一传授。张老的散文杂文，不衫不履，如独树出林，俯视风雨，而这本书的文风却极似我们共同尊敬的老前辈叶圣陶、吕叔湘诸先生的著作，那么严肃，那么认真。

还有在解放前后许多年中，张先生曾主编过有关佛学的期刊，不难想象，在那个时候，这种内容的刊物，撰稿人和读者是如何稀少，而张先生却不惜独自奔走约稿，甚至自己化名写稿，以救急补充空白。据我所知，张先生并非虔诚的佛教徒，他又为什么这样甘之如饴呢？恐怕除了从传播知识的愿望出发之外，没法有别的解释。

他去年还写了一本《禅外说禅》,顾名思义,既在禅外,必然是持着旁观态度。虽未必全是从唯物论角度来作批判,至少也会是拿那些不着边际的机锋语来作笑料或谈助,谁知却有不尽然的。他在稿中仍是原原本本介绍宗门和教派的种种问题。其中有些是老禅和子也未必都知都懂的,而书中侧严肃地、不涉玄虚地加以介绍。不涉玄虚恐怕就是"禅外"二字所由命名的吧?

从以上各点看,他的著作总是从教育的目的出发的。如果说有一种信念或说一种特别宗教的话,就可说他是"教育教"的虔诚信徒。这样虔诚,我无以形容,只可用张先生所提出的那个"痴"字来恭维他,此外别无他法。

现在该回到《续话》的本身上来了。张老在《琐话》中,对温源宁先生的学识文章都表示过赞扬,最近他亲自送来《续话》稿本,命我作"序",同时手持一册题名《一知半解》的小册,即是《琐话》中提到的温氏那本作品。原本是用英文写的,《琐话》援引时是张老自己译的一段。现在这本是由南星先生把全书译成汉文,前有张老的序言。我一口气地读完全书十七篇,感觉到难怪张老那么欣赏这本书,除了原本英文的优点我不知道外,作者那种敏锐的观察,轻松的刻画,冷隽的措词,都和张老的散文有针芥之契。

我曾对观察文学艺术作品设过一种比喻,要如画人肖像,透衣见肉,透肉见骨,透骨见髓,现在还要加上两句,即是在一定空间里看他的神情,在一定时间里看他的行为。我觉得温先生这本书,写他所见的人物,可以说具备高度水平,而在我这个初学的读者,仍有一项先天不足处。温氏书中所写人物,有许多我不认识的,也不知道他们是干什么的。作者既没有交代,译者当然也无法一一注明。书中的人物虽然个个写得深能入骨三分,远能勾魂摄魄,但是捉来的这位鬼魂,竟使阎王爷也需要请判官查账。

张先生《琐话》《续话》这两部当然也具有那种勾魂摄魄之功,更重要的还有不屑一写的部分和不傻装糊涂的部分。这两部分是温氏所不具备的,因为这是哲人笔下才会出现的。或问:你有什么例子？回答是:孺悲要见孔子,孔子托词有病不见他,传话的刚出房门,孔子就取瑟而歌,让孺悲知道,这是不愿跟讨厌的人废话,岂不即是不屑一说吗？又子贡方(谤)人,孔子说:"赐也贤乎哉,夫我则不暇。"不谤人是道德问题,而孔子以没时间来表示不愿谤人,多么幽默,也就是多么不傻装糊涂！

张老的《琐话》和《续话》里又有另一个特点不同于温氏的,就是写某人某事,必都交代清楚,使读者不致有丈二和尚摸不着头脑之憾,这仍是"教育教"信徒的职业病,是哲人写书时流露出的痴人的性格。为冷隽而冷隽,或纯冷无热的,当然可算纯哲人,而张先生却忍不住全冷、冰冷,每在无意之中自然透出热度。其实他的冷,也是被逼成的。所以纯俏皮的文章,是为俏皮而俏皮；冷中见热或热中见冷的文章,可以说是忍俊不禁。

有人看我写到这里向我说:照你所说的这位张先生可谓既哲又痴的完人了。我说不然,他实是痴多哲少,因为他还是一笔一画地写出了若干万字的著作！

一九八九年六月七日

忆先师吴镜汀先生

启功年十五,从贾羲民先生学画。年十九,经贾老师介绍入中国画学研究会,从吴镜汀先生问业。吴先生当时专宗王石谷,贾先生壁上挂有吴师所画小幅山水,蒙贾师手摘命临,并说:你没见过石谷画吧,要知此画与石谷无甚异处,如说有异处,即是去掉了石谷晚年战掣笔道的习气。功当时虽曾从影印本中见过些王画,但还不能深入体会贾师的训导。

后来亲炙于吴师多年,比较多方面了解了吴先生画诣的来龙去脉,大致是十几岁从金北楼先生学画。金先生创办中国画学研究会,广收学员,并延请各科名宿协助辅导。如俞涤凡、萧谦中、贺履之、陈半丁诸先生,都常莅会,指授六法。后来金先生病逝,由周养庵先生继办,诸名宿多年高,或且病逝(如俞先生),吴师遂主讲山水一科,造就人才,今年逾八十的,已五六家,若功这学不加进,有愧师门的,就不足数了。

先生对于持画求教的,没有不至诚指导,除非太荒唐幼稚的,莫不循循然顺其习性相近处加以指引。以功及身亲受的二三小事为例:点苔总是乱七八糟,先生说,你别把苔点点在皴法笔道上,先把应加苔点处,擦染糊涂了,然后再在糊涂部分去点苔,必然格外醒目。又画松针总觉不够,而且层次不明,先生说,凡画松针,都用焦墨,画完如有必要,再加一些淡墨的,便既见苍劲,又有云烟了。又一次画石青总嫌太重,先生说,你在里边加些石绿呀,果然青翠欲滴。同时又说，石绿不可往空白的山石面上涂，那样永远感觉不足，先在山石石面染上赭石以至草绿，再加石绿，即能有所衬托。诸如此类，不胜枚举。虽然可说属技法上的小节，但就是这类"小节"，你去问问手工艺人以及江湖画手，虽至亲好友，他肯轻易相告吗？

又在观看古代名画时，某件真假，先生指导，必定提出根据。画的重要关键处是笔法，各家都有各自的习惯特点。元明以来，流传的较多，比较常能看到。每见某件画是仿本时，先生指出后，听者如果不信，先生常常用笔在手边的乱纸上表演出来，某家的特点在哪里，而这件仿本不合处又在哪里，旁观者即使是未曾学画的人，也会啧啧称奇，感喟叹服。

谈谈李叔同先生的为人与绘画

李叔同先生是我生平最佩服的一位学者。我平生所佩服的学者不止一个人,那就没法说了。我是个宗教徒,那是小时候拜了一位藏密的蒙古喇嘛,事实上当时刚刚三岁。这样的我是个有宗教思想的人。

李叔同先生去世后,有一部介绍他的书,叫做《永怀录》,永远纪念。这是接触过他的人写他的书,介绍他从年轻时到出家的事迹。可惜我手中这本小书,被一位朋友借去,他突然发病去世,此书就找不到了。现在写弘一大师的年谱呀、出家呀、留学呀,多是从这本书中引的资料。我现在所谈李老先生的事迹,也是多半从《永怀录》中得到的印象。后来我遇到与李叔同有关的书我都买,可顺手买了之后又顺手被人拿走。我现在手中还有几件舍不得送给人的。

现在我简单说说:李先生年轻时候家庭的情况是这样的,他的父亲是位进士,怎么称呼我记不得了。这老先生是位盐商,考上进士。旧社会的人都希望五福,讲究多福、多寿、多男子等,这在《尚书·洪范》中提到。这位李老先生就纳了一个妾,这位如夫人比老先生小得很多,这样就生下了一位李叔同先生。你想想在那样封建的又是商人又是官僚的家中,那矛盾不言而喻,还用详细说吗?后来李叔同先生奉母亲之命到了南方,认识了几位朋友,有"天涯五友"之称,是他年轻求学时最好的朋友。后来老太太去世,他们还有从前的房子。他出家以后,还到这房子来过,里面是供有他母亲的遗像还是牌位,我也说不上来了。他跪在那儿,叩头如捣蒜,叩起头来无数,伤心透了,就像是在罐子里捣蒜一样。我对此感觉最深,我觉得恨不能在我父母亲遗像前叩头如捣蒜。但我不配,我连叩头如捣蒜的资格我自己感觉都不配。这是我的感觉,我的回忆。

第二,他在年轻时候有艺术思想,他演戏,他演中国戏,演武生。从照片看上去是很英俊的武生。他后来到日本去学习,学什么呢?在东京美术学校学习画西方油画,学习演西方戏剧。只是在《永怀录》中很不具体。在那学习期间,有一位日本女子与他同居。这事毫不奇怪,因为一个年轻人到外国去,旁边有一位外国女子,很容易一拍即合。

我认为李先生是非常的一字一板。有一件事,是有一个人跟他约会,比如说是明天早上九点钟到家里去。他就在九点以前打开窗户往外看,看过了五分钟,那人才来。那个时候我也不知道是不是因为塞车,过了五分钟?现在过五个钟头来不了都不奇怪,因为堵车嘛。就因为过了五分钟,他就告诉那位客人说:"你今天迟到了,现在过了五分钟,我不见你了。"他就把窗户关上了。你想想,这种事情,是不是他故意刁难朋友?不是的,他就是这样一种性格。记得印度甘地先生到一个地方去开会演讲,途中被人打搅了,晚到了几分钟。他瞧着表说:"你使得我迟到了几分钟,你犯了个错误。"可见印度圣雄甘地就是这样的人,李叔同先生是否学习甘地或别人,我无法判断。但我知道,凡是伟大的人物对于时间的重视是中外古今南北都应该是一个样。我想他这是出于内心的一个判断。所以我说过,李叔同先生就是认真,一切是认真二字。这不是说你欠我一本书,或是欠一笔钱,或是你应许什么没有做到等事，那种认真是很庸俗的。他在时间上一分钟都算上，认为是你犯了错误。所以印度的甘地与中国的李叔同真有异曲同工之妙，这已经超出优点，这是一种微妙的相应的感受，使得他对朋友对时间对事情都是这样。

还有一事，是李先生已经出家了，有人在一间素菜馆请哲学家李石岑吃饭。这位来得晚了点。李叔同先生也没有说什么，在那儿拿念珠，客人们开始喝酒吃饭，李先生拿起个空碗，去接一碗白开水喝。别人让他吃菜，他说我不吃了，我们在戒律上过午不食，现在已经过几分钟，我不能吃了。他那天就是什么都没有吃。过午不食，你说这个人是不是太傻？什么是过午？过午是什么时候？很可靠吗？这午是中国的子午线？跟外国的子午线是不是一个样子？后来大家非常难过，没有想到他竟然因为客人迟到而光喝水，什么也不吃，全场人对他都十分抱歉，让弘一饿了一顿饭，晚饭他也不吃了。事实上他在晚年病死就是胃有毛病，是胃癌吧？所以这是认真。佛将去世时，弟子问佛，您要是去世后，我们听谁的？佛说：以戒律为师。这是佛说的。李先生就是以戒律为师。想起来，李先生一生到死，一字一板，都是以戒律为师。我们现在自由散漫，什么事都可以不按律不按戒来说，算不了什么。但是李先生认为就应该是这样学，就应该这样做，他对此不怀疑。我们则还没有信。我们就先怀疑。比如说我们现在吃东西，我有时也不吃肉，我也不赞成杀某一东西来吃。可是想起来，我也不是按照五戒来守戒律，我只是觉得为我特别来杀生，也不合适。那么，别人已经杀了的，那我也吃。别人杀就活该，我杀就不应该，这种想法不像话。现在也有禁止杀、盗、淫、妄、酒的戒律，沙弥戒，这些小沙弥都要学习的基本五戒。我们呢？今天不杀生，明天别人杀了我又吃，这都合律合戒吗？所以，李先生对于戒律如此看法。本来那天吃饭晚了几分钟,也算不了什么,他就是只喝一碗白水,什么也不吃。他就是这样认真。

日本那位女人跟着他到中国来,他要出家,那位女人说日本和尚也有家,也有子女,你就留我在这儿。她痛哭,而李先生要跟她划清界限,要她回国。我的想法,觉得太残忍了。你就留下她,也没有什么不可以。并且,你曾经跟她同居要好,你现在一刀两断,也有点太残忍了。现在想起来,我自己是庸俗的人,对于这件事,我觉得李先生如果留下她,不也行吗?李先生不是这样。我到现在,在这儿还是画个问号。所以我还是个俗人,他老先生超出三界之外。这是我大胆地还留下一个问号。

此外,他不要庙,他做一般的和尚。他出家在一个庙,算这个庙的徒弟,然后各处云游求法。但是他始终没有说是哪一个庙的徒弟。杭州西湖边虎跑是他出家的地方,现在开放为一个纪念弘一大师的展览室,门口外有一个纪念塔,塔里有弘一大师的舍利。

李先生在浙江第一师范学校教书时,有学生丰子恺和刘质平。这两位都是弘一的大弟子,对弘一真正生死不渝。弘一是游方僧,各处去转。如到了上海,就住在丰子恺家里。他对丰先生说:"我在你这儿吃饭,你就给我白水煮青菜,搁盐不搁油。"丰先生怎么也不好意思,搁点油在菜里。弘一说:"你犯罪了,你犯错误了。我让你不搁油,你还给我搁油。"这搁点油算什么?他又在家中跟丰子恺说:"我现在皈依三宝。"皈依三宝后,丰先生跪在地上,弘一对他讲,你现在已经确是不错,能够做到什么什么,但是你还要多一步想出来怎么怎么样。《永怀录》中有大篇的记载。像这样的地方,都是了不起的。丰老先生一直到死都秉承弘一大师遗训,真叫对得起。弘一有这样两个好徒弟,正是他自己做到了,才能够有这样的好徒弟。丰先生在"文革"时候还开玩笑。我有个学生在"文革"

期间跑到上海去,看见大伙画的"黑画"展览。所谓"黑画"是什么呢? 丰先生画了一个小孩,抱着一个老头,题上"西方出了个绿太阳,我抱爷爷去买糖"。他说西方出了绿太阳,我抱爷爷去买糖。这一下子还活得了? 丰先生就挨痛批一阵,但是也没有什么办法,也不能把他枪毙了。这个学生回来告诉我说:看见一幅最好的画。现在想起来,这西方出了绿太阳的画有趣味,假定我们去问丰一吟先生,没有不哄堂大笑的。

说到李老先生出家,是怎么回事情? 他在学校看见日本人的书上说修炼,七天先少吃,渴了喝水;到了七天,就全不吃了,只有喝水;过了7天后,又逐渐少喝水,吃一点稀米汤;然后逐渐能够由多喝水到少喝水到不喝水;米汤慢慢到喝稠的。这样子由逐渐少吃到不吃,由吃饭改为喝水,再倒过来,又能吃饭。他就这样在虎跑生活,有空就写字。开始还有另一位老居士也在那里,叫做弘伞吧? 那位学习进步速度很快,但儿子出来干涉,将他接走还俗了。其进锐者其退速,他也就不出家了。李先生不是这样,他决定出家,就从学校走到虎跑,有一位校役挑着行李跟随。他进了庙立即穿上和尚衣裳,倒一杯茶给校役,称他做居士,请他喝茶。哎呀,这位校役听了非常难过,他是以和尚身份对待校役。校役走到虎跑门口,对着庙大哭。可见他一直到死,对得起这位冲着他大哭的校役,对得起所有的人。他那位日本女士也大哭走了,她回去也不愁没有生活。问题是他出家一切行为都对得起当时对他大哭的人。

谁刺激了李先生出家的呢? 之前李先生逐渐在家中添了一个香炉,烧香,供一座佛像,添了一挂素珠,出来也不吃荤,等等。夏丏尊先生跟他开玩笑,说你照这样和尚生活,何不出了家? 这是一位最熟的朋友开玩笑的话,他无意说的,李先生就真出了家。夏老先生十分后悔,说我不应该跟他说这种话。这话刺激他一跺脚出了家。如果论功论过，夏先生有责任。

现在再来说他在日本画画的事情。他出家前把所刻图章封存在西泠印社，孤山墙上挖个洞，放在洞里封上，上写"印藏"。（"藏"当名词讲）现在他的画出现了一批，我为什么对这些画不怀疑呢？因为一是刘质平，他是李先生的弟子，搞音乐的。李先生写字时多是刘在旁边服侍，写的字多半是刘卷起来保存。后来刘先生去世，后人把这些保存的字都捐献给国家，这些字都是很少见的。你说这是弘一大师忽然出现一大批谁也没有见过的字，你能说都是假的吗？刘质平所收藏的字要是假的，那才可以说雨夜楼收藏的画也是假的。这事明摆着，如果刘质平收的字是假的，那位雨夜楼主所藏的画就应该全是假的。所以我说就应该验证画里的图章与西泠封存的印章，这可以又是一个证明。刘藏的字跟雨夜楼藏的画就相当。我没有见过那些画，也没有见过雨夜楼主人，但是我从道理来推定。说李先生没有在他自己画上打过图章，这事我也不信。自己辛辛苦苦，画了一张画，能否上头连个图章或签名都没有吗？既然有，也跟孤山墙上印藏的图章核对就够了。从这几方面论证，假定有人与西泠印社勾结起来，在假画上盖章，这怎么可能？我不信。

为什么我认为李先生的那些画不可能是假的呢？第一，就是刘质平和丰子恺都是李的学生，刘先生侍候李先生写字，他卷起来保存。后来一下子拿出若干幅李先生的字。如果现在有人看见刘先生保存的字都未曾出现过，都是刘先生密藏的，经过抗战和种种费劲保存，谁也没有见过，假定有人没有看见过，就说都是假的，这也说不过去吧？就说李先生从日本带回来的画，或者是在国内画的油画也罢，水彩画也罢，这些东西就是雨夜楼所藏的那些画。问题就是说许刘质平藏那些书法，就不许雨夜楼主藏这些画吗？这些画还拿西泠印社印藏校对过。近年因为纪念李叔同先生,把洞挖开,用印章对照画上图章,是他出家以前打的章,没有问题。你说哪个真哪个假呢?既然是他从前的旧印,不是现在打上去的。所以我觉得那些画很可能就是他从前所画,存起来,没有人知道,当时有人收藏了。这就跟刘质平收藏的字稍微有不同,但是经过这么些年,六十多年了吧?那一定要扣住哪一天哪点钟画的画?怎么个手续?由雨夜楼主人藏起来?这个就过于苛求了。依我现在的想法,为什么我相信他呢?就说这种画的画风,在雨夜楼所藏李先生的画确实是一种风格,这种风格在当时、在后来、在大陆上,在所有油画或水彩画中,都是自成一家的。所以我觉得雨夜楼所藏的这些画,风格是统一的,是那个时期某一个人一直画下来的。某一个时代画的,风格一样,我觉得就不应该轻易否定为不真。我没有赶上李叔同先生时代,为什么我能够武断地判断就应该是真的呢?我有这么几个原因,也是客观推论就是这么一个情形。

我想李先生在日本春柳社演戏剧,没有留下什么,只有一点照片,没有录像,也无法要求春柳社都录下像来,录下音来,这是不可能的。只有李先生自己买的头套、束腰,把腰勒得很细,演那个茶花女。这些事都可以串起来,说明春柳社演过这些剧,可以得出一个粗略的轮廓。在那个时代,西方戏剧已经传到日本,李先生在日本就演西方戏剧,还是认真两个字可以包括。他到了日本,并没有什么特殊,在国内时也没有说对外国戏剧有什么兴趣,到了日本也表演一回,很认真地。他自己的身材究竟能不能够达到化装的地步?我不知道,他就硬这么做。束腰要让我做我绝不干,我只穿过戏装(审头刺汤)照张相片(笑)。李先生能够抑制自然条件,把腰勒细,戴上头套,演茶花女,并且脸上表情也不是出家后的样子。所以我说他认真,包括他行事、做人、求学,对于艺术,都是这样的。

我没有能够像刘质平收集老师艺术作品直接的证据，但是有雨夜楼所收藏的画册。我敬佩李先生生平一切事一分钟都不放过的精神，我想他不可能画了若干幅西方风格的画，他大批拿来骗人。现在虽不是他自己骗人，假定说是后人搞的骗局，假定有人要做李先生的画骗人，也不合逻辑。我所认识的李先生生平性格事迹，一直到出家饿死，他是为戒律不吃饭等，他肯于这样做。我觉得，如果有人要造谣造到这样一位先知先觉的人，这样了不起的出家人头上，这人在佛法、在世间法，都是不可饶恕的。

　　前几年我到法国凡尔赛宫参观，看凡高等人的画，也就是这么大小一块，价格无比。至于李叔同先生这人从头到尾，实在是让我衷心敬佩。附带还说一点，据说他去虎跑出家时，他的藏书都分送给学生、朋友了，他只带了一本《张猛龙碑》帖，当然是石印本啦。他写的字很受到《张猛龙碑》的影响。我有半本，我曾给修补，又印出来了。这个《张猛龙碑》，我也特别喜欢，所以我觉得李先生把帖一直带在身边，这不犯戒律。他念佛经，带一本佛经去念，不犯戒。至于李先生写的《四分律比丘戒相表》，这书了不起，他详细分析四分律，这四分律非常复杂，他划出各种限。这书很大的一本，他自己也十分得意，说我这本书你们要翻印多少本。因为他是南山律宗的，这南山律宗在中国已经失传了，他就重新集注南山资料，他是重振南山雄风，重开南山律宗。

　　我听说雨夜楼保管了这些画，所以，我写这篇鉴定意见，来做一个证明。

（钟少华记录并整理）

溥心畬先生南渡前的艺术生涯

一、心畬先生的家世，和我家的关系

心畬先生讳溥儒，初字仲衡，后改字心畬，是清代恭忠亲王奕䜣之孙。王有二子，长子载澂，次子载滢，都封贝勒。载澂先卒，无子。恭亲王卒时，以载滢的嫡出长子溥伟继嗣载澂为承重孙，袭王爵（恭王生前曾被赐"世袭罔替"亲王爵）。心畬先生行二，和三弟溥僡，字叔明，俱侧室项夫人所生。民国后，嗣王溥伟奉母居青岛，又居大连。心畬先生与三弟奉母居北京西郊。原府第为嗣王典给西洋教会，心畬先生与教会涉讼，归还后半花园部分，即迁入定居，直至抗战后迁出移居。

滢贝勒号清素主人，夫人是敬懿太妃的胞妹（益龄字菊农，姓赫舍里氏之女），是我先祖母的胞姊。我幼年时先祖母已逝世，但两家还有往来。我幼时还见有从大连带来的礼物，有些日本制作的小巧玩具，到现在还有保存着的。曾见清素主人与徐花农（琪）和先祖有唱和的诗，惜早已失落。清素在民国以前逝世，也未见有诗文集传下来。

嗣王溥伟既东渡居大连，恭忠亲王（世俗常称老恭王）遗留的古书画都在北京，与心畬先生本来具有的天赋相契合，至成了这一代的"三绝"宗师，不能不说是具有殊胜的因缘。

先祖逝世时，我刚满十周岁，先父在九年前先卒。孤儿寡母，与一位未嫁的胞姑共度艰难的岁月。这时平常较熟悉的老亲戚已多冷淡不相往来,何况远在海滨的远亲!心畬先生一支原来就没有往来,我当然更求教无从了。

二、我受教于心畬先生的缘起

　　我在二十岁左右,渐渐露些头角。一次在敬懿太妃的丧事上遇到心畬先生,蒙得欣然奖誉,令我有时间到园中去。这时也见到了溥雪斋先生(伒),也令我可以常到家中去。但我自幼即得知一些"亲贵"的脾气,不易"伺候",宁可淡些远些。后来屡在其他场合见到,催问我何以不去,此后才逐渐登堂请教。有人知道我家也属于清代贵族,何以却说这两位先生是"亲贵"呢?因为我的八世祖是清高宗乾隆的胞弟,封和亲王,讳弘昼,传到我的高祖即被分出府来。我的曾祖由教家馆、应科举、做翰林官、做学政,还做过顺天乡试、礼部会试的考官、殿试的读卷官等等。我先祖也是一样的什么举人、进士、翰林、主考、学政等等过了一生。用今天的话说即是寒士出身的知识分子,所以族虽贵而非亲。在一般"亲贵"的眼中,不过是"旗下人"而已。但这两位,虽被常人视为"亲贵",究竟是学者、是艺术家,日久证明他们既与别人不同,对我就更加青睐了。

　　由于居住较近,到雪斋先生家去的时候较多些。虽然也常到萃锦园中,登寒玉堂,专诚向心畬先生请教,而雪斋先生家有松风草堂,常常招集些位画家聚集谈艺作画,俨然成为一个小型"画会"。心畬先生当然也是成员之一,也是我获得向雪、心二位宗老和别位名家请教的一项机会。

　　松风草堂的集会,据我所知,最初只有溥心畬、关季笙、关稚云、叶仰曦、溥毅斋(僩,雪老的五弟)几位。后来我渐成长,和溥尧仙(佺,雪老的六弟,少我一岁)继续参加,最后祁井西常来,聚会也快停止了。

　　松风草堂的集会,心畬先生来时并不经常,但先生每来,气氛必更加热闹。除了合作画外,什么弹古琴、弹三弦、看古字画、围坐聊天,无拘无束,这时我获益也最多。因为登堂请益,必是有问题、有答案,有请教、有指导,总是郑重其事。还不如这类场合中,所见所闻,常有出乎意料的东西。我所存在的问题,也许无意中获得理解;我自以为没问题的事物,也许竟自发现另外的解释。现在回忆起来,今天除我之外,自溥雪老至祁井西先生俱已成了古人,临纸记录,何胜凄黯!

　　我从心畬先生受教的另一种场合是每年萃锦园中许多棵西府海棠开花的时候,先生必以兄弟二人的名义邀请当时的若干文人来园中赏花赋诗。被约请的有清代的遗老,有老辈文人,也有当时有名气的(旧)文人。海棠种在园中西院一座大厅的前面,厅上廊子很宽,院中花下和廊上设些桌椅,来宾随意入座。廊中桌上有签名的素纸长卷,有一大器皿中装着许多小纸卷,签名人随手拈取一个,打开看,里边只写一个字,是分韵作诗的韵字。从来未见主人汇印分韵作诗的集子,大约不一定作的居多。我在那时是后生小子,得参与盛会已足荣幸了,也每次随着拈一个阄,回家苦思冥想,虽不能每次都能作得什么成品,但这一次一次的锻炼,还是受益很多的。

　　再一种受教的场合,是先生常约几位要好的朋友小酌,餐馆多是什刹海北岸的会贤堂。最常约请的是陈仁先、章一山、沈羹梅诸老先生,我是敬陪末座的小学生,也不敢随便发言。但席间饭后,听诸老娓娓而谈,特别是沈羹梅先生,那种安详周密的雅谈,辛亥前和辛亥后的掌故,不但有益于见闻知识,即细听那一段段的掌故,有头有尾,有分析有评论,就是一篇篇的好文章。可恨当时不会记录,现在回想,如果有录音机录下来,都是珍贵的史料档案。这中间插入别位的评论,更是起画龙点睛的作用。心畬先生的一位新朋友,是李释堪先生,在寒玉堂中常常遇见。我和李先生的长子幼年同学,对这位老伯也就更熟悉些。他和心畬先生常拿一些当时名家的诗文来共同评论,有时也拿起我带去的习作加以指导。他们看后,常常指出哪句是先有的,哪句是后凑的,哪处好,哪处坏。这在今天我也会同样去看学生的作品,但当时我却觉得是很可惊奇的事了。

"举一隅"可以"三隅反",我从先生那里直接或间接受益的,真可说数不清。《礼记》云:"独学而无友,则孤陋而寡闻。"俚语也说:"投师不如访友。"原因是师是正面的教,友是多方面的启发。师的友,既有从高向下垂教的尊严一面,又有从旁辅导的轻松一面。师的友自然学问修养总比自己同等学力的小朋友丰富高尚得多,我从这种场合中所受的教益,自是不言而喻的!

总起来说我和心畬先生的关系,论宗族,他是溥字辈的,是我曾祖辈的远房长辈;论亲戚,他相当是我的表叔;论文学艺术,是我一位深承教诲的恩师。若讲最实际的关系,还是这末一条应该是最恰当的。

三、心畬先生的文学修养

先生幼年的启蒙老师和读书的经历,我全无所知,但知道先生早年曾在西郊戒台寺读书,至今戒台寺中还有许多处留有先生的题字。

何以在晚清时候,先生以贵介公子的身份,不在府中家塾读书,却远到西郊一个庙里去读书,岂不与古代寒士寄居寺庙读书一样吗?说来不能不远溯到恭忠亲王。这位老王爷好佛,常游西山或西郊诸寺庙,当然是"大檀越"(施主)了。有一有趣的事,一次戒台寺传戒,老王爷当然是"功德主"。和尚便施展"苦肉计"来吓老施主。有稍犯戒律的一个和尚,戒师勒令他头顶方砖,跪在地上受罚,老王爷代为说情,不许!这还轻些。一次在斋堂午斋,一个和尚手持钵盂放到案上时,立时破裂。戒师便声称戒律规定,要"与钵俱亡",须将此僧立即打死。老王爷为之劝说,坚决不予宽免。老王爷怒责,僧人越发要严格执行,最后老王爷不得不下台,拂袖而去,只好饬令宛平县知县处理。告诫知县说:"如此人被打死,唯你是问!"其实这场闹剧就是演给老王爷看的。有一句谚语:"在京的和尚出外的官。"足以深刻地说明他们的势力问题。当然和尚再凶,也凶不过"现管"的县官,王爷走了,戏也演完了。只从这类事看,恭忠亲王与戒台寺的关系之深,可以想见。那么心畬先生兄弟在寺中读书,不过是一个远些的书房,也就不难理解了。

心畬先生幼年启蒙师是谁,我不知道,但知道对他们兄弟(儒、德二先生)文学书法方面影响最深的是一位湖南和尚永光法师(字海印)。这位法师大概是出于王闿运之门的,专作六朝体的诗,写一笔相当洒脱的和尚风格的字。心畬先生保存着一部这位法师的诗集手稿,在"七七"事变前夕,他们兄弟二位曾拿着商量如何选订和打磨润色,不久就把选订本交琉璃厂文楷斋木版刻成一册,请杨雪桥先生题签,标题是《碧湖集》。我曾得到红印本一册,今已可惜失落了。心畬先生曾有早年手写石印的《西山集》一册,诗格即如永光,书法略似明朝的王宠,而有疏散的姿态,其实即是永光风格的略为规矩而已。后来看见先生在南方手写的《寒玉堂诗集》,里边还有一个保存着《西山集》的小题,但内容已与旧本不同了。先生曾告诉我说有一本《瀛海埙篪》诗集,是先生与三弟同游日本时的诗稿,但我始终没有见着。可惜的是大约先生的诗词集稿本,可

能大部分已经遗失。有许多我还能背诵的,在新印的诗集中已不存在了。下面即举几首为例:

《落叶》四首:

昔日千门万户开,愁闻落叶下金台。寒生易水荆卿去,秋满江南庾信哀。西苑花飞春已尽,上林树冷雁空来。平明奉帚人头白,五柞宫前梦碧苔。

微霜昨夜蓟门过,玉树飘零恨若何。楚客离骚吟木叶,越人清怨寄江波。不须摇落愁风雨,谁实摧伤假斧柯。衰谢兰成应作赋,暮年丧乱入悲歌。

萧萧影下长门殿,湛湛秋生太液池。宋玉招魂犹故国,袁安流涕此何时。洞房环佩伤心曲,落叶哀蝉入梦思。莫遣情人怨遥夜,玉阶明月照空枝。

叶下亭皋蕙草残,登楼极目起长叹。蓟门霜落青山远,榆塞秋高白露寒。当日西陲征万马,早时南内散千官。少陵野老忧君国,奔门宁知行路难。

这是先生一次用小行草写在一片手掌大的高丽笺上的,拿给我看,我捧持讽诵,先生即赐予我了。归家珍重地夹在一本保存的师友手札粘册中。这些年几经翻腾,不知在哪个箱中了,但诗句还有深刻的记忆。现在居然默写全了,可见青年时脑子的好用。"时过而后学,则勤苦而难成。"真觉得有"老大徒伤悲"之感! 先生还曾在扇面上给我用小行草写过许多首《天津杂诗》,现在也不见于南方所印的诗集中,我总疑是旧稿因颠沛遗失,未必是自己删去的。

先生对于后学青年,一向非常关心,谆谆嘱咐好好念书。我向先生问书画方法和道理,先生总是指导怎样作诗,常常说画不用多学,诗作好了,画自然会好。我曾产生过罪过的想法,以为先生作画每每拿笔那么一涂,并没讲求过什么皴、什么点,教我作好诗,可能是一种搪塞手段。后来我那位学画的启蒙老师贾羲民先生也这样教导我,他们两位并没有商量过啊,这才扭转了我对心畲先生教导的误解。到今天六十年来,又重拾画笔画些小景,不知怎么回事,画完了,诗也有了。还常蒙观者谬奖,说我那些小诗比画好些,使我自忏当年对先生教导的半信半疑。

有一次在听到先生鼓励作诗后,曾问该读哪些家的作品,先生很具体地指示:有一种合印的王维、孟浩然、韦应物、柳宗元四家合集,应该好好地读。我即找来细看:王维的诗曾读过,也爱读的;孟浩然实在无味;柳宗元也不对胃口;只有韦应物使我有清新的感觉,有些作品似比王维还高。这当然只是那时的幼稚感觉,但六十年后的今天,印象还没怎么大变,也足见我学无寸进了!

又一次自己画了一个小扇面,是一个淡远的景色,即模仿先生的诗格题了一首五言律诗,拿着去给先生看。没想到先生看了好久,忽然问我:"这是你作的吗?"我忍着笑回答说:"是我作的。"先生又看,又问,还是怀疑的语气。我不由得笑着反问:"像您作的吧?"先生也大笑着加以勉励。这首诗是:

> 八月江南岸,平林欲著黄。清波凝暮霭,鸣籁入虚堂。卷幔吟秋色,题书寄雁行。一丘犹可卧,摇落漫神伤。

这次虽承夸奖,但究竟是出于孩子淘气的仿作,后来也继续仿不出来了。

先生最不喜宋人黄庭坚、陈师道一派的诗,有一次向我谈起陈师傅(宝琛)的诗,说:"他们竟自学陈后山(师道)。"言下表现出非常奇怪似的开口大笑。我那时由于不懂陈后山,当然也不喜欢陈后山,也就随着大笑。后来听溥雪斋先生谈起陈师傅对心畲先生诗的评论,说:"儒二爷尽作那'空唐诗'。"是指只模仿唐人腔调和常用的辞藻,没有什么自己独具的情感和真实的经历有得的生活体会,所以说"空唐诗"。这个词后来误传为"充唐诗",是不确的。

为什么先生特别喜爱唐诗,这和早年的家教熏习是有关系的。恭忠亲王喜作诗,有《乐道堂集》。另有一部《萃锦吟》,全是集唐人诗句的作品。见者都惊讶怎能集出那么些首?清代人有些集句诗集,像《钉饳吟》《香屑集》之类的,究竟不是多见的。至于《萃锦吟》体裁博大,又出前者之外,所以相当值得惊诧。近几十年前,哈佛燕京学会编印了一部《杜诗引得》,逐字编码,非常精密。有人用来集杜句成诗,即借重这部工具。后来我在故宫图书馆见到一部《唐诗韵汇》是以句为单位,按韵排开,集起来,比用《引得》整齐方便,我才恍然这位老王爷在上书房读书时必然用过这种工具书。而心畲先生偏爱唐诗,未必与此毫无关系。先生对于诗,唐音之外,也还爱"文选体",这大约是受永光法师的影响吧!

四、心畲先生的书艺

心畲先生的书法功力,平心而论,比他画法功力要深得多。曾见清代赵之谦与朋友书信中评论当时印人的造诣,有"天几人几"之说,即是说某一家的成就是天才几分、人力几分。如果借用这种评论方法来谈心畲先生的书画,我觉得似乎可以说,画的成就天分多,书的成就人力多。

他的楷书我初见时觉得像学明人王宠,后见到先生家里挂的一副永光法师写的长联,是行书,具有和尚书风的特色。先师陈援庵先生常说:和尚袍袖宽博,写字时右手提起笔来,左手还要去拢起右手袍袖，所以写出的字，绝无扶墙摸壁的死点画，而多具有疏散的风格。和尚又无须应科举考试，不用练习那种规规矩矩的小楷。如果写出自成格局的字，必然常常具有出人意表的艺术效果。我受到这样的教导后，就留意看和尚写的字。一次在嘉兴寺门外见到黄纸上写"启建道场"四个大斗方，分贴在大门两旁。又一次在崇效寺门外看见一副长联，也是为办道场而题的，都有疏散而近于唐人的风格。问起寺中人，写者并非什么"方外有名书家"，只是普通较有文化的和尚。从此愈发服膺陈老师的议论，再看心畲先生的行书，也愈近"僧派"了。

我看到永光法师的字，极想拍照一个影片，但那一联特别长，当时摄影的条件也并不容易，因而竟自没能留下影片。后来又见许多永光老年的字迹，与当年的风采很不相同了。总的来说，心畲先生早年的行楷书法，受永光的影响是相当可观的。

有人问：从前人读书习字，都从临摹碑帖入手，特别是楷书几乎没有不临唐碑的，难道心畲先生就没临过唐碑吗？我的回答是：从前学写字的人，无不先临楷书的唐碑，是为了应考试的基本功夫。但不能写什么都用那种死板的楷体，必须有流动的笔路，才能成行书的风格。例如用欧体的结构布下基础，再用赵体的笔画姿态和灵活的风味去把已有结构加活，即叫做"欧底赵面"（其他某底某面，可以类推）。据我个人极大胆地推论心畲先生早年的书法途径，无论临过什么唐人楷书的碑版，及至提笔挥毫，主要的运笔办法，还是从永光来的，或者可说"碑底僧面"。

据我所知，心畲先生不是从来没临过唐碑，早年临过柳公权的《玄秘塔碑》，后来临过裴休的《圭峰碑》，从得力处看，大概在《圭峰碑》上所用功夫最多。有时刀斩斧齐的笔画，内紧外松的结字，都是《圭峰碑》的特点。接近五十多岁时，写的字特别像成亲王（永珵)的精楷样子,也见到先生不惜重资购买成王的晚年楷书。当时我曾以为是从柳、裴发展出来,才接近成王,喜好成王。不对,颠倒了。我们旗下人写字,可以说没有不从成王入手,甚至以成王为最高标准的,心畬先生岂能例外!现在我明白,先生中年以后特别喜好成王,正是反本还原的现象,或者是想用严格的楷法收敛早年那种疏散的永光体,也未可知。

先生家藏的古法书,真堪敌过《石渠宝笈》。最大的名头,当然要推陆机的《平复帖》,其次是唐摹王羲之《游目帖》,再次是《颜真卿告身》,再次是怀素的《苦笋帖》。宋人字有米芾五札、吴说游丝书等。先生曾亲手双钩《苦笋帖》许多本,还把钩本令刻工上石。至于先生自己得力处,除《苦笋帖》外,则是《墨妙轩帖》所刻的《孙过庭草书千字文》,这也是先生常谈到的。其实这卷《千文》是北宋末南宋初的一位书家王升的字迹。王升还有一本《千文》,刻入《岳雪楼帖》和《南雪斋帖》,与这卷的笔法风格完全一致。这卷中被人割去尾款,在《千文》末尾半行空处添上"过庭"二字,不料却还留有"王升印章"白文一印。王升还有行书手札,与草书《千文》的笔法也足以印证。论其笔法,圆润流畅,确极妍妙,很像米临王羲之帖,但毕竟不是孙过庭的手迹。后来先生得到延光室(出版社)的摄影本《书谱》,临了许多次。有一天告诉我说:"孙过庭《书谱》有章草笔法。"我想《书谱》中并无任何字有章草的笔势,先生这种看法从何而来呢?后来了然,《书谱》的字,个个独立,没有联绵之处。比起王升的《千文》,确实古朴得多。先生因其毫无联绵之处的古朴风格,便觉近于章草,是完全可以理解的。米芾说唐人《月仪帖》"不能高古",是"时代压之",那么王升之比孙过庭,当然也是受时代所压了。最可惜的是先生平时临帖极勤,写本极多,到现在竟自烟消云散,平时连一本也不易见了,思之令人心痛。

先生藏米芾书札五件,合装为一卷,清代周于礼刻入《听雨楼帖》的。五帖中被人买走了三帖,还剩下《春和》《腊白》二帖,先生时常临写。还常临其他米帖,也常临赵孟𫖯帖。先生临米帖几乎可以乱真,临赵帖也极得神韵,只是常比赵的笔力挺拔许多,容易被人看出区别。古董商人常把先生临米的墨迹,染上旧色,裱成古法书的手卷形式,当做米字真迹去卖。去年我在广州一位朋友家见到一卷,这位朋友是个老画家,看出染色做旧色的问题,费钱虽不多,但是疑团始终不解:既非真迹,却又不是双钩廓填。既是直接放手写成,今天又有谁有这等本领,下笔便能这样自然痛快地"乱真"呢?偶然拿给我看,我说穿了这种情况,这位朋友大为高兴,重新装裱,令我题了跋尾。

先生有一段时间爱写小楷,把好写的宣纸托上背纸,接裱成长卷,请纸店的工人画上小方格,好像一大卷连接的稿纸,只是每个小方格都比稿纸的小格大些。常见先生用这样小格纸卷抄写古文。庾信的《哀江南赋》不知写了几遍。常对我说:"我最爱这篇赋。"诚然,先生的文笔也正学这类风格。曾见先生撰写的《灵光集序》手稿,文章冠冕堂皇,多用典故,也即是庾信一派的手法。可惜的是这些古文章小楷写本,今天一篇也见不着,先生的文稿也没见到印本。

项太夫人逝世时,正当抗战之际,不能到祖茔安葬,只得停灵在地安门外鸦儿胡同广化寺,髹漆棺木。在朱红底色上,先生用泥金在整个棺椁上写小楷佛经,极尽辉煌伟丽的奇观,可惜没有留下照片。又先生在守孝时曾用注射针抽出自己身上的血液,和上紫红颜料,或画佛像、或写佛经,当时施给哪些庙中已不可知,现在广化寺内是否还有藏本,也不得而知了。后来项太夫人的灵柩髹漆完毕,即厝埋在寺内院中,先生也还寓在寺中方丈室内。我当时见到室内不但悬挂有先生的书画,即隔扇上的空心处(每扇上普通有两块),也都有先生的字迹,临王、临米、临赵的居多,现在听说也不存在了。

先生好用小笔写字,自己请笔工定制一种细管纯狼毫笔,比通用的小楷笔可能还要尖些、细些。管上刻"吟诗秋叶黄"五个字,一批即制了许多支。曾见从一个大匣中取出一支来用,也不知曾制过几批。先生不但写小字用这种笔,即写约二寸大的字,也喜用这种笔。

先生臂力很强,兄弟二位幼年都曾从武师李子濂先生习太极拳,子濂先生是大师李瑞东先生的子或侄(记不清了),瑞东先生是硬功一派太极拳的大师,不知由于什么得有"鼻子李"的绰号。心畬、叔明两先生到中年时还能穿过板凳底下往来打拳,足见腰腿可以下到极低的程度。溥雪斋先生好弹琴,有时也弹弹三弦。一次在雪老家中(松风草堂的聚会中),我正在里间屋中作画,宾主几位在外间屋中各做些事,有的人弹三弦。忽然听到三弦的声音特别响亮了,我起坐伸头一看,原来是心畬先生弹的。这虽是极小的一件事,却足以说明先生的腕力之强。大家都知道写字作画都是以笔为主要工具,用笔当然不是要用大力、死力,但腕力强的人,行笔时,不致疲软,写出、画出的笔画,自然会坚挺得多。心畬先生的画凡见笔画线条处,无不坚刚有力,实与他的腕力有极大关系。

先生执笔,无名指常蜷向掌心,这在一般写字的方法上是不适宜的。关于用笔的格言,有"指实掌虚"之说,如果无名指蜷向掌心,掌便不够虚了。但这只是一般的道理,在腕力真强的人,写字用笔的动力,是以腕为枢纽,所以掌即不够虚也无关紧要了。先生写字到兴高采烈时,末笔写完,笔已离开纸面,手中执笔,还在空中抖动,旁观者喝彩,先生常抬头张口,向人"哈"的一声,也自惊奇地一笑,好似向旁观者说:"你们觉得惊奇吧!"

五、心畬先生的画艺

心畬先生的名气,大家谈起时,至少画艺方面要居最大、最先的位置,仿佛他平生致力的学术必以绘画方面为最多。其实据我所了解,却恰恰相反。他的画名之高,固然由于他的画法确实高明,画品风格确实与众不同,社会上的公认也是很公平的。但是若从功力上说,他的绘画造诣,实在是天资所成,或者说天资远在功力之上,甚至竟可以说:先生对画艺并没用过多少苦功。有目共见的,先生得力于一卷无款宋人山水,从用笔至设色,几乎追魂夺魄,比原卷甚或高出一筹,但我从来没见过他通卷临过一次。

话又说回来,任何学术、艺术,无论古今中外,哪位有成就的人,都不可能是凭空就会了的,不学就能了的,或写出画出他没见过的东西的。只是有人"闻(或见)一以知十",有的人"闻(或见)一以知二"(《论语》)罢了。前边说心畬先生在绘画上天资过于功力,这是二者比较而言的,并非眼中一无所见,手下一无所试便能画出"古不乖时,今不同弊"(《书谱》)的佳作来。心畬先生家藏古画和古法书一样有许多极其名贵之品,据我所知所见,古画首推唐韩幹画马的《照夜白图》(古摹本)。其次是北宋易元吉的《聚猿图》,在山石枯树的背景中,有许多猴子跳跃游戏。卷并不高,也不太长,而景物深邃,猴子千姿百态,后有钱舜举题。世传易元吉画猿猴真迹也有几件,但绝对没有像这卷精美的。心畬先生也常画猴,都是受这卷的启发,但也没见他仔细临过这一卷。再次就要属那卷无款宋人《山水》卷,用笔灵奇,稍微有一些所谓"北宗"的习气,所以有人曾怀疑它出于金源或元明的高手。先不管它是哪朝人的手笔,以画法论,绝对是南宋一派,但又不是马远、夏圭等人的路子,更不同于明代吴伟、张路的风格。淡青绿设色,色调也不同于北宋的成法。先生家中堂屋里迎面大方桌的两旁挂着两个扁长四面绢心的宫灯,每面绢上都是先生自己画的山水。东边四块是节临的夏圭《溪山清远图》,那时这卷刚有缩小的影印本,原画是墨笔的,先生以意加以淡色,竟似宋人原本就有设色的感觉;西边四块是节临那个无款山水卷,我每次登堂,都必在两个宫灯之下仰头玩味,不忍离去。后来见到先生的画品多了,无论什么景物,设色的基本调子,总有接近这卷之处。可见先生的画法,并非毫无古法的影响,只是绝不同于"寻行数墨""按模脱墼"的死学而已。禅家比喻天才领悟时说:"从门入者,不是家珍。"所以社会上无论南方北方,学先生画法的画家不知多少,当然有从先生的阶梯走上更高更广的境界的;也有专心模拟乃至仿造以充先生真迹的。但那些仿造品很难"丝丝入扣",因为有定法的,容易模拟,无定法的,不易琢磨。像先生那种腕力千钧,游行自在的作品,真好似和仿造的人开玩笑捉迷藏,使他们无法找着。

我每次拿自己的绘画习作向先生请教时,先生总是不大注意看,随便过目之后,即问:"你作诗了没有?"这问不倒我,我摸着了这个规律,凡拿画去时,必兼拿诗稿,一问立即呈上。有时索性题在画上,使得先生无法分开来看。我又有时问些关于绘画的问题,抽象些的问画境标准,具体些的问怎么去画。而先生常常是所答非所问,总是说"要空灵",有一次竟自发出一句奇怪的话,说"高皇子孙的笔墨没有不空灵的",我听了几乎要笑出来。"高皇子孙"与"笔墨空灵"有什么相干呢?但可理解,先生的笔墨确实不折不扣的空灵,这是他老先生自我评价,也是愿把自己的造诣传给后学,但自己是怎样得到或达到空灵的境界,却无法说出,也无从说起。为了鼓励我,竟自憋出那句莫名其妙而又天真有趣的话来,是毫不可怪的!

　　由于知道了先生的画法主要得力于那卷无款山水,总想何时能够临摹把玩,以为能得探索这卷的奥秘,便能了解先生的画诣。虽然久存渴望,但不敢启齿借临。因知这卷是先生夙所宝爱,又知它极贵重,恐无能得借出之理。真凑巧,一次我在旧书铺中见到一部《云林一家集》,署名是清素主人选订,是选本唐诗,都属清微淡远一派的。精钞本数册,合装一函,书铺不知清素是谁,定价较廉,我就买来,呈给先生,先生大为惊喜,说这稿久已遗失,正苦于寻找不着。问我价钱,我当然表示是诚心奉上。先生一再自言自语地说:"怎样酬谢你呢?"我即表示可否赐借那卷山水画一临,先生欣然拿出,我真不减于获得奇宝。抱持而归,连夜用透明纸钩摹位置,不到一月间临了两卷。后来用绢临的一本比较精彩,已呈给了陈援庵师,自己还留有用纸临的一本。我的临本可以说连山头小树、苔痕细点,都极忠实地不差位置,回头再看先生节临的几段,远远不及我钩摹的那么准确,但先生的临本古雅超脱,可以大胆地肯定说竟比原件提高若干度(没有恰当的计算单位,只好说"度")。再看我的临本,"寻枝数叶",确实无误,甚至如果把它与原卷叠起来映光看去,敢于保证一丝不差,但总的艺术效果呢? 不过是"死猫瞪眼"而已! 因此放在箱底至今已经六十年,从来未再一观,更不用说拿给朋友来看了。今天可以自慰的,只是还有惭愧之心吧!

　　先生家藏明清人画还有很多,如陈道复的《设色花卉》卷,周之冕的《墨笔百花图》卷,沈士充设色分段《山水》卷、设色《桃源图》卷双璧。最可惜的是一卷赵文度绢本《山水》,竟被做成"贴落",糊在东窗上边横楣上。还有一小卷设色米派山水,有许多名头不显的明代人题。号称米友仁,实是明人画。《桃源图》不知何故发现于地安门外一个小古玩铺,为我的一位老世翁所得,我又获得像临无款宋人山水卷那样仔细钩摹了两次,现在有一卷尚存箱底,也已近六十年没有再看过。我学画的根底功夫,可以说是从临摹这两卷开始,心畬先生对于绘画方法,虽较少具体指导,但我所受益的,仍与先生藏品有关,不能不说是胜缘了。

先生作画,有一毛病,无可讳言:即是懒于自己构图起稿。常常令学生把影印的古画用另纸放大,是用比例尺还是用幻灯投影,我不知道。先生早年好用日本绢,绢质透明,罩在稿上,用自己的笔法去钩写轮廓。我记得有一幅罗聘的《上元夜饮图》,先生的临本,笔力挺拔,气韵古雅,两者相比,绝像罗临溥本。诸如此类,不啻点铁成金,而世上常流传先生同一稿本的几件作品,就给作伪者留下鱼目混珠的机会。后来有时应酬笔墨太多太忙时,自己勾勒出主要的笔道,如山石轮廓、树木枝干、房屋框架,以及重要的苔点等等,令学生们去加染颜色或增些石皴树叶。我曾见过这类半成品,上边已有先生亲自署款盖章。有人持来请我鉴定,我即为之题跋,并劝藏者不必请人补全,因为这正足以见到先生用笔的主次、先后,比补全的作品还有价值。我们知道元代黄子久的《富春山居图》有作者自跋,说明这卷是尚未画完的作品。因为求者怕别人夺去,请他先题上是谁所有,然后陆续再补。又屡见明代董其昌有许多册页中常有未完成的几开。恐怕也是出于这类情况。心畬先生有一件流传的故事,谈者常当做笑柄,其实就是这种普通情理,被人夸张。故事是有一次求画人问先生,所求的那件画成了没有?先生手指另一房屋说:"问他们画得了没有?"这句话如果孤立地听起来,好像先生家中即有许多代笔伪作,要知道先生的书画,只说那种挺拔力量和特殊的风格,已是没有任何人能够完全相似的。所谓"问他们画成"的,只是加工补缀的部分,更不可能先生的每件作品都出于"他们"之手。"俗语不实,流为丹青。"这件讹传,即是一例。

先生画山石树木，从来没有像《芥子园画谱》里所讲的那么些样子的皴法、点法和一些相传的各派成法。有时钩出轮廓，随笔横着竖着任笔抹去，又都恰到好处，独具风格。但这种天真挥洒的性格，却不宜于画在近代所制的一些既生又厚的宣纸上，由于这项条件的不适宜，又出过一次由误会造成的佳话。一次有人托画店代请先生画一大幅中堂，送去的是一幅新生宣纸。先生照例是"满不在乎"地放手去画，甚至是去抹，结果笔到三分处，墨水浸淫，却扩展到了五六分，不问可知，与先生的平常作品的面目自然大不相同。当然那位拿出生宣纸的假行家是不会愿意接受的。这件生纸作品，反倒成了画店的奇货。由于它的艺术效果特殊，竟被赏鉴家出重价买去了。

我从幼年看到先祖拿起我手中小扇，随便画些花卉树石，我便发生奇妙之感，懵懂的童心曾想，我大了如能做一个画家该多好啊！十几岁时拜贾羲民先生为师学画，贾先生又把我介绍给吴镜汀先生去学，但我的资质鲁钝，进步很慢，现在回忆，实在也由于受到《芥子园》一类成法束缚，每每下笔之前总是先想什么皴什么点，稍听老师说过什么家什么派，又加上家派问题的困扰。大约在距今六十年的那个癸酉年，一次在寒玉堂中大开了眼界，虽没能如佛家道家所说一举超生，但总算解开了层层束缚，得了较大的自在。

那次盛会是张大千先生来到心畬先生家中做客，两位大师见面并无多少谈话，心畬先生打开一个箱子，里边都是自己的作品，请张先生选取。记得大千先生拿了一张没有布景的骆驼，心畬先生当时题写上款，还写了什么题语我不记得了。一张大书案，二位各坐一边，旁边放着许多张单幅的册页纸。只见二位各取一张，随手画去。真有趣，二位同样好似不假思索地运笔如飞。一张纸上或画一树一石、或画一花一鸟，互相把这种半成品掷向对方，对方有时立即补全，有时又再画一部分又掷回给对方。大约不到三个多小时，就画了几十张。这中间还给我们这几个侍立在旁的青年画几个扇面。我得到大千先生画的一个黄山景物的扇面，当时心畬先生即在背后写了一首五言律诗，保存多少年，可惜已失于一旦了。那些已完成或半完成的册页，二位分手时各分一半，随后补完或题款。这是我平生受到最大最奇的一次教导，使我茅塞顿开。可惜数十年来，画笔抛荒，更无论艺有寸进了。追念前尘，恍如隔世。唉！不必恍然，已实隔世了！

先生的画作与社会见面，是很偶然的。并非迫于资用不足之时，生活需用所迫，因为那时生活还很丰裕。约在距今六十多年前，北京有一位溥老先生，名勋，字尧臣，喜好结交一些书画家，先由自己爱好收集，后来每到夏季便邀集一些书画家各出些扇面作品，举行展览。各书画家也乐于参加，互相观摩，也含竞赛作用，售出也得善价。这个展览会标题为"扬仁雅集"，取《世说新语》中谈扇子"奉扬仁风"的典故。心畬先生是这位老先生的远支族弟，一次被邀拿出十几件自己画成收着自玩的扇面参展，本是"凑热闹"的。没想到展出之后立即受观众的惊讶，特别是易于相轻的"同道"画家，也不禁诧为一种新风格、新面目，但新中有古，流中有源，可以说得到内外行同声喝彩。虽然标价奇昂，似是每件二十元银元，但没有几天，竟自被买走绝大部分。这个结果是先生自己也没料到的。再后几年，先生有所需用，才把所存作品大小各种卷轴拿出开了一次个人画展。也是几乎售空，从此先生累积的自珍精品，就非常稀见了。

六、余论

评论文学艺术，必须看到当时的背景，更须要看作者自己的环境和经历。人的性格虽然基于先天,而环境经历影响他的性格,也不能轻易忽视。我对于心畬先生的文学艺术以及个人性格,至今虽然过数十年了,但每一闭目回忆,一位完整的、特立独出的天才文学艺术家即鲜明生动地出现在眼前。先生为亲王之孙、贝勒之子,成长在文学教育气氛很正统、很浓郁的家庭环境中。青年时家族失去特殊的优越势力,但所余的社会影响和遗产还相当丰富,这包括文学艺术的传统教育和文物收藏,都培育了这位先天本富、多才多艺的贵介公子。不沾日伪的边,当然首先是学问气节所关,也不是没有附带的因素。许多清末老一代或中一代的亲贵有权力矛盾的,对"慈禧太后"常是怀有深恶的,先生对那位"宣统皇帝"又是貌恭而腹诽的,大连还有嫡兄嗣王。自己在北京又可安然地、富裕地做自己的"清代遗民"的文学艺术家,又何乐而不为呢!

文学艺术的陶冶,常须有社会生活的磨炼,才能对人情世态有深入的体会。而先生却无须辛苦探求,也无从得到这种磨炼,所以作诗随手即来的是那些"六朝体"和"空唐诗"。写自然境界的,能学王、韦,不能学陶。在文章方面喜学六朝人,尤其爱庾信的《哀江南赋》,自己用小楷写了不知几遍。但《哀江南赋》除起首四句有具体的"戊辰之年,建亥之月,大盗移国,金陵瓦解"之外,全用典故堆砌,与《史记》《汉书》以来唐宋八家的那些丰富曲折的深厚笔法,截然不同。我怀疑先生的文风与永光和尚似乎也不无关系。但我确知先生所读古书,极其综博。藏园老人傅沅叔先生有时寄居颐和园中校勘古书,一次遇到一个有关《三国志》的典故出处,就近和同时寄居颐和园中的心畬先生谈起,心畬先生立即说出见某人传中,使藏园老人深为惊叹,以为心畬先生不但学有根底,而且记忆过人。又一次看见先生阅读古文,一看作者,竟是权德舆,又足见先生不但阅读唐文,而且涉及一般少人读的作家。那么何以偏作那些被人讥诮为"说门面话"的文章呢，不难理解，没有那种磨炼，可说是个人早年的幸福，但又怎能要求他作出深挚情感的文章、具有委婉曲折的笔法！不止诗文，即常用以表达身世的别号，刻成印章的像"旧王孙""西山逸士""咸阳布衣"等，都是比较明显而不隐僻的，大约是属于同样原因。

还有一事值得表出的：以有钱、有地位、有名望年轻时代的心畬先生，一般看来，在风月场中，必有不少活动，其实并不如此。先生有妾媵，不能说"生平不二色"，但从来不搞花天酒地的事。晚年宁可受制于篷室，也不肯"出之"，不能不算是一位"不三色"的"义夫"！

先生以书画享大名，其实在书上确实用过很大功夫，在画上则是从天资、胆量和腕力得来的居最大的比重。总之，如论先生的一生，说是诗人、是文人、是书人、是画人，都不能完全无所偏重或罣漏，只有"才人"二字，庶几可算比较概括吧！

一九九六年

平生风义兼师友
——怀龙坡翁

从前社会上学技艺的人有一句名言："投师不如访友。"不难理解，"师道尊严""请教"容易，"探讨"不容易。其实在某些条件下，"请教"也不完全容易。老师没时间、不耐烦，老师对那个问题没兴趣，甚至没研究，怎能"请"得他的"教"呢！纯朋友又不然，"群居终日，言不及义。"乃至"博弈饮酒"，哪还有时间讨论技艺、学问呢！只有益友、畏友、可敬的朋友、可师的朋友，才可算是"不如访友"的友。也就是谊兼师友的友。

我在二十一二岁"初出茅庐"时，第一位相识的朋友是牟润孙先生，比我长四岁；第二位是台静农先生，比我长十岁。与牟先生在一起，也曾饮酒、谈笑，谁又知道，他在这种时候，也常谈学术问题。他从老师那里得来的只言片义，我正在不懂得，他甚至用村俗的比喻解剖一下，我便能豁然开朗。这是友呢，是师呢？台先生则不然。他的性格极平易，即在受到沉重打击之后，谈笑一如平常。宋朝范纯仁在被贬处见到客人来时，令仆人拿出两份被褥，他与客人对床而睡；明朝黄道周在逆境中不愿与客人谈话，便令客人下棋，客人不会，他说你就随便跟着我下棋子。不难比较，睡觉、下棋，多么粘滞；谈笑如常，又多么超脱！台先生对我也不是没有过有深意的指教，只是手段非常艺术。例如面对一本书、一首诗、一件书画等等，发出轻松的评论，当时听着还觉得"不过瘾"，日后回

思,不但很中肯、很深刻,甚至是为我而发的"耳提面命"。以一些小事为例:

一次台先生自厦门回到当时北平接家眷,我在一个下午去看他,他正喝着红葡萄酒。这以前他并不多喝酒,更不在非饭时喝酒,我幼稚地问他怎么这时喝酒,他回答了两个"真实不虚"的字:"麻醉"。谁不知道,酒是麻醉剂,但是今天我才懂得了,当我沉痛得失眠时,愈喝浓酒愈清醒。近年听说台老喝酒,愈喝愈烈,大概是"量逐年增"吧!

当年一次牟先生问台先生哪家散文好,台先生答是《板桥杂记》。清初,余淡心感念沧桑,寄情于"醇酒妇人",牟先生盛年纵酒,有时也蹈余氏行踪,不言而喻,举这本书,其意婉而多讽,岂是真论散文。

我写字腕力既弱,又受宗老雪斋翁之教,摹临赵松雪。台先生一次论起王梦楼的字,说道"侧媚",我当时虽并不喜王梦楼的字,但对"侧媚"的评语,还不太理解。后来屡见台先生的法书,错节盘根,玉质金相,固足使我惊服,理解了王梦楼为什么侧媚,更理解了赵松雪当然也难逃挞伐。而他对于我临松雪的箴规,也就不待言了。做朋友,讲"温恭直谅",从这几事中可证字字无忝吧!像这样事理通达、心气和平的襟度,我在平生交游的人中,确实并不多见。

去年托朋友带去我出版的一些拙作打油诗,那位朋友再来时告诉我:"台老说:他(指启功)还是那么淘气。"他给我写了一个手卷,临苏东坡的苏州寒食诗二首。

"自我来黄州,已过三寒食。年年欲惜春,春去不容惜……何殊病少年,病起头已白。""春江欲入户,雨势来不已。小屋如渔舟,濛濛水云里……那知是寒食,但感乌衔纸……也拟哭涂穷,死灰吹不起。"这是苏东坡,还是台龙坡?姑且不管,再看卷后还加跋说明,苏书真迹以重价归故宫收藏,所以喜而临写。我既笑且喜,赶紧好好装裱收藏,仿佛我比故宫还富了许多。

今年春天,台老托朋友带来他的论文集、法书集等三本书,都有亲笔题字,不是写"留念",而都是写"永念",字迹有些颤抖。我拿到不是三本书,而是三块石头。不久在香港好友家给他通了电话,他是在病榻上接的电话,但声音气力都很充沛,我那三块石头,才由心中落到地上。

我衷心祝愿龙坡翁疾病速愈,福寿绵长!

一九九〇年十月

记齐白石先生轶事

齐白石先生的名望,可以说是举世周知的,不但中国人都熟悉,在世界各国中,也不是陌生人。他的篆刻、绘画、书法、诗句,都各有特点,用不着在这里多加重复叙述。现在要写的,只是我个人接触到的几件轶事,也就是老先生生活中的几个侧面,从这里可以看到他的生活、风趣,对于从旁印证他的性格和艺术的特点,大概也不是没有点滴的帮助吧!

我有一位远房的叔祖,是个封建官僚,曾买了一批松柏木材,就开起棺材铺来。齐先生有一口"寿材",是他从家乡带到北京来的,摆在跨车胡同住宅正房西间窗户外的廊子上,棺上盖着些防雨的油布,来的客人常认为是个长案子或大箱子之类的东西。一天老先生与客人谈起棺材问题,说道"我这一个……"如何如何,便领着客人到廊子上揭开油布来看,我才吃惊地知道了那是一口棺材。这时他已经委托我的这位叔祖另做好木料的新寿材,尚未做成,这旧的也还没有换掉。后来新的做成,也没放在廊上,廊上摆着的还是那个旧的。客人对于此事,有种种不同的评论,有人认为老先生好奇,有人认为是一种引人注意的"噱头",有人认为是"达观"的表现。后来我到过了湖南的农村,才知道这本是先生家乡的习惯,人家有老人,预制寿材,有的做出板来,有的做成棺材,往往放在户外窗下,并没什么稀奇。那时我以一个生长在北京城的青年,自然不会不"少见多怪"了。

我认识齐先生,即是由我这位叔祖的介绍,当时我年龄只有十七八岁。我自幼喜爱画画,这时已向贾羲民先生学画,并由贾先生介绍向吴镜汀先生请教。对于齐先生的画,只听说是好,至于怎么好,应该怎么学,则是茫然无所知的。我那个叔祖因为看见齐先生的画大量卖钱,就以为只要画齐先生那样的画便能卖钱,他却没想,他自己做的棺材能卖钱,是因为它是木头做的,如果是纸糊的即使样式丝毫不差,也不会有人买去做秘器。即使是用澄心堂、金粟山纸糊的也没什么好看,如果用金银铸造,也没人抬得动啊!

齐先生大我整整五十岁,对我很优待,大约老年人没有不喜爱孩子的。我有较长一段时间没去看他,他向胡佩衡先生说:"那个小孩怎么好久不来了?"我现在的年龄已经超过了齐先生初次接见我时的年龄,回顾我在艺术上无论应得多少分,从齐先生学了没有,即由于先生这一句殷勤的垂问,也使我永远不能不称他老先生是我的一位老师!

齐先生早年刻苦学习的事,大家已经传述很多,在这里我想谈两件重要的文物,也就是齐先生刻苦用功的两件"物证":一件是用油竹纸描的《芥子园画谱》,一件是用油竹纸描的《二金蝶堂印谱》。那本画谱,没画上颜色,可见当时根据的底本并不是套版设色的善本。即那一种多次重翻的印本,先生描写的也一丝不苟,连那些枯笔破锋,都不"走样"。这本,可惜当时已残缺不全。尤其令人惊叹的是那本赵之谦的印谱,我那时虽没见过许多印谱,但常看蘸印泥打印出来的印章,它们与用笔描成的有显著的差异,而宋元人用的墨印,却完全没有见过。当我打开先生手描的那本印谱时,惊奇地、脱口而出地问了一句话:"怎么?还有黑色印泥呀?"及至我得知是用笔描成的,再仔细去看,仍然看不出笔描的痕迹。惭愧啊!我少年时学习的条件不算不苦,但我竟自有两部《芥子园画谱》,一部是巢勋重摹的石印本,一部是翻刻的木板本,我从来没有从头至尾临仿过一次。今天齐先生的艺术创作,保存在国内外各个博物馆中,而我在中年青年时也曾有些绘画作品,即使现在偶然有所存留,将来也必然与我的骨头同归腐朽。诸位青年朋友啊,这个客观的真理,无情的事例,是多么值得深思熟虑的啊! 这里我也要附带说明,艺术的成就,绝不是单靠照猫画虎地描摹,我也不是在这里提倡描摹,我只是要说明齐老先生在青年时得到参考书的困难,偶然借到了,又是如何仔细地复制下来,以备随时翻阅借鉴,在艰难的条件下是如何刻苦用功的。他那种看去横涂竖抹的笔画,又是怎样走过精雕细琢的道路的。我也不是说这种精神只有齐先生在清代末年才有,即如在浩劫中,我们学校里有不少同学偷偷地借到几本参考书,没日没夜地抄成小册后,还订成硬皮包脊的精装小册,这岂能不说是那些罪人们灭绝民族文化罪恶企图意外的相反后果呢!

齐先生送给过我一册影印手写的《借山吟馆诗草》,有樊樊山先生的题签,还有樊氏手写的序。册中齐先生抄诗的字体扁扁的,点画肥肥的,和有正书局影印的金冬心自书诗稿的字迹风格完全一样。那时王壬秋先生已逝,齐先生正和樊山先生往来,诗草也是樊山选定的。齐先生说:"我的画,樊山说像金冬心,还劝我也学冬心的字,这册即是我学冬心字体所写的。"其实先生学金冬心还不止抄诗稿的字体,金有许多别号,齐先生也曾一一仿效。金号"三百砚田富翁",齐号"三百石印富翁",金号"心出家庵粥饭僧",齐号"心出家庵僧",亦步亦趋,极见"相如慕蔺"之意。但微欠考虑的是:田多为富,印多为贵,兼官多的人,当然俸禄多,但自古官僚们却都讳言因官致富,大概是怕有贪污的嫌疑。如果称"三百石印贵人",岂不更为恰当。又粥饭僧是寺院中的服务人员,熬粥做饭,在和尚中地位是最为卑下的。去了"粥饭"二字,地位立刻提高了。老先生自称木匠,而不甘做粥饭僧,似尚未达一间。金冬心又有"稽留山民"的别号,齐先生则有"杏子坞老民"之号,就无从知是模拟还是另起的了。金冬心别号中最怪的是"苏伐罗吉苏伐罗",因冬心又名"金吉金","苏伐罗"是外来语"金"的音译,把两个译音字夹着一个汉字"吉"字来用,竟使得齐老先生束手无策。胆大如斗的齐先生,还没敢用"齐怀特斯动"("怀特斯动"是英语"白石"二字音译)。我还记得,当年我双手捧过先生面赐的那本《借山吟馆诗草》后,又听先生讲了如何学金冬心的画和字,我就问了一句:"先生的诗也必学金冬心了。"先生说:"金冬心的诗并不好,他的词好。"我当时只有一小套石印的《金冬心集》,里边没有词,我忙向先生请教到哪里去找冬心的词。先生回答说:"他是博学鸿词啊!"

齐先生对于写字,是不主张临帖的。他说字就那么写去,爱怎么写就怎么写。他又说碑帖里只有李邕的《云麾李思训碑》最好。他家里挂着一副宋代陈抟写的对联拓本:"开张天岸马,奇逸人中龙。抟(下有'图南'印章)。"这联的字体是北魏《石门铭》的样子,这十个字也见于《石门铭》里。但是扩大临写的,远看去,很似康南海写的。老先生每每对人夸奖这副对联写得怎么好,还说自己学过多次总是学不好,以说明这联上字的水平之高。我还见过齐先生中年时用篆书写的一副联:"老树著花偏有态,春蚕食叶例抽丝。"笔画圆润饱满,转折处交代分明,一个个字,都像老先生中年时刻的印章,又很像吴让之刻的印章,也像吴昌硕中年学吴让之的印章。又曾见到他四十多岁时画的山水,题字完全是何子贞样。我才知道老先生曾用过什么功夫。他教人爱怎么写就怎么写的理论,是他老先生自己晚年想要融化从前所学的,也可以说是想摆脱从前所学的,是他内心对自己的希望。当他对学生说出时,漏掉了前半。好比一个人消化不佳时,服用药物,帮助消化。但吃的并不甚多,甚至还没吃饱的人,随便服用强烈的助消化剂,是会发生营养不良症的。

　　有一次我向老先生请教刻印的问题,先生到后边屋中拿出一块寿山石章,印面已经磨平,放在画案上。又从案面下面的一层支架上掏出一本翻得很旧的《六书通》,查了一个"迟"字,然后拿起墨笔在印面上写起反的印文来,是"齐良迟"三个字。写成了,对着案上立着的一面小镜子照了一下,镜中的字都是正的,用笔修改了几处,即持刀刻起来。一边刻一边向我说:"人家刻印,用刀这么一来,还那么一来,我只用刀这么一来。"讲说时,用刀在空中比画。即是每一笔画,只用刀在笔画的一侧刻下去,刀刃随着笔画的轨道走去就完了。刻成后的笔画,一侧是光光溜溜的,另一侧是剥剥落落的。即是所谓的"单刀法"。所说的"还那么一来",是指每笔画下刀的对面一边也刻上一刀。这方印刻完了,又在镜中照了一下,修改几处,然后才蘸印泥打出来看,这时已不再作修改了。然后刻"边款",是"长儿求宝",下落自己的别号。我自幼听说过:刻印熟练的人,常把印面用墨涂满,就用刀在黑面上刻字,如同用笔写字一般。这个说法,流行很广,我却没有亲眼见过。我在未见齐先生刻印前,我想象中必应是幼年听到的那类刻法,又见齐先生所刻的那种大刀阔斧的作风,更使我预料将会看到那种"铁笔"在黑色石面上写字的奇迹。谁知看到了,结果却完全两样,他那种小心的态度,反而使我失望,遗憾没有看到那样铁笔写字的把戏。这是我青年时的幼稚想法,如今渐渐老了,才懂得:精心用意地做事,尚且未必都能成功;而鲁莽灭裂地做事,则绝对没有能够成功的。这又岂但刻印一艺是如此呢?

　　齐先生画的特点,人所共见,亲见过先生作画的,就不如只见到先生作品的那么多了。一次我看到先生正在作画，画一个渔翁，手提竹篮，肩荷钓竿，身披蓑衣，头戴箬笠，赤着脚，站在那里，原是先生常画的一幅稿本。那天先生铺开纸，拿起炭条，向纸上仔细端详。然后一一画去。我当时的感想正和初见先生刻印时一样，惊讶的是先生画笔那样毫无拘束，造型又那么不求形似，满以为临纸都是信手一挥，没想到起草时，却是如此精心！当用炭条画到膝下小腿到脚趾部分时，只见画了一条长勾短股的九十度的线条，又和这条线平行着另画一个勾股。这时忽然抬头问我："你知道什么是大家，什么是名家吗？"我当时只曾在《桐阴论画》上见到秦祖永评论明清画家时分过这两类，但不知怎么讲，以什么为标准。既然说不出具体答案来，只好回答："不知道。"先生说："大家画，画脚，不画踝骨，就这么一来，名家就要画出骨形了。"说罢，然后在这两道平行的勾股线勾的一端画上四个小短笔，果然是五个脚趾的一只脚。我从这时以后，大约二十多年，才从八股文的选本上见到大家、名家的分类，见到八股选本上的眉批和夹批，才了然《桐阴论画》中不但分大家、名家是从八股选本中来的，即眉批夹批也是从那里学来的。齐先生虽然生在晚清，但没听说学做过八股，那么无疑也是看了《桐阴论画》的。

一次谈到画山水，我请教学哪一家好，还问老先生自己学哪一家。老先生说："山水只有大涤子（即石涛）画得好。"我请教好在哪里？老先生说："大涤子画的树最直，我画不到他那样。"我听着有些不明白，就问："一点都没有弯曲处吗？"先生肯定地回答说："一点都没有的。"我又问当今还有谁画得好？先生说："有一个瑞光和尚，一个吴熙曾（吴镜汀先生名熙曾），这两个人我最怕。瑞光画的树比我画的直，吴熙曾学大涤子的画我买过一张。"后来我问起吴先生，先生说确有一张画，是仿石涛的，在展览会上为齐先生买去。

从这里可见齐先生如何认为"后生可畏"而加以鼓励的。但我自那时以后，很长时间，看到石涛的画，无论在人家壁上的，还是在印本画册上的，我都怀疑是假的。旁人问我的理由，我即提出"树不直"。

齐先生最佩服吴昌硕先生，一次屋内墙上用图钉钉着一张吴昌硕的小幅，画的是紫藤花。齐先生跨车胡同住宅的正房南边有一道屏风门，门外是一个小院，院中有一架紫藤，那时正在开花。先生指着墙上的画说："你看，哪里是他画的像葡萄藤（先生称紫藤为葡萄藤，大约是先生家乡的话），分明是葡萄藤像它呀！"姑且不管葡萄藤与画谁像谁，但可见到齐先生对吴昌硕是如何地推重的。我们问起齐先生是否见过吴昌硕，齐先生说两次到上海，都没有见着。齐先生曾把石涛的"老夫也在皮毛类"一句诗刻成印章，还加跋说明，是吴昌硕有一次说当时学他自己的一些皮毛就能成名。当然吴所说的并不会是专指齐先生，而齐先生也未必因此便多疑是指自己，我们可以理解，大约也和郑板桥刻"青藤门下牛马走"印是同一自谦和服善吧！

齐先生在出处上是正义凛然的，抗日战争后，伪政权的"国立艺专"送给他聘书，请他继续当艺专的教授，他老先生即在信封上写了五个字"齐白石死了"，原封退回。又一次伪警察挨户要出人，要出钱，说是为了什么事。他和齐先生表白他没叫齐家出人出钱，因此便提出要齐先生一幅画，先生大怒，对家里人说："找我的拐杖来，我去打他。"那人听到，也就跑了。

齐先生有时也有些旧文人自造"佳话"的兴趣。从前北京每到冬天有菜商推着手推独轮车，卖大白菜，用户选购，作过冬的储存菜，每一车菜最多值不到十元钱。一次菜车走过先生家门，先生向卖菜人说明自己的画能值多少钱，自己愿意给他画一幅白菜，换他一车白菜。不料这个"卖菜佣"并没有"六朝烟水气",也不懂一幅画确可以抵一车菜而有余,他竟自说:"这个老头儿真没道理,要拿他的假白菜换我的真白菜。"如果这次交易成功,于是"画换白菜""画代钞票"等等佳话,即可不胫而走。没想到这方面的佳话并未留成,而卖菜商这两句煞风景的话,却被人传为谈资。从语言上看,这话真堪入《世说新语》;从哲理上看,画是假白菜,也足发人深思。明代收藏《清明上河图》的人如果参透这个道理,也就不致有那场祸患了。可惜的是这次佳话,没能属于齐先生,却无意中为卖菜人所享有了。

我教古典文学"唐宋段"的失败

我现在所写的这篇小稿,既够不上什么"心得体会",也不是"书面检讨"。我的意图,是想说明古典文学,尤其是"唐宋段"的问题之多,阐明之难。我说"失败",不是要哗众取宠,更不是鼓吹灰心丧志。知难而进,应是我们今天做各项工作共同坚持的精神。怎样知难,似应从认识"难"、解剖"难"、不讳失败开始。

在今天,无论是搞教学或研究,也无论是文学方面或史学方面,都流行着"分段"的问题。当然,一切工作的分工,都是客观的需要。文、史教学研究上的分工,也是必要的或不得已的一项办法。但这分"段"之难,却是显而易见的。

文学发展,常常随着历史的标志为标志,什么朝,什么代,什么初盛中晚,什么前期后期。历史可以拿宣布政权到手的那天,甚至那时那刻为段落。虽然这未免专从外形上立论,因为改朝换代的交替时,政策措施等还会有许多因袭关系,似不能那么一刀切。但究竟有个新统治者上台为标志,有个"元年"为数据。文学和历史,似乎是平行的双轨,却又各不相同的时快时慢,时先时后。文学家们,并非全在"开国"时一齐"下凡",亡国时一齐"殉节"。清代袁枚最反对把唐诗分为"初中晚"或"初盛中晚",他屡次提出,被分定为某一期的作家,也许生在这期之前,死在这期之后,又当如何去分,根据什么去分?

这种辩论,只是理论上深入细致的探讨,不是事务上处理解决应急采取的办法。譬如烹鱼,烧头尾和烧中段,从来也没法子规定从第几片鳞为界限去切。所以文学史也只有凭"我辈数人,定则定矣"(《切韵序》)的办法,把这个历史长河,硬切几段。

然而教书毕竟与烧鱼不同,烧鱼可以裹上面糊,用油一炸,断处的剖面,都被掩盖,更不需要它的血脉相通。教文学,则既要在纵的方面讲透它的继承发展关系,又不能侵犯上段和下段。在横的方面它常常关连着兄弟艺术品种,不说清左邻右舍,定不出"主楼"位置;稍为加强说明"邻居",则又成了罗列现象、侵犯其他门类、重点不突出等等过失。其实一个作家、一个作品的上下、前后、左右都不是孤立的,也不是那么容易说明的,那需要丰富的知识,深切的探索,精练的选择,扼要的表达。真要说得"简要清通",并非容易的事。反而如按上面所说的那样要求,只把主楼的高度宽度、体积面积、门窗颜色、里边住的是什么人加以形容,角度各不相同,语言绝无重复,一定就像观剧人所说的"一出好戏"那样,博得听课者说是"一堂好课"。

问题是学生求学,是求"好课"的艺术享受,还是求鉴古知今,闻一知十,获得政治思想上、科学知识上的真凭实证呢?

这是在分段和教法上的难处。

段既分了,我分得了"唐宋段",于是一连串的问题便陆续被我遇到。当时的口号是"以论带史",所以各种文学都要以论当先,而所举的"史实",当然要符合所论。于是在各段的课程中,论、史交融的课,当然当先了。这不待言,自是需要理论水平高的教师来主讲,我只能讲一些"作品"(现在我所说的"唐宋段"还太笼统,实际应说"唐宋段作品"才较确切)。

我究竟遇到哪些问题呢?下面不妨"罗列"地谈一谈:

一、古代作家并不止一人,作品并不止一篇,规定的大纲也分明开列若干人、若干篇。我顺序讲下去后，向"同行"的同事请教，得到的指教，总是说"重点不突出""罗列现象""平列材料"，及至请教怎么就不罗列，怎么就能突出，这位同事也没有传授心法。我后来见到宋朝人作《圜坛八陛赋》的事，写道："圜坛八陛，八陛圜坛，既圜坛而八陛，又八陛以圜坛。"这样反复若干句。阅卷者批道："可惜文中不见题。"我才略有启发，可惜那位先生已作古，无从"重与细论文"了。

二、古典文学课程所讲的各位作家，当然都是古代人，在唐宋段中当然都是唐宋人。首先遇到的是他们各自是什么出身。这还较好办，去听讲"史"的教师讲他属于大中小哪类的地主，我便随着去讲，总算有些根据。但有些人、有些作品，在大纲中应该讲，而史中却没讲到，就特别感到困难。又有时虽按着史的口径讲了，但一遇到有人问我这一作品中反映的思想意识和他出身经历的关系，又是如何体现的，这时又不能说"等我听完下一堂史课再回答你"。假如"自作聪明"，另编一套，即使我有我的理由，如与史课不相符时，其效果自然可以不言而喻了。

三、唐代诗人重点，当然李白、杜甫、白居易是足概全唐的代表诗人了。尤其白居易，有他的成套的讽喻诗，理所当然的比李、杜要高得多、重得多。但他却不知为什么自己给自己留一个漏洞：即是他为什么满腔热血一次吐完，以后便只是些闲情逸致的作品。封建文人，情有冷热，并不稀奇，奇在那么"齐"，戛然而止，岂不可怪？我也私下想过：封建帝王不管行的是哪种"政"，他也希望臣民恭维他是"仁政"，如果再想扮演几个节目，当然"纳谏"也是他们常演的节目之一。谏到纳不了的时候，谏官命运便常发生各样悲剧。什么杀头、远贬、降官等等，元、明时还加上打板子。当皇帝纳谏的节目演好了，聪明的诗人，又何敢追着找那些悲剧呢？因此不难了然，白的讽喻诗中，正有符合皇帝需要的作用，也可说是那段节目中的一章伴奏的音乐。必须郑重说明，我这只是想解释讽喻诗为什么戛然而止这个问题中的一些因素，并非妄图贬低讽喻诗那些光焰万丈作品的本身。而当我讲这课时，这类"分析"，又岂能出口呢？

四、我讲的是古代人（唐宋人）的作品，所选的当然是大纲上提到的，作家的经历思想不可能相同；一个作家的几首作品，内容情调也不可能相同。一次遇到一篇内容积极、情调健康的作品，我讲起来也觉得颇有生龙活虎的力量，也会蒙得听者鼓励性的赞许。可惜作品并不是"作诗必此诗"（苏轼句），于是要求就来了，还要讲成"那样"。然而，古代诗文不能像唐三彩的战马，可以重制若干啊！

五、在讲思想性之后，当然无所逃其责地要讲艺术性，我自恨并没学过文艺理论，篇章结构、语言辞藻之类的评论，似乎还在旧文论中略闻一二，但一到结构，更常堕入"起承转合"的旧套子，纵然听者不一定看透是哪里来的，而我自己倒受到良心谴责，这不是八股圈子吗？于是虚心地翻翻一些旧印本的评注，奇怪的是这篇评是"刚健清新"，那篇评是"清新刚健"，这篇评是"情景交融"，那篇评是"交融情景"。一个旧本之中，并不觉重叠，几个旧本子之间，就不免同声相应。我若参用（或抄用），便成了鹦鹉学舌；不参用，我也没有新鲜的、独出心裁的评语。只落得"讲艺术性部分太贫乏"的舆论。

六、讲唐诗，必然关系到四声平仄；讲宋词，又涉及清浊阴阳。我这北方人从小时硬记四声，还较容易，至于清浊阴阳，虽有好心的师友表演给我听，我还是如牛听琴，宫商莫辨。只有从小时受过训练的听平仄、念平仄，习惯一些，似乎应说好办了，但也不是毫无新问题。现在规定的普通话,是"以北方话为基础、以北京音为标准"的。北京音"入派三声",许多古典诗词中的入声字,在用普通话读起来便成了别的声,如变上、去声的还好,因为上、去同属仄声。如变平声的,那个句子整体的声调就全发生了变化。我不知道听者的感觉如何,只在我自己口中,常像嚼着沙砾一般。有一次讲一首古体诗,篇中有几个律调句,我一时"忘其所以"地按着古韵去诵读,抑扬顿挫,摇头摆尾地高声念了。没想到课间休息时,走廊里竟响起学着我那样抑扬顿挫的声调来朗诵的声音。我才大吃一惊,原来这种传染性有这么大。赶紧在第二堂课上自己郑重声明,以消"毒素",不意得的反应,却是一阵笑声。我想,愈描愈黑,不要再说了,幸而铃响了,才算解围。

七、还有令我最难处理的,是前面略提过的"侵犯"旁的"段"的问题。讲唐诗,当然要讲它的师承,或说来源,才能比较出它的进步和创造。但当我说一些有关六朝的东西,就"侵犯"了"六朝段"的领域,自然成为错误。讲宋词,也需要讲到它的发展和对后世的影响,于是又"侵犯"了"元明清段"的领域。那么既有勾挽钩渡,而又要界限分明,真使我得到过几次的严格训练,可惜训练虽然严格,如果判分数,恐怕还不见得及格。

在水平高的人,不管哪段,当然都能把古代作家作品阐发精详,分析深刻,而在我却是捉襟见肘,狼狈不堪。略举几例,以为自讼;并向当时听过我讲唐宋文学作品的同志们表示非常的歉意!

一九八四年

钟敬文先生的做人和治学

说到做人和治学,这是作为教师的必备条件。我想从钟敬文先生说起,他可以说是这方面的表率。他说过:"有些导师……缺乏崇高的理想,缺乏拼命干社会主义事业的精神;有的只想多弄点钱,到社会上去兼职;挂了导师的名却不能尽到导师的责任。这样的导师,是很难带出德才兼备的学生来的。"他不仅是这么说,也是这么做的,我从心眼里尊敬、佩服他。

二十年代他在岭南大学工作、学习之余,就到图书馆整理民俗文献,研究民间文化。后转到中山大学,协助顾颉刚先生等建立了我国第一个民俗学研究组织——民俗学会。当时反动政府认为他是左派,黑名单上有他,要捉拿他,学校保守势力解除了他的教职。那时他们夫妻俩已有了儿子钟少华,他拉家带口逃跑了,没钱就把身上的衣服卖掉,日子很艰难。三十年代他们夫妻一起到日本留学,研修神话学、民俗学,钟先生在日本撰写发表的《民间文艺学建设》一文,首次提出建立独立的民间文艺学的问题。一九三六年回国后,钟先生继续从事教学,从事他所喜爱的民间文学、民俗学的研究。一九四七年因思想"左倾",他又被校方解职了,去了香港。一九四九年,他们夫妻和在香港的一大批文化界人士回到北京。钟先生接受时任北京师范大学校务委员会主任黎锦熙先生的聘请,在师大任教,讲授民间文学。一九五六年毛泽东提出了"百花齐放,百家争鸣",没想到好景不长,政治形势发生了急剧的变化,钟先生和我们几个都成了"反党反社会主义""向党猖狂进攻"的"右派"分子。那时我们被"专政",同在一屋,经常遭到批判,口诛笔伐,这个单位批一回,那个单位批一回。现在想起那个时候仍很紧张,没法再研究学术了。虽然处于困境,钟先生却没有放松对学问的追求,也没有减少对工作的热情。后来,"文化大革命"结束,终于可以给学生们上课了。钟先生为恢复民俗学的学术地位呼吁奔走,邀约著名学者,建立起全国性的民俗学学术机构——中国民俗学会,他当选为理事长。

他非常重视民间文学与民俗学的教学科研工作,为了推进学科建设,他提了很多建设性意见,几次组织全国高校教师编写教材,多次举办讲习班及高级研讨班。他领导的民间文学的学科点,经过几年的努力,已经成为国家的重点学科;他主持的几项教学改革项目也多次获奖。

对民俗学、民间文学,我不懂,我曾打"皮薄皮厚"这样一个比方。什么叫"皮薄"呢?比如京剧《空城计》诸葛亮唱的"我本是卧龙岗散淡的人",一听就明白;又比如清代的《子弟书》,一唱就能懂,我想这就是"皮薄",就是民间文学。什么叫"皮厚"呢?像昆曲,好听,却不容易听懂,《西厢记》中张生唱的"梵王宫殿月轮高,碧琉璃瑞烟笼罩",还得让人讲解才明白的就是"皮厚",就不是民间文学。我把我的理解说给钟先生,他说是这样的。他是我国民俗学、民间文艺学的领路人,是将学术"平民化"的倡导者。

在过去,民俗是很不起眼的学科,需要学者深入到人民的生活中进行考证,钟先生志存高远,对他所从事的民间文艺建设、民族文化的研究至死都是很爱的,很忘情,很执着,直到百岁仍然筹划着民俗学学科建设的大事,在临终前的几个小时还在为"我有好多事没做"而遗憾。

对传道、授业、解惑的教师职责,他是很看重的,兢兢业业;在对人才的培养上,他把人品作为第一标准,其次才是学问,所以他对学生的道德品质要求很严格。他针对民俗学学生来源不同学科,程度也不一样的实际情况,区别对待,为他们制定不同的培养方案和要求。看到学生的论文受到学界好评,有的还获得全国性学术著作奖,他就特别高兴。他对学生谁学得好,谁学得不好,心里记得特别清楚,该给谁谁谁、某某某评什么奖金或什么职称,他就给系里打电话提建议,从不因这个人由于别人对他有看法就不管他。临终前他还在为一个学生争奖学金。他始终在关心、重视他的学生的前途。

钟先生百岁高龄仍坚持亲自给学生上课,在他生命的最后,即使住进医院,他还时时给家给学校打电话,安排教学,挂念着科研工作,嘱咐教研室的老师代他为新来的博士生开设民俗学史课程,先后约见十几个学生到他病房汇报学习情况,他就坐在医院里的沙发上给学生讲课,听学生的开题报告。有一天,我去医院看他,他坐在轮椅上,正给学生讲课呢。到医院去的学生很多,他一个一个地进行辅导,不厌其烦。这可是生死关头哇,真如古书上所说:敬业乐群,不辞辛苦。

他的旧诗做得好,很在行。他曾对我说:"咱们两人开个课,叫做学旧诗。你干不干?"我说:"我不干。"他问:"为什么?"我说:"学生的习作肯定都得到我这儿。俗话说,'富于千篇,穷于一字。'现在的学生平仄都不知,咱们得费多大劲呵。"可他有兴趣,有热情,正可谓"老不歇心"。

他是民俗学的学科带头人,总在不断地吸取新的知识,不断地充实自己。他说:"我作为研究生的导师,感到自己的不足,有点苦恼,不时心里嘀嘀咕咕。导师在学问上思想上应当不断前进,我深知自己的精力已经不很充沛,根本改变这种状况已不可能。年纪大了,进步慢,但不能放弃追求,降低标准。"他的一生都在忙,忙着读书,忙着研究,忙着教学,晚年他虽受到年龄局限,仍对自己丝毫不放松,始终抓得很紧。比如,他每天早上五点多就起来在校园里遛弯儿,提着手杖,急匆匆地向前走,有时后面还跟着好几个老头儿老太太,有人把这说成是学校的一个景点。比如,他临终前还编辑出版了反映他一些重要的和有代表性思想与活动的集子,就是那本我给他题写书签的《婪尾集》。婪尾,就是表示已经到生命的尾巴了,他还用功呢。比如,他对待讲课,很认真,认为不能白挣奖金,不能对不起增加的工资。这好像很庸俗,却反映了他的品德,他的做人。

　　钟先生的百年之旅不仅创造了生命的奇迹,而且以其对民族文化的挚爱,对学问的虔诚以及其道德品性给后人树立了典范。回想,中文系定于二○○二年一月三日在友谊医院给钟先生过百岁生日,他吃着祝寿的蛋糕,还对大家说:我要养好身体,回去讲课。仅隔一个星期,二○○二年一月十日,他就走了,走完了他的一生。我送他"早辑风谣,晚逢更化,盛世优贤诗叟寿;独成绝诣,广育英才,耄年讲学祖师尊"。这是他一生留给我的印象,也是我对他做人和治学的敬仰!

（李书整理）
二○○二年

北京师范大学百年纪念私记

今年是北京师范大学成立一百周年的纪念。校内教师九十岁的人,只有三位了,互相回忆自己曾经承教的先师,几乎俱已仙去,即数起同辈的朋友,亦已寥若晨星。现在先就不可磨灭的印象中不可磨灭的先师说起。

北京师大百年纪念是从何年算起?这就要追溯到清末"京师大学堂"建立之始。启功生于一九一二年夏末。上距京师大学堂建立大约将近十年,当然无从知道。二十岁以后,初到辅仁教书至今将近七十年,这段时间许多位名宿急遽凋零,现在姑且就我个人记忆谈起。

一、陈垣校长与英华先生

陈垣先生是我的世交长辈,由我家的一位老世交傅增湘先生介绍见到陈先生。先生当面教导我如何教学生,说"言教不如身教",语重心长,使我平生难忘,改我文稿,教导我的思想,怎样除旧布新。这样直到一九七一年陈师逝世。他的一举一动,都是我们的表率。我是从辅仁大学成长起来的,解放后辅大与师大调整为新师大,在启功从个人记忆中追述,就不能不从辅大谈起。

有一位我们满洲同民族的老前辈英华先生,满姓赫舍里氏,是虔诚的天主教信徒,学识渊博,曾主办《大公报》,又办"温泉中学"。西方学者利玛窦在明代来中国,汤若望在明末清初来中国,清康熙时,南怀仁又帮助康熙学外语和西方文化知识,但西方传教士对中国的文化教育始终没有广泛的影响。英老先生因此具书给罗马教宗,请求派专门人才来中国创办学校。最初由英老先生集合同仁办了一个学术团体叫"辅仁社",后来罗马派来一个天主教的分会办起辅仁大学。陈垣先生家世是基督教信徒(路德派),陈先生又好钻研历史文化,又好探讨各宗教的传承历史。他在做国会议员和教育部次长时,曾以自己搜罗的元代"也里可温"(天主教)的历史记载向英老先生求教,英老先生即高兴地把自己研讨(究?)的材料补充给陈先生。于是这两位学者就结成师友关系。及辅仁大学建校时,英老先生即延请陈垣先生任校长。当时天主教同道曾不赞成延请教派不同的人任校长,英老先生深信陈垣先生的人品学问,不是拘泥教派成见的人,力排众议,聘请陈先生任校长。从此辅大即成了学术的大学,并不仅是教派的大学。英华老先生字敛之,号万松野人,平生未入仕途,有著述数种,善书法,今西山温泉中学旧址门外南面山上刻有"水流云在"四个大字,即是英老先生所书的。

二、陈校长为教育事业的学术研究

陈垣先生任辅仁大学校长以来,曾延许多位学者在辅大任教,使得后起的辅大顿时与避寇四川的西南联大南北齐名,中间经过沦陷时期,日寇从辅大校中捉去已知的抗日的人士外,竟未敢干涉校政。其中艰苦,可以不言而喻了。日寇投降后又与北京复校的燕京大学并驾齐驱。直到解放后,院系调整,辅大与师大合并,又成国立的新师大,陈垣校长的蝉联伟绩,是今天应该首先大书特书的。

陈垣校长生于广东新会的书香门第,在封建的科举时代,当然以应举为正途。先生的读书方法是相当别致的。他少年时在读了基本古经书、《孝经》《论语》等必读的古籍之外,自然以八股文为必读的。陈先生说,曾把当时流行的种种墨卷拿来阅读,见哪篇有所会心,用圈点标出,放在一边,再取一篇去读,如此积累,把装订拆开,再把选出的合订熟读,然后拟作。经过县试、府试,以至学政的院试,获得廪、膳的资格,听说曾入京应考,可能曾获得拔贡资格才能入京朝考。可惜我当时年幼,不懂得科举详情,今天已无从请益了。陈先生又发现清朝谕旨中有许多前后矛盾,就通读《朱批谕旨》和《上谕内阁》,摘其矛盾记成《柱下备忘录》,一部分刊于"北大研究所国学门"的刊物,后来即用此法通读《廿四史》,记其种种编辑经过和存在的问题,写出提纲,为学生讲授,后来在前北京师范大学讲授,学生即在若干年后再加发挥,便成了学生自己的著作。又把陈寿的《三国志》和范晔的《后汉书》比较阅读,教前师大的学生作《陈范异同》(用《班马异同》的前例),这位学生写成论文,还刊成专册。陈先生又曾在前燕京大学研究所中教学生如何编辑古书的索引,自己领着学生去查、去编。当时还没有这类工具书,这比后来出版的《丛书子目索引》三厚册简略些,但先生这部与学生合编的未刊索引,一直在身边架上备用。为查历史的年月,得知日本御府图书寮编了一种《三正综览》,曾用二百银元托友人在日本抄出副本,自己又逐月逐年编排演算,这种核算的稿子即成了《中西回史日历》。编到了清朝的历史朔闰,先生就到故宫文献馆中查校保存的清朝每年的"皇历"(乾隆以来改题为"时宪书",以避乾隆的讳字)。再后日本印出《三正综览》,我买到一本,发现不但编排远远不及陈先生所编的醒目,又见清朝每月的大小尽和多处有所不同,就拿去请教。先生说:"清朝的部分是我在文献馆中校对了清朝的每年的'皇历',自以我的为确。"文人们常说"某人博览群书",

说明这位学者读书的广度,却忘了仅有广度,若无细度、深度,那就是一维的读法,还却缺了二维的。

陈先生研究古代宗教,最先出版的,也是最先着手研究的。后来又接着考证了"开封一赐乐业教"(即以色列教)、"摩尼教""火袄教",先曾拟合编为"古教四考",后觉文章撰写的时间不同,文章风格也就有异,便搁置起来。先生又曾对基督教的《圣经》作过译本的考证(原稿未曾发表)。又搜集道家的碑刻成为《道家金石志》(是先生次孙智超同志经手出版的)。有读者曾提出"道家"应称"道教",其实这个问题先生早已考虑过,以为汉末"五斗米道"增益了"五千言"的哲理,北魏寇谦之创立的像设、仪轨全袭佛教,又与"五千言"的哲理不同,与后世道士度亡所诵的"皇经"相距更远。所以宁称"道家"不称"道教"。在古宗教中,以佛教创始最古,静修的哲理最深,经、律、论三藏的典籍最繁,历代名僧又多通儒学,文笔宏通,阐述宗风之余还多兼通"外典",所以研究佛家著述,可以兼获许多资料,先生家佛藏有四部之多,先生曾戏言:"玄奘被称为三藏,我今已有四藏了。"先生著有《佛教史籍概论》,薄薄一册,却来源于四大藏经。我的一位好友王靖宪同志,读了《佛教史籍概论》,后见我们一位同门所著史籍论著,对我说:"那位论著的作者文章和考证的方法怎么那么像《佛教史籍概论》呀?"我说:"那位作者正是陈老师的高足啊!"

陈先生研究《元史》,写了《元西域人华化考》。解放后,先生的著作多已重版,只有这一部书久被迟疑搁置,由于怕有"大汉族主义"的论点。我们又重新细读,不但毫无所疑之点,却有"民族融合"的许多证据,把意见反映上去,才见重版出书。先生又因只见沈家本的寄簃刻本《元典章》,后得知故宫藏有元代所刻的古本,即带了许多位学生天天到故宫去校对,成了《元典章校补释例》一书,这不但使读者彻底了解了《元典章》一书，先生在书后还总结出"校勘四例"，综合清代学者关于校勘的论点，还结合实际校勘工作的范例，最为有益于后学。后来台北影印出原刻《元典章》全书，有人即说"陈先生的校勘并非独得之密"，这正如看见电脑后，即说驿站跑马、电报传信是极端落后，不知是耻笑前贤，还是耻笑自己！陈先生研究《旧五代史》，但《旧五代史》早已佚失，《册府元龟》又不专是五代的事迹资料，要用《册府元龟》中的材料，就必须理出它每条的内容都是讲的什么。先生认为至少要(1) 按其年代；(2) 人名；(3) 事迹，各分一类，列为索引。然后按五代的历史中这三项内容加以排列，虽然未必全是《旧五代史》的原文，至少也是五个朝代的有关资料。

先生还因避讳皇帝的名字和避讳父母的名字(家讳)是中国历史中的一种特殊现象，不论是手写的文字、刊刻的金石和书籍的版本，都可因避讳字的代替字、缺笔字，而知其写、刻的时代。这也是读书人，尤其读史书的人必须知道的一项常识，所以作了这部《史讳举例》。

还有许多零碎的问题，写成单篇的论文，现已不能一一罗列。总之，陈老师平生读书工作，无一不是为了教育，为研究一个问题读书万卷，所得的结论，往往只是一两卷的篇幅。为研究《元朝秘史》和校勘《元典章》，自己向专家去学蒙文、蒙语，从来没为某件无关大体的问题去费笔墨。陈先生为学生写好文章、教好书，自己每年教一班大学一年级的普通国文课，认为不管研究什么，最后都要用文章表达，一句能说的就不要多句去说。讲课要语言清楚，板书要字迹清楚，古籍中的常识要知道，世俗中的常识也要知道。一篇文章如同一锅糖水，必须熬成结晶，才既可食用，也可收存。听了这番话，才能知道研究多卷古书，写出一卷结论文章的道理。

三、陈校长与辅仁大学

英华老先生甘冒天主教同道的反对,而请"新教派"的陈垣先生来任辅仁大学的校长,很清楚,他是想把新成立的大学办成一个有学术新风的大学,而不是要办成一所仅是传教的大学。这是他在"辅仁社"学会性质的团体时,对社中学者都有所考查。陈先生接任校长以来,聘请的教师首先没有哪个党派、哪个大学出身、哪个宗教信仰的区别。物理、化学多请西方专家之外,生物学仍请中国专家为主任教授。所请的文学院长是沈兼士先生,国文系主任是尹石公先生,教授有刘复先生等,都是著名的学者。后来尹石公先生回南方去,由杨树达先生介绍余嘉锡先生来继任。历史系请张星烺先生为主任。陈校长自己也讲些专门问题的课程,是包括文史两系的学生都可听讲的。有比较特别的一门课,即一年级的国文,又称"普通国文""大一国文",今称"写作实习"。陈校长自己教史学系一班,当然班次太少,就又招了一些年轻的力量。表面看似是校长自己减轻负担,实际上是自己招了许多新学生,随时加以辅导,怎么备课,怎么讲授,怎样为人,以至怎么写黑板。更有一项重要的教导,就是"身教重于言教"。实在是陈校长又招了一"班"青年,我(启功)即在这一班中。这一"班"的情况,下文再行详述。这里先从校长聘请的老辈学者说起,沈兼士先生是章炳麟(太炎)先生的弟子,精通文字声韵之学,宋代人提出了"右文说",沈先生更加发挥,在为蔡元培先生祝寿的《论文集》中第一篇登载着这篇著作,名声极大,又讲"声训",是一门语言学中的新见解。虽然清代学者王念孙诸家也曾重视声与义的重要关系,但还有未全透彻处。沈先生这一理论,可以成为世界语言学中占一席的中国著作。又有专文《禘杀祭古语同源考》,证"禘"是古代大祭之名,又是宰杀牛羊等牲畜为祭品的祭礼。其实古代历史已被儒家学说层层掩饰，使得后人在雾中行走一般。近些年殷墟发现杀人祭祀的坑，古书中是丝毫未见记载的。又如古书说易牙烹其子以飨齐桓公，被管仲批评，说他"其子尚不能爱，何能爱君"，把他当做个别事件来看。其实近年考古在出土的鼎中竟有小儿的尸骨。考古工作者都被告诫，不宜宣布，怕被敌人说中国古代即缺乏"人道"。可惜沈先生在世时，没见到这些发掘，更多地充实那篇论文。沈先生还有一篇重要的论文《初期意符字的形态及性质》。古代造字有"六书"之说，《说文解字》叙中列了六项，《周礼》中也列了次序稍异的六项，却都没有提到"意符"，这又是语言文字学中的一项发明，也是一项在训诂学中的发现。这些重要论文，也是重要发明，觉得章太炎先生《文始》等还不免有些受到旧方法局限处。沈先生还有一项较大的科研工程，是《广韵声系》，由沈先生带着几位学生研究编排，后来抗日战争起来，先生离开北京，即由门生葛信益按原来规定的原则继续编排，日寇投降之后，才得出版，可惜先生已去世，不及亲见了。

余嘉锡先生字季豫，是一位博览群书、扎扎实实的学者，清末做过七品小京官。辛亥后，在赵尔巽家教家馆，也在北京大学兼课。由杨树达先生介绍给陈垣校长，被请到辅仁大学接尹石公先生的主任职务。余先生的先人即是一位老学者，教先生读"四书""五经"等"必读"诸书外，要细阅《四库全书总目》，读其"提要"，可以知道学术的古今流别。余先生在熟读目录之学后，有两方面的巨大收获：一是了解了自汉代刘向、刘歆以下各代目录的编订优缺点，古书的存佚情况，后来著为《目录学发微》，近代研究目录之学的人没有不参考这部著作的，引用多了，未免即有抄录之嫌。余老先生未免感慨，说这部书被一些读者"屡抄不一抄"，也足见其影响之大。二是发现《四库提要》中的错误,随阅读,随批注,后来合成《四库提要辨证》,这仅辨证了《提要》中的一部分。老先生临终前,我到北京大学去探视,先生还从抽屉内取出续作的《辨证》底稿,字迹虽然不太端严了,但依然甚少涂改,行款甚直,不久就得见讣告了。先生在辅大讲课有一册讲义《古籍校读法》,细致地、有证据地提出古书中为什么记有古书作者身后的事。清代学者常常因此遂判断那是一部"伪书",后学因之就不敢引据。但这《校读法》是没写完的一部讲稿,老先生后来也无暇续作整理补充。先生身后由他的女婿标点,改题《古书释例》,又把《提要辨证》中的段落附加于其中,可谓大体不失就是了。余先生身后未完之稿还有两种,一是《世说新语》的注,一是《汉书艺文志理董》。《世说新语笺疏》已由先生的亲戚晚辈标点出版了,标点者曾经告诫中华书局不要先出版别人研究《世说》的稿子,后来有人见到《笺疏》,有文章恳切地批评,还未见标点者有什么反驳。《汉书艺文志理董》一稿至今未见出版,其稿存佚不详。还有《余嘉锡学术论文集》两册,都是单篇的论文,都是引证的坚实,论断得确凿,都是后学有益的楷模,这里不能详细举例了。

　　前边说到陈校长自己教一班大一国文课,还用许多青年的后辈,我们回忆才理解校长并非为自己减少些力量,而是为培养一班青年人随时随地加以教导,我自己就听过陈老师剀切地多次教导,写过一篇《夫子循循然善诱人》的纪念文章,也曾多次听朋友转述先师的遗训,这里无法多述了。此时同到辅大的年青教师中,计有余逊、柴德赓、牟润孙、许诗英、张鸿翔、刘厚滋、吴丰培、启功、周祖谟。后来抗战起来,中间许多位分散了,只剩下余、柴、启、周四人,有人谐称校长身边有"四翰林",即指这四人。如今只剩下启功一人"马齿加长"了。

陈老师在讲一课"史源学实习"时,把《日知录》和《廿二史札记》令学生逐条与书中所引古书校对,得知所引的有无差误。或者遇到什么问题,作者论断的是非,都由学生自写一篇"习作",老师也写出一篇"程文",然后把师生所写都装在墙上所挂的玻璃框中,以供全校师生阅读。同时也令大一国文班的教师选出学生的优秀篇章,连同这班教师的批语一齐展出,这是一种"大检阅",我们都战战兢兢地注意批改。

这时文史两系似不太分家,请的专任和兼任的学者,计有郭家声(在我对这些先生都应提出尊称,但限于篇幅,暂时从略)、朱师辙、省吾、唐兰诸位先生。但这时已近抗战,诸位先生在校时间也长短不同,所教学科也不同,列出大名,只是表示当时学术风气广博,没有什么派别。诸位老辈的身世经历,后学也不尽详。

四、新师范大学

一九四九年新中国成立,辅大中文系也随之改组,余嘉锡主任退居,系主任由萧璋先生担任,其他教师未变。一九五二年院系调整,辅仁大学与北京师范大学合并为新师范大学,陈垣先生仍任校长。中文系由黄药眠、萧璋为正副主任。系中分设几个"教研组",计文艺理论、古典文学、民间文学、古代汉语、现代文学、儿童文学等等教研组。后来谭丕谟同志来任古典文学组组长,组里的教师计:谭丕谟、王汝弼、刘盼遂、李长之、郭预衡、启功等。这时曾有两次由教育部副部长柳湜召集全国高等师范院校教授、副教授开会讨论古典文学的"教学大纲",相当热烈,也相当费力。一九五七年"反右运动"开始,许多人都被划为"右派",这个教学大纲也就作废了。

当时中文系师生许多被划为"右派",只有刘盼遂先生读书多,记忆强,虽没被划"右派",但口才较拙,上课后在接着的评议会上,总是"反面教员",谭丕谟同志最受尊敬,王汝弼先生常引马列主义,学生也无话可说,他在批判别人时常给他们加上一些字词,被批的人照例无权开口。后来谭老同志在出国的飞机上因飞机失事,与郑振铎副部长等六位同遭不幸。中文系又成了另一种面貌。直到"文化大革命"起,许多人因有"历史问题",都入了牛棚,全校功课全停,刘盼遂先生夫妇在家中被红卫兵打死,在校中居住或学校离家较近的教师,问题不大的人算"挂起来",早来晚归,一段时间,后又分归学生的军事编制(连、排、班)。一九七一年夏天,我被调到中华书局标点《二十四史》,我和其他四位共同标点《清史稿》。这时林彪坠机而死,又后"四人帮"被捕。从一九六六年到此时,"文化大革命"算是结束。"日月换新天。"学校也逐渐进入一种新境界。教师讲课,学生听课,渐渐不扣"白专"的帽子了。原来的系主任还有时根据苏联专家留下的理论,说只要把书教好,不需要什么"科研"。他带的硕士研究生不许做论文,而学校制度已然规定要通过论文。学生只得拿着论文请旁的教师私下为他看。这位前主任在退休之后一次"教师节"时中央一位领导来校视察时,他还向领导详述苏联专家的言论。这不是为批评某一位旧时系领导的得失,只说明以前的理论影响,也不是一下子就能彻底洗刷干净的。

这以后学校本科课程全面发展,硕士生在启功名下的已有三两位,后来日渐增多,中文系古典文学我的名下博士生已够五届(其他科目笔者还不详知),以后日有增益,研究班中硕士毕业生已多得到教授职衔,并有许多著述出版。博士学位的,其自己的职衔已高之外,且多受外校争聘,成了专家。这里所举只是笔者启功和当时的助手所带的成员,最先有硕士三人,博士先后五届共十余人。现在助手退休了,换为不定的助理人员,现有在学的硕士二人,在学的博士六人。全校、全系学风繁盛,这里不能详述。

值得特别提出的新设置有两大端,即是去年评出的两个"学术基地":一是"民俗、典籍、文字"的一个基地,一是文艺理论的一个基地。其一是由民俗学术的老前辈钟敬文先生挑头,钟先生今年一百岁,因病在医院养病,但精神稍好时即叫轮班护理的新旧研究班的博士生召集同学(多到二十余人)在病房门里门外听他讲授这门学术的要点,还要听新到的博士生作他们研究题目的"开题报告",我们因此感到老先生必然长寿,必能痊愈出院,又想趁他精神健旺的时候,赶紧向他祝寿。不料一月三日刚刚向他祝贺百岁华诞,他还高兴地分吃一块祝寿的蛋糕,谁知过了一星期,他竟安然长逝了,惊动了自中央江泽民主席和全体常委以及许多位现任、原任的领导,他们都发来唁函以表哀悼。遗体告别日又有中央统战部常务副部长刘延东同志及我校书记、校长率领师生一千余人亲来吊唁,有若干学生进入灵堂,突然跪下,大家无不感动,足见先生对青年的真挚感情,这绝不是旁人所能发动的。

这个基地是由王宁教授组织申请的,并担任文字方面的导师和主持基地的事务,还有启功滥竽于典籍部分。第二个基地是童庆炳教授和程正民教授组成的,当然也有些位助手和组外的顾问。前一基地因钟老先生是"鲁殿灵光",这一学科都是他的弟子,评议时已无人能争;第二基地评议时,虽得到多数的支持,也足见是本学科中究竟有出类拔萃的成绩,才能在众中取胜。通过后,童、程二位到我舍下谈天,他们即说叫鄙人做一名顾问,以志同喜。回想如在三十年前"四人帮"手下,我们就都成了"白专"代表了。

毛主席曾经教导我们说:"有比较才有鉴别。"今天回想"四人帮"时代的大学,回想那时的学术生活,回想做父母的应该不应该教子女最起码的文化知识? 那时如果孩子有一个字不认识,来问家长,家长谁敢告诉孩子念什么?因为如告诉了,孩子明天上学去,天真地说那个字念什么,旁人问他"你哪里学来的"?孩子说了,家长次日或下午即在单位会受到厉害的斗争。所以我们今天不能不由衷地、真诚地、万分地感谢邓小平同志的伟大措施,独破藩篱的改革开放,才不会使人成鹿豕,祖国才得以起死回生。

我们又不能不由衷地感谢我们无比尊敬的江泽民总书记,紧紧地接着改革,接着开放。不使一碗高汤因热量中断而珍馐变质,使我们今天亲眼见到惩治贪官,振作吏治,国内国外取得一致的拥护。世贸会加入了,奥运会申办成功了,上海会议各国首长都来了。日本首相主动来到卢沟桥,向烈士的抗战遗址擎酒鞠躬认罪致敬了。这又是邓小平同志在世时所没见到的。这当然是由于江主席提出了核心的"三个代表"的伟大理论的效果。但若没他自己的呕心沥血、披荆斩棘的不懈努力,又怎能出现中央会上一致赞成的回音呢!

从十一届三中全会以后这些层层的建树,看出祖国文化教育的基本改变,几乎是从无到有,从拆台到重建,巨大的转变过程,实是非常不易着笔的。我这个后学受命记录师大的百年校史,有三方面无从动笔:一是民国元年以前,我还没落生,全不知道;二是我在辅大学习教书时,只得知文史两系几位师长的教学和研究的巨大成就,其他院系的行政情况不够了解,未能着笔;三是辅大和师大调整以后,全国可谓处于"运动时期",一九七一年到一九七八年我被调到中华书局参加标点《廿四史》《清史稿》,不在校内,即在校时,中文系以外的各方面情况知道得也很少。改革开放以后,祖国复苏,在一段整顿建设之后,到现在的万紫千红时代,又自恨笔短事丰,写不胜写。敢望贤达赐予指教、补充和纠正!

二〇〇二年

论画与书

唐末到宋初的几位山水画家
柳宗元文三次不幸遭遇
李唐、马远、夏圭
杆儿
谈《韩熙载夜宴图》
记《楝亭图咏》卷
谈南宋院画上题字的"杨妹子"
斜阳暮
望江南
故宫古代书画给我的眼福
池塘春草、敕勒牛羊
苏诗中两疑字
坡词曲解
漫谈学习书法
金石书画漫谈
我心目中的郑板桥
恽南田的书髓文心
玩物而不丧志
谈诗书画的关系
台北故宫博物院珍藏书画精品复制品展览观后感言

唐末到宋初的几位山水画家

风景画到了唐末、五代和宋初,在过去原有的基础上又发展了一大步。出现了并不局限在作为人物布景、而是突出地描写美丽山川的"山水画"。在这个时期里的著名山水画家,应该首推荆浩。

荆浩字浩然,山西沁水人,生卒年无考。据宋代郭若虚《图画见闻志》所记,可以见得他主要活动的大概时间(刊在"唐末二十七"里)。他的身世,历史上的记载也比较简单。他自号"洪谷子",据说是因为躲避当时军阀割据所造成的战乱,隐居太行山的"洪谷"而起的。那么这位大画家所以集中力量来歌颂伟大的山河的思想倾向,很可以从这一点上来推知。

他曾把画山水的方法写成了一卷《山水诀》教给后人。他很自负地说过:"吴道子有笔而无墨,项容有墨而无笔。"他自己却要兼有二人的长处。我们可以理解他说这个话并不是专为菲薄老辈,而是强调绘画表现手法应该有最完美的要求。当然,创作的进步绝不仅仅限于笔墨的讲求,可是这一问题的提出,却反映了绘画艺术在理论和实践上在这时候已有相当高度的发展。

荆浩的遗迹流传到今天的,要数《匡庐图》。画上有宋人题记,审定为真迹。这幅画的构图,在中国山水画的历史上应该算是一种创造。他把从不同角度上观察来的山石、树木、人家、路径……曲折繁复的景物,巧妙地安排在一个长幅里;同时更具体地显示出主山的巍峨高耸,写出了庐山的秀拔。这种主题鲜明、效果显著的作品,不能不说是荆浩在古典艺术传统里更进一步的发展。

但是,究竟荆浩还是初期的山水画专家,这幅《匡庐图》在表现的技法上,还有一定程度的给人一种板滞的感觉。传为荆浩所作的《崆峒访道图》,也是一幅较古的山水画。此外,大抵都是元明以来的伪作了。

荆浩的徒弟关仝(又写作同、种),长安人。他学习并且发展了荆浩的特长。宋人说他画的山水是"石体坚凝,杂木丰茂",这说明他的作品对于对象的质感、量感是有所体现的。我们从保存下来的关仝作品《山溪待渡图》上看,那湿润厚重的山石和茂密的草树,觉得宋人的评论是很恰当的。这幅画全图不作细碎的写景,只作简括的开合,使观者如同站在深山大壑之中。《待渡图》比《山溪待渡图》取景更近些。宋人说关仝喜作"秋山寒林""村居野渡""渔市山驿""使见者悠然如在灞桥风雪中"。类似这样的真实感受,我们在《待渡图》中是完全可以体味到的。

关仝的成就,比起荆浩,是有显著进步的。我们从记载上知道他一方面学习荆浩,但并不受一家的成法所拘,同时还汲取了毕宏的长处。宋人说他的画"笔愈简而气愈壮,景愈少而意愈长",这是指他作品中的概括性与构思而言的。

和关仝同时的江南的山水画家,首先数着董源。

董源(又作元),字叔达,钟陵人。曾作南唐的"后苑(北苑)副使",所以被称为董北苑。历史记载他善于写"山水江湖、风雨溪谷、峰峦晦明、林霏烟云,与夫千岩万壑、重汀绝岸"。

流传下来的董源的许多作品中,以《潇湘图》较为著名(尤其是明清以来)。这个短卷,描写江岸洲渚之间的渔人、旅客的各项活动。这幅画,不画水纹,只用荡漾的船只和摇曳的芦苇,就衬托出江面的空阔;不勾云纹,多留山头空白,以碎点来表现朦胧的远树,云烟吐吞,远处山头,沉浸在一片迷茫中。

宋人说董源作画并不模仿别人,而能"出自胸臆""使览者得之,真若寓目于其处"。又说:至于"足以助骚客词人吟思,则有不可形容者"。实际上,他的作品不但是"足助吟思",它的本身就是美丽的诗篇。关于这一点,绝不仅仅是董源一个人的特长,而是中国山水画的一种优秀传统。

李成,字咸熙,因为住在"营丘"地方,被称为"李营丘"。历史上说他"志尚冲寂,高谢荣进"。王公贵戚请他作画,他全都不答。在当时鄙视富贵,不肯同流合污,是个有相当骨气的人。他画山水,在北宋初期被推为"古今第一"。《宣和画谱》详尽地记载他擅长描写"山林薮泽,平远、险易,萦带、曲折,飞流、危栈、断桥、绝涧、水石、风雨、晦明、烟云、雪雾之状"。可见他所作的风景画内容是如何的广阔和丰富了。

李成的真迹流传绝少,在当时已经有很多的"仿品"。现在保存的宋画中有他和王晓合作的《读碑窠石图》,可以从而窥见他所画树石的风格。又有《小寒林图》,也能帮助我们了解李成的山水画作风。

范宽,原名中正,字中立,陕西华原人。因为性情宽缓,不拘世故,所以诨名为"宽"。常往来长安洛阳间,是北宋前期的山水画名家。

他最初曾经模仿李成的画法,后来自己叹息说:前人的画法,是从物象上直接画下来的,我与其模仿古人,何如直接描写大自然!因此便跑到终南山里住下,虽雪寒、月夜,都不能停止他观察自然、体验生活的活动。

宋人论到他的作品,说他不但能写山水的面貌,而且是"善于与山水传神"。又说李成的画"近视如千里之远",范宽的画"远望不离坐外"。因为山水画遥远的距离固然难于表现；而那山川雄伟气势的"逼人"，也是很难表现的。我们从范宽的《溪山行旅图》《雪山图》和《临流独坐图》里，都可以看到这位大艺术家是怎样表现了关中一带的山川特点，怎样地为山水"传神"。

至于范宽的《临流独坐图》，不但写了突出的、坚实的山石，还更写了深邃的、虚空的溪谷和云气。这画比起《溪山行旅图》来，由于描写对象的不同，笔墨、构图和全部风格上都有一定的差别。使我们从这里认识到现实主义的艺术家是怎样用恰当的形式来表达不同的内容，也认识到范宽由于"师自然"所得到的艺术成就。

一九五六年四月

柳宗元文三次不幸遭遇

启功生一周岁时,先父见背,先母鞠育,辛苦备尝。功十余岁时始受业于吴县戴绥之先生(姜福),得闻江都汪容甫先生(中)之名。一年新春,在厂甸书摊上购得《述学》二册。归家阅读,至《与剑潭书》,泪涔涔滴纸上。盖剑潭名端光,为容甫先生族人,时官于京师。书中述先生幼年,受母氏抚育,其艰苦殆百倍于我母。其后每见容甫先生墨迹(影本),多自书遗文,如上海影印容甫先生自藏《兰亭》有题跋两段,又日本《书道全集》中册页一幅,于是倍增向往。五十年代后,在一次展览中见天津周叔弢世丈所藏一小立轴,文为《读鹖冠子》等二篇,亟录得珍藏,并略加评语,投于中华书局所刊之《学林漫录》,题之曰《汪容甫先生集外文》,以见珍重收录而郑重发表之意。不久获得老友黄永年先生来示,称是柳子厚文。仰头见架上犹存之《古文辞类纂》,先师戴先生督读之本,朱墨句读犹存,而记忆茫然,学如未学,真可谓"民斯为下矣"。亟撰《自讼》一文,复投《学林漫录》。柳侯遗文,至我手而下降千载,此其不幸之一也。

其后获见上海郑逸梅先生《逸梅杂札》(齐鲁书社版,第一〇八页)题为《天虚我生主持〈自由谈〉》文曰:"钱塘陈栩字蝶仙,别署天虚我生,为清末民国初年沪上著名文人。其时《申报》有专刊曰《自由谈》,陈氏主持之。订投稿新例,以文之优劣分甲乙丙丁四级致稿酬。有人戏抄柳河东一文,化一名投寄。翌日刊载,则列入丙等。戏抄者致函陈氏,谓'未读八大家文,如何为主笔!柳河东列丙等,岂必盲左腐迁始得为甲乙等耶?'陈氏立登报引咎。"此事不知发生之确切年月,但我生于一九一二年七月,陈公此事至迟亦在我幼年。于时代属第一次,于我所为、所见则为第二次矣。此柳侯遗文之又次不幸遭遇也。

第三次是在"文革"后期的"评法批儒"运动时,因为柳宗元被认为是法家文人的代表,所以"帮"令中华书局编印《柳宗元文集》,要求详注、详评、详译。编成初稿几篇时,曾邀若干出身、成分俱佳之读者座谈指导。席间各抒所见,书局中参与之编辑人员,无不详加记录,最后一位被邀读者提出,稿中缺乏注音,编者答曰:某篇、某节、某字等等俱已有注音。提议者云开篇第一字以下何以俱无注音?编者唯唯。盛会亦圆满闭幕。此时功正参加校点《清史稿》之工作,当然无由参与《柳集》之编注。此事乃获闻于书局负古代文史主要工作之赵守俨先生(赵先生亦曾受业于戴绥之先生,与功为同门兄弟),当时私述见闻,言下浩叹。柳侯遗文,至此可称不幸中之大幸。其人于文中每字皆待注音,则其词、其义,必俱茫然,则确解、曲解、歪批、正批俱不致登于简册,于柳侯遗文,岂非不幸中之大幸哉!

李唐、马远、夏圭

中国的风景画——山水画,在南宋初有了极大的发展。这时山水画的创作趋向,更注意从整个气氛里反映出对象的精神,使人从画面上更真实地领略山川的雄奇秀丽。即使一丘一壑的小景,也给人以充分的美的感受,把人和江山的关系更艺术地表现出来。

这时期比较具有创造性的画家,要推李唐、马远和夏圭为代表(也有称刘、李、马、夏为四家的,实际上刘松年的作风和他们并不太接近)。

李唐,字希古,河阳三城人。在北宋末年徽宗赵佶的时代,他已经进了画院(故宫旧藏的《万壑松风图》就是这时期的作品)。北方沦陷,高宗赵构南渡,李唐奔驰南来,过着艰苦的生活。后来一个内官发现他在街头卖画,荐到朝廷,李唐重入画院,受到很优的待遇。

从平生行谊上看,李唐是一个有民族思想的画家。

> 雪里烟村雨里滩,看之容易作之难。
> 早知不入时人眼,多买胭脂画牡丹。

从李唐写的这首诗里,可以看出他通过借喻来表达出他的抱负。他的遗作中著名的《采薇图》,刻画了几千年来被人公认在历史上"义不食周粟"的具有坚贞品格的伯夷、叔齐的形象。元人宋杞在图后题跋说：

> 意在箴规，表夷、齐不臣于周者，为南渡降臣发也。呜呼深哉！

这虽属推测，对于李唐的人品性格来说，应该是符合实际的。

李唐的名作流传下来的还不算太少，故宫旧藏的还有巨幅《雪图》和《江山小景》横卷等。《江山小景》卷能把极其繁富的江山景物巧妙地安排在一段横卷内，不但不曾使观者感到景物的迫塞，相反的，它却具有一种特殊的魅力；仿佛能把人吸入画图，在极端绮丽的山川里行走，并深深地感到祖国山河的可爱。我想现实主义的艺术手法，达到了这样的表现效果，是应该得到崇高的艺术评价的。

宋高宗曾经在李唐的《长夏江寺图》卷（现藏故宫）上题道："李唐可比李思训。"所谓可比是指哪些方面，虽然没有具体的说明，宋高宗是从什么角度来欣赏这幅画也值得研究，但在当时对李唐作品就有很高的评价，是可以理解的。又如日本旧藏墨笔山水两幅，一向传为唐代吴道子所画，近年才发现有隐藏着的李唐款字。在以"古"代表"好"的旧时代批评观点下，会把李唐的作品当做吴道子的手笔，那么李唐的艺术造诣，在某些人的眼里可与唐代大师们媲美，是无疑的了。

我们从流传的真迹看，李唐的作品是有着崇高的思想内容，而一切表现技法又都有着新的创造；它影响了他后一辈的画家马远和夏圭等人，都成为绘画史上的重要人物。

马远，字遥父，号钦山，河中人，侨寓杭州。南宋光宗、宁宗朝他任画院待诏；善画山水、人物、花鸟等，画山水尤其著名。

他的山水画法是继承李唐而又有了发展。从流传的真迹和各种文献记录来看,他作画的题材是非常广阔的:历史人物故事和一般江湖、山野景物、农夫渔父的生活,都成为他歌颂的对象。

马远对于客观物象的性格观察得很深刻、表现得也很概括,他常用号称为"大斧劈皴"的坚实爽朗有力的线条,来表现山石树木;但更主要的是他抓住了树石泉水的种种特征,删略次要的细节,表现它们的性格,写出它们生动的形象。

我们知道流动的水是很难描写的。现在看到故宫绘画馆所藏马远画水十二幅,用各种轻重不同的笔画来把朝夕风云长江大河等等不同情况下的水的状态都画了出来,而且画得非常动人;单从这些画上,我们也可以窥见马远在绘画艺术上的一部分才能。

马远画风景在体现景物的气氛给人以真实美好的形象的感受上,都是很有创造性的成就的。即如我们常见的《深堂琴趣》《梅溪聚禽》《雕台望云》以及《雪景》四段小卷等小品,也能引导观者的精神进入一个诗一样的环境里去。清初人咏马远《松风水月》图有诗云:

> 由来笔墨宜高简,百倾风潭月一轮。

真能形容出马远作品的风格。

由于马远选景构图最擅长从局部来表现全体,所以当时曾被人加上一个"马一角"的诨号。其实他也有所谓"大幅全境"描绘繁密景物的作品,不过这种作品也和前代一般的手法不同。如故宫所藏的《踏歌图》,写一个清和深秀的山湾里几个老农在那里快乐地歌舞,他用简括的线条、清秀的色彩,巧妙地把山环水抱的复杂景物写得那样远近分明,并没有多用花草点染陪衬,却十足表现出使人愉快的春山环境。这个环境和那几个人的欢愉情绪是完全适应的。从山石、树木、坡陀、泉水的形象描写和位置安排上,都可以看到他对景物如何的深入观察,技法是如何的精确熟练。我们看他任何一幅画上的笔触,大如山石轮廓,细至松针野草,以及人物衣纹、楼阁界划,虽然粗细不同,调子却都一致。

马远是一个多能的画家,他所画的人物故事如"四皓""老子""孝经"等图,无论从墨迹上、从记载上看,都有独创的风格和生动的效果。他画花卉也有很高的成就,流传的花卉画真迹不多,但从清初孙承泽所记"红梅一枝,茜艳如生"的话来看,这种画也是具有动人的艺术效果的。现在故宫博物院所藏的《梅石溪凫图》,正是马远创造的优美的花鸟画。

和马远同时代而略后的画家夏圭,在山水画的创作上和马远的风格大致相似,但具体的又有所不同。历史上马、夏并称,这不仅说明他们的名声相等,而在事业上也都有巨大的成就的。

夏圭字禹玉,南宋首都临安人,宁宗朝的画院待诏。他的作品流传下来的也还不少。我们从作品上看,他的作品比马远的山水画,又有了新的发展。

夏圭对于雄奇广阔的可爱江山的歌颂,常常运用长篇的形式——就是用长卷的形式连续不断地尽情描写。这种长卷形式,原非夏圭所特创,但从马远一派笔墨更概括、物形更写实、结构更妙于剪裁的新作风来说,夏圭的长卷画还是新的创造。我们从他最著名的作品十二段长卷(今只存"遥山书雁、烟村归渡、渔笛清幽,烟堤晚泊"四段)中完全可以看到这种成就。明人题这卷后说:"笔墨苍古,墨气明润;点染烟岚,恍若欲雨;树石浓淡,遐迩分明。"真说出了这卷的特点,也即是说出夏圭绘画风格的特点。又如《溪山清远》长卷,也和这十二段卷具有同样的艺术效果。

夏圭的画很少有复杂的设色。他用笔多变化,用墨的方法纯熟巧妙,随着客观物象挥洒自如,细看起来不仅外形准确,质感、空间感也表现得非常充分。他所以有这样高度的笔墨技巧,应该说是和他的深入生活,细致地观察自然、研究自然是分不开的。古代批评家热烈地说他"用墨如傅粉",想是指他善于掌握墨色的轻重厚薄并没有斧凿痕迹而言,它是不足形容夏圭的整个表现技巧的。

夏圭画树不用任何固定的夹叶形式(当然夹叶画法的形成,从绘画历史上讲,它曾有过积极作用),而用浓淡疏密大小不同而都富有血肉的点子写出它的性格和姿态。他的概括能力很强,对其他物象——繁复的如楼阁,活动的如人物,也都无一不是掌握住对象的特点而予以恰当地表现。我们在《西湖柳艇图》中,看到他用那种洗练的笔墨,概括地写出那么繁荣秀美的湖边景色,真不能不感叹夏圭艺术能力的高超。

明代董其昌是排斥"马夏"一派的绘画的,但他题夏圭的画时曾经写道:"夏圭师李唐,更加简率,如塑工所谓灭塑。其意欲尽去模拟蹊径,而若灭若没,寓二米墨戏于笔端。"可见在事实面前,董其昌也不能不像他推崇二米(米芾、米友仁)一样,给夏圭以相当高的评价的。

马远和夏圭的绘画艺术在中国绘画史上曾发生很大的影响,而且也影响了日本的绘画,其艺术成就和历史意义,如其他重要的画家一样是值得作进一步研究的。

一九五六年六月

杆儿

明冯梦龙"三言"中《金玉奴棒打薄情郎》篇记乞丐头目有其集团之标志,号曰"杆儿"。当有徒众加入其集团时,必先拜此杆,始为众丐所承认。其头目,人称之曰"杆儿上的"。

金玉奴故事又演为戏剧,脍炙人口,市人习知乞丐集团号曰"杆儿上"。何以谓之杆儿,形状如何,乃至其物之果有与否,俱无从究诘。余幼年观此剧即曾以杆儿事询诸长辈,莫能得其要领。

及年长,知在当日社会中秘密集团甚多,非其集团中人,罕有能知底蕴者。况乞丐日日挣扎于生死线上,其自存之道,何等艰难?苟有结集,则其标志之物,又安能轻襮于人!无论仕宦子弟如吾辈不可得知得见,恐即一般市人亦必莫之能详焉。

二十年前傅晋生丈以拓片一纸见示,曰:"此杆儿也,紫檀木质,径约寸余,长约七寸,首端向下约寸余处有横穿一孔,盖为击绳之用者。曾为尊古斋黄百川所得,今已归文物局。黄氏摹拓数本,此其一也。"

拓本乃圆棍围纸所拓,平铺而观之,其状如下:

上端正中为篆文方形御玺,文曰"洪武元年受命之宝御笔亲临"。

其下为小楷书直行题字十二行,每行十三字,有抬头之行十四字。文曰:"明太祖元年夏四月丁卯为/君之期,闲时思已往,扶持患难间。/幸亏张与李,恩情重如山。龙楼传/圣旨,宣进二老年。

当初曾患难,今朝/要封官。二老忙摆手,贤弟慢降宣。/我无安邦策,无有定国贤。朝/臣寒代(待)漏,将军夜渡关。日高曾未起,/名利不如闲。封官不爱坐(做),绫罗懒代(怠)/穿。无功若受禄,我等不安然。二老/不受赠,/天子到为难。恩赐紫金梁,辈辈往/下传。行梁皆拜参。/"(标点为余所加,下端斜线处表示行末。"圣旨""天子"皆抬头起。)

下有二小方印,左右并列。其右者文曰"含经味道",惟"经"字合于篆法,其他三字无一合;其左一印第一字为"右",第三字为"冐",余二字乖谬不可识。

伴随此杆有一传说,谓明太祖微时,与同为乞丐之二人结为兄弟,明祖其季也。及为天子,二丐来谒,问其所需,对以但望行乞之处,无不施予者。明祖即以此杖赐之,命天下凡见持此杖者,必加施予,不得拒绝。其后二人各分一半。更后,其徒众繁衍,各成宗派,每一宗门,各取一截。今此戋戋七寸短杆,已莫知其属于何宗何派矣。此黄百川得杆时所闻,以语傅晋生丈者。

民间传说,固不可加之考证;可考证者,即不成其为民间传说。如此杖,明祖赐予时,何能在木棍上钤玺印?如另纸作诏谕,钤玺印,何以此段韵语全出第三者口气,绝非敕令之语?如本出丐者所述,其玺印又何自来?且苟出当时承赐之后所刻,又何以首书"明太祖元年"?明代宝玺,钤本流传尚多,既无杆首一玺之文,"亲临"二字更属不辞。至其篆文讹谬,更不足论矣。此其所以不可究诘,亦不必究诘者也。惟民间传说,常限于口头,而此竟以实物之面目出现,但视为"伍髭须""杜十姨"之塑像,又何不可?

其理既无,其事其时则未可轻易抹杀:此段五言韵语,与《凤阳皇陵碑》之四言夹杂七言韵语大有异曲同工之致。至少造此五言韵语者,曾得知见凤阳碑之文词。又黄氏得诸京师乞丐头目,且获亲闻其口耳相传之事。无论此杆造于何朝何人,其曾为乞丐集团秘密组织中之信物,则确凿无疑也。今观此杆韵语末句曰"行梁皆拜参","拜参"当即"拜杆儿"之事。顾全篇韵语,悉属偶句为韵,独此句畸零,且词义不显。或疑原杖早失,或截而分者屡加传刻,末句之上,时久残失。吾却疑"行梁"为其行邦语,或即"加入集团"之特定术语,亦未可知也。又闻之傅丈云:黄氏得此杖,曾仿制数品,以为友好传玩之资,然其拓本,则拓自原件者,今予所录者是。

谈《韩熙载夜宴图》

故宫博物院绘画馆展览出若干古代名画,更特别被人注意的作品,《韩熙载夜宴图》卷要算是其中之一。它经过将近千年的时间,逃出了历史上多少次的沉埋、封闭和损伤的危险,终于展览在人民的博物院中,供我们广大群众观摩和欣赏,这在我们伟大画家创作的当日,恐怕还预料不及吧!

它是一件精妙的故事画。描写人物形象是那样的生动,性格是那样深刻,生活是那样丰富,表现了我们中国绘画优秀的现实主义传统。尤其在艺术手法上的高度成就,能更深更广地反映了历史上的生活现实。这在我们文化史上是一个重要的史料,宝贵的文献;在绘画创作方面,为了继承优秀传统、发扬民族形式,它更是一个重要的参考品;即在作为启发我们广大人民热爱祖国的爱国主义课本中,它也至少要占一行甚至一页。因此,无论参观了原画或见到影印本的人,谈起来,都对它愿作更深一步的探索。从它的故事内容到创作手法,都受到广泛的注意,我也在朋友的讨论和考证中得到很多的启发,自己也搜集了些有关的材料,写出来给这卷画面作个注脚,并向方家请教。

一、韩熙载的有关事迹

画面上这一个主人公的生平我们从许多的历史书和宋元人的笔记、题跋等史料中来看,大略是这样的:

韩熙载(九〇七—九七〇),字叔言,北海人。唐朝末年登进士第。父亲韩光嗣,唐末平卢军乱,他被推为"留后"(统帅),后来被唐朝杀了。熙载假扮商人往南奔到吴国。虽被收留,却很不受重视。徐知诰做了南唐皇帝,派他做辅佐太子李璟(中主)的官。熙载也事事消极,和大官僚宋齐丘等不和,被他们排挤,屡次贬官。当时北方的宋王朝已建立,南唐受到威胁,李璟让位给儿子李煜(后主)。这时熙载已做到吏部侍郎。据说李煜由于对北方势力的恐惧,而猜疑他朝中的北方人,多用毒药害死他们,熙载居然还被优待而没遭暗算。他也便不能不装癫卖傻,来避免将来的恶化而维持目前的侥幸。因此他的行动便成了个传奇材料。自然那时江南由于战争较少,具有比较优越的条件,生产相当的发达。所谓"保有江淮,笼山泽之利,帑藏颇盈"。一般剥削阶级的生活,便更走向奢靡享乐。他们多大量蓄养"女奴"(或称"家姬",或称"女仆",或称"乐妓",都是指这般在婢、妾之间的奴隶)。历史上记载着像冯延鲁为了买民女为奴,曾擅改了当时不许民间"私卖己子"的法令;刘承勋"家蓄频乐"将近数百人;韩熙载的朋友陈雍,虽然家贫,还要多蓄姬妾。皇帝李煜也和他们比赛着似的留下许多"风流话柄":有个和尚在妓家饮酒,李煜隐瞒了皇帝身份去"闯宴",记在陶谷的《清异录》中。恰好陶谷正在做周国的使臣,到南唐时,韩熙载使歌伎装作使馆听差人的女儿,和陶谷讲爱情,次日在公宴中陶谷摆大架子,这歌伎当筵唱出昨夜陶谷赠她的一首词,这个使臣的骄傲凌人的大架子,便完全垮了。韩熙载也曾为国家出过些保卫疆土和整顿财政的计划,但都不如他最早用"美人计"戏弄敌国使臣这件传奇性的故事被人传说得更热闹。这件快意的胜利,也许是他公开"荒谵"的借口之一吧?

历史上又说他家有"女乐"四十余人,熙载许可她们随便出入和宾客们"聚杂"。宾客中有公然写出和她们恋爱的诗句,熙载也不嗔怪。熙载有时扮作乞丐,教门生舒雅"执板挽之",到她们的房中乞食玩笑。熙载的风采很漂亮,有艺术才能,懂音乐,能歌舞,擅长诗文,会写"八分书",也会画画。谐谑、讽刺的行动,很多被人传述。宾客来了,常教"女奴"们先出来调笑争夺,把靴笏等物都抢光了,熙载才慢慢地出来,特意看客人们的窘状。李煜曾派待诏周文矩和顾闳中到他家窥看他和门生宾客"荒谯"的情形,画成"夜宴图"据说是为来讽刺他,希望他"愧改"。没想到他见了竟自"反复观之宴然"——满不在乎。他对和尚德明说:"我这是避免做宰相。"我们不一定相信他自己所说的动机是完全真实,但从他的行动中看,至少他的任情享乐中,有不满当时现实的一些成分。

后来他又被贬官,最后做到"守中书侍郎、充光政殿学士、承旨"的官,在庚午年死了,即是宋太祖赵匡胤的开宝三年。

不论发动画这幅图的是李煜,是别人或是画家自己;不论动机是为讽刺,为鉴戒或只是好奇;也不论历史文字所记载的韩熙载某些行动是否便是这卷画面的直接资源,我们即具体的从画面上那些生动的形象来看,画家所体会到、表现出的韩熙载的心情的各个侧面,如果仔细去发掘和分析,前边的问题是不难解决的。我们现在不是为研究韩熙载这个人的历史,而是想借着可知的一部分文字史料作这卷名画的现实意义的旁证。同时感觉到这卷画便是用造形艺术手法所留下珍贵的南唐史料。

二、《夜宴图》的艺术性

绘画的艺术性,不会脱离它的现实性而孤立存在;同时若没有高度的艺术手法,也就无从表达。我们拿一些片段的文字材料和它印证,可以看出卷上每一个人物的行动都是那么恰合他们身份,虽然我们还不能完全确知他们的姓名事迹。尤其主角韩熙载的形象,更是作者集中力量所描写的。我们看他的性格,不必从文字材料所谈的那些概念出发,只向画面上看去,已经是非常生动、具体、有血有肉地摆在我们面前。大到整个布局,小到细微的点缀,都有着它的作用,都见到画家的"匠心"。(《人民画报》一九五四年三月号有彩印全卷)

先从所画韩熙载的状貌看起:高高的纱帽,是他自创的新样,用轻纱制成,当时号称"韩君轻格"。他的容貌在当时不但被江南人到处传写,北方的皇帝还派过画家王霭去偷写过。现在图上长脸美髯的主角,完全与宋人所称的形状相合(宋人有"小面美髯"的话,是对同时流传韩愈画像"肥面"而言的,非说熙载面小),这无疑便是韩熙载的真像了。全卷中的韩熙载的表情似乎很沉郁,又似乎"像煞有介事"似的,而最末摆手时又那么轻松。他自己"反复观之宴然",也许是"正中下怀"吧!我真惊异,画上不到指顶大的人脸,怎能表现出许多复杂的心情?有些还是我们了解不到的,画家是怎样的深入体验,又怎样刻画出来的呢?

第一段床上红衣的青年,应该便是状元郎粲吧!弹琵琶的女子是教坊副使李嘉明的妹妹。她左边的人回着头不但听,还很关心她的手法,那岂不就是李嘉明吗?人丛中立着两个女子,一个分明看得出便是后面舞"六么"的那个人,当然便是"俊慧非常"的王屋山了。还有他的朋友太常博士陈雍和他的门生紫微郎朱铣。在这个场面中便应是长案两端的二人了。这些人物都明见宋元人记载的。

自屏风起,右边的第一段,人物是多的,场面是复杂的,背面坐的客人,椅子前移,离了桌案,屏后的女子,一手扶着屏风也挤着来听。床边的女子好像临时把琵琶放在床上,便静静地立在小鼓架旁严肃地来听演奏。可以看出演奏之前,全场是经过一度的动荡。现在所画的,则是演奏已经开始,全场空气凝注的一刹那。全场上每个人的精神都服从于弹琵琶人的动作。每个人都在听,而听法又各不同。不论他们坐着或站着,他们的视线主要的都集中在弹者的手上。这还不算难,"画人难画手。"古有名言。画家在这里不但把手画得那样好,而且借着各人的手,更多地写出他们内心的倾向。韩熙载的手松懈不经意地垂着,和他眼神的向前凝注是相应的;郎粲的左手紧抓住膝盖,保持身体重心的平衡,也衬出注意力的集中;李嘉明的右手扶着掀起袍袖的左腕,似乎正做随时可以伸出手来指点的那样跃跃欲试的准备。在这段正当中,偏偏写一个不用眼看而侧耳细听的人,也许即是朱铣吧?他两手叉起,表现了耳朵用力的专一,由于这一个人倾听,也就指明全场人在听觉上的共同注意。

我听到工艺美术专家谈起,画上的杯盘之类,颜色和形式都是五代时有名的越窑瓷器。盘中细小的果品,都那么清晰鲜明,作者的创作态度是如何的不苟!当然我们现在不是专提倡琐屑的真实,但其中的真实性却由此更得到了明证。

第二段写韩熙载站在红漆羯鼓旁边,两手抑扬地打鼓。郎粲侧身斜靠在椅子上,一方来照顾到韩熙载的击鼓,一方又来欣赏王屋山的舞姿。一个青年拿着板来打,那或者便是韩熙载的门生舒雅吧!因为舒雅是他表演唱歌乞食时的助演人,那么老师自己打鼓时,还能不来伴奏吗?

和尚参加夜宴,也出现在这个场面里。他是否便是那个有说"体己话"交情的德明呢?和尚在舞会中究竟有些不好意思。拱着手,却伸着手指。似刚鼓完掌,又似刚行完"合十"礼。眼看着"施主"击鼓而不看舞女。旁边拍掌的人,眼看韩熙载是为了注意节拍,而和尚的神情分明不同,这和郎粲的"平视"王屋山正相映成趣。

红漆桶的羯鼓,是唐代盛行的乐器。唐人南卓曾有《羯鼓录》专书来讲它。南卓说:"羯鼓㲈如漆桶,山桑木为之,下以小牙床承之,击用两杖。"这和画上的鼓形正合。羯鼓的打法是音节急促的,所谓"其声焦杀鸟烈,尤宜促曲急破、戟杖连碎之声"。再看舞容呢,王屋山穿着窄袖的衣服,两手伶俐地叉着腰,抬着脚,随着拍子动作,和那些长袖慢舞的情形不同,这即是宋人题跋中所指的"六么"舞吧!韩熙载右手举起鼓槌,反腕向上,刻画出这一槌打下去时力量的沉重。再和拍板、击掌以及"踏足为节"的"六么"舞的动作联系起来,便能使我们从画面上听出紧促的节拍和洪亮的鼓声,不仅止看见了王屋山美妙的舞姿。这一场和前段安详的琵琶演奏又是一个对比。

第三段是休息的场面。韩熙载坐在床边洗手,和几个女子谈话。这时琵琶和笛箫都收了,一个女子扛着往里走。杯盘也都撤下来,一个女子用盘托着一同走去。红蜡烛烧了半截,床帏敞着,被褥堆着,枕头也放在一边,可以随时休息。这在夜宴过程中是一个弛缓的阶段。我们很容易联想到宋朝人豪华宴会的故事,他们把屋窗遮起,在里边歌舞宴饮,饮一些时略歇一歇,大家都奇怪夜长,及至掀帘向外看时,才知道已经过了两天。在画上这段之后,还有很多场面,这把宴饮的时间的悠长,无形中明白指出。

画家把琵琶倒着放在女子右肩上,把笛箫束在一起放在这女子左手里,教她和撤杯盘的女子一同走到半截红烛的旁边,在画面上,枕头恰恰排在琵琶和蜡烛之间,正不用等待展卷看到韩熙载的洗手,已经使人充分看出酒阑人倦的气氛了。

第四段是听管乐的场面。炎热的天气,韩熙载盘膝坐在椅子上,扇着扇子,吩咐一个女子什么话,拍板的也换了人,五个女子一排坐着吹奏管乐。宋人说韩熙载"每醉以乐聒之乃醒"。看这袒胸露腹、挥扇而坐的神气,正像是聒醒之后、余醉未解而悠然自得的情形。五个作乐人横列一排,各有自己的动态,虽同在一排,但绝对没有排队看齐的板滞。

前边的筵席还有些衣冠齐楚之感,到了这里,便是完全脱略形迹,但并掩藏不了韩熙载兀傲的神态。在炎热的气候中,脱衣服惟恨不彻底,却又不能赤膊,于是袒胸露腹之外,领子往后松一些都似乎可以减少一些炎热,这种细微的反映,画家都把它抓到了。

末一段突出地、具体地写出韩熙载的"女奴"们和宾客们调笑的情状。韩熙载站在这一对对的中间,伸出左掌摆手,像是说个"不"字。他这"摆手"是制止她们的行动呢,还是叫她们不要宣布他来了好借此戏弄客人呢?悄悄地站着,摆着的手伸出也不远,右手的鼓槌,握着中腰,也没想拿它作武器用。这分明是后者的用意。我们伟大的画家,精妙地把这些形象画出,使观者能够完全领会到画中人一动一静的作用,并没有任何一个字的说明!

从全卷来看,它的线条是"铁线描"居多——这是中国人物画的一种最精练的技巧。不是说其他的描法不好,而是说用这种细线单描,很精确地找到物体和空间"间不容发"的一个分界是如何的困难。这细线不可能有犹豫、修改的余地。古人说"九朽一罢",是说明创稿的认真,尤其在这种技法上,一条细线若不是经过多次的创稿和修改,是无法达到那样精确的。有了这样的骨干,再加上色彩的点染,便把每个人从面貌到感情,每件物从形状到质地,都具体而生动地写出来。这说明我们先民惊人的艺术才能,实在是他们勤苦劳动的成果。

在色彩方面:朱砂、铅粉、石青、石绿等重色是最难用的。这卷画上把各种重质颜料用得那么好,薄而匀,效果却是那么厚重。色调在错综变化中显得爽朗健康。

在结构上：这种连环图画式的手卷形式,对于故事画的布置是非常方便的。内容的安排,在这卷中更显出它的巧妙。屏风本是古代屋内一种常见的"装修",在这卷画面上,它起着说明屋子空间的作用,同时也起着说明故事发展的时间作用。如第一段末的插屏和第三段末的围屏都有这样的作用。而第四段末的插屏又给两个人"捉迷藏"作了重要工具,因而又起了"云断山连"的作用。画家手里的屏风,在要用它隔断时不觉割裂的生硬,而要用它联锁时也不觉得牵强。这不能不算是一种创造性的手法吧！

有人怀疑五个场面的次序问题。以为韩熙载洗手应该在吃饭听琵琶之后,右手执两个鼓槌的一段应该在击鼓一段之后,而袒腹一段应在最后。仿佛才觉顺序。其实这正说明这一夜的宴会是饮酒、击鼓、休息、听乐的更迭反复,也表现了同一个夜内各屋中娱乐活动的不同,而韩熙载是到处参加的(所见若干摹本次序也不一致,可见古代许多原稿中对次序问题的态度)。完成这些作用,"屏风"实在有相当的功劳。

这卷夜宴图并不是没有缺点的。人物的面型,除了特别用力刻画的几个人之外,有些个人不免近于雷同,当然同一个人前后重复出场的不算。主角或重要角色的身量与配角身量的差度有时太大,虽然这里有人物年龄关系。另一方面,我们也不能忽略这是九百余年前的创作。比这卷再早的绘画以至雕刻,拿大小来表示人物主宾的办法,也就更厉害。此外即在技法的各方面讲,拿传摹的晋代顾恺之画,唐代的阎立本画等来比较,这卷的精工周密,实在是大进一步。它应该是符合了六法中"气韵生动"的标准——姑不论"气韵"的确切涵义,至少生动是没问题吧！在今天创作方面,我们除了借鉴它的优点之外，还应当把它当作前届比赛成绩的纪录，努力去突破它！

三、关于这一卷画的几个问题

以韩熙载夜宴这个传奇性故事为题材的画，自南唐以来原样传摹或增删改写的都很多。原始创作的是周文矩和顾闳中两人。但到北宋《宣和画谱》中，却只载顾闳中《韩熙载夜宴图》一件（还有顾大中的《韩熙载纵乐图》一件）。元阳翚记他曾见周画二本，又见顾画一卷，顾画与周画稍异，"有史魏王浩题字，并绍勋印"。（见《画鉴》）又周密记所见顾画《夜宴图》一本，见《云烟过眼录》。又有一个祖无颇的跋本，跋载《佩文斋书画谱》。严嵩家藏顾画三本，见文嘉《严氏书画记》。这些本到明末清初时候都不见著录，消极的说明已不存在了。是都损失了呢？还是由于记载欠详，而实际上明末清初著录中所载各本便有前列的某卷在呢？现在都无法证明。又明末清初收藏著录中这个题材的作品，几乎都是顾闳中的画，周文矩和顾大中的画很少看见了。综计清初还存在号为顾闳中真迹的，有下列几件：（甲）绢本，有元人赵升、郑元佑、张简、张雨、何广、顾瑛的诗；月山道人、钱惟善的跋。见吴升的《大观录》等书。（乙）绢本，有"臣闳中奉勅进上"的款，后有周天球书陆游所撰韩熙载传。见《大观录》和安岐的《墨缘汇观》。（丙）即此卷，绢本，前绫隔水有南宋初期的题字，这条隔水下半截都损缺，只存"熙载风流清旷为天官侍郎以修为时论所诮著此图"二十一字。字体是宋高宗的样子。卷后拖尾有小楷书韩熙载事迹一篇，无写者名款，再后有元人班惟志题古诗一首，再后有"积玉斋主人"题识一段，再后有王铎题两段，见孙承泽《庚子销夏记》和《石渠宝笈初编》。

这是近三百年中流传有名的三卷。甲卷，自吴升著录以后我没见人再提到。丙卷中有"乾隆御识"提到得了这卷之后又得"别卷",写有陆游所撰的韩熙载传。乙卷有陆游所撰韩传,好像乙卷也入了清内府。但写着陆游所撰韩传的不一定便是乙卷,那么乙卷的踪迹也不可知了。丙卷中"乾隆御识"说"绘事特精妙,故收之秘笈甲观","绘事特精妙"五字确是定评。

到了今天,这三卷中,又失踪两卷了!

还有关于现存的这一卷常听人谈起几个问题:(一)作者究竟是谁?(二)是南唐的原本还是宋人的临本?(三)《石渠宝笈》著录前流传的经过。(四)有无残缺?(五)顾闳中的事迹。

我试谈谈我个人对于这些问题的意见:

(一)唐宋古画,无款的最多,很多不得作者主名的,全要靠各项旁证。若在反证没被充分提出时,也就只好保留旧说,至多是存疑而不应轻率地武断。这一卷只从元人题跋中定为顾闳中,元人所见古画应该比我们所见的多些,总该有他的根据。

(二)这卷画从我们所常见到的古画技法、风格以及其他条件来比,它不会是北宋以后的画。从人物形象、生活行动以至衣服器物各方面来看,更不可能是凭空臆造的。就假如说它出自宋人手笔,也必定是临自原本。八百年前的人临摹九百年前的画,在今天实在没有足够的材料去分别它们的差异。至少我们相信这个创作底稿是出自亲见韩熙载生活的顾闳中。

(三)这一卷是宋元著录中的哪一本已不可知,但从卷前的半截隔水上的题字字体来看,起码是经过南宋人的收藏鉴赏。有人从许多痕迹上推测以为即是《画鉴》中所记的"有史魏王浩题字"的那一卷,而隔水题字可能即是史浩的笔迹,这也可备更进一步研究的线索。卷后拖尾第一段无款的韩熙载事迹,从字体上看,很像袁桷的笔迹,拿袁桷"和一庵首座四诗"和"徽宗文集序"的跋尾等真迹的笔势特点来看,是完全相同的。题诗的班惟志正是他的朋友(绘画馆中同时陈列着的黄公望《九峰雪霁图》即是给班惟志画的)。这是元代鉴、藏的情况。明末清初归了王鹏冲。鹏冲字文荪,直隶长垣人,收藏很多,和王铎是亲戚,他的藏品多有王铎题字。孙承泽即从王鹏冲家见到,记在《庚子销夏记》中。在从王鹏冲家到清内府的中间,曾经归过梁清标,有他的藏印。又归过年羹尧。班惟志诗后空纸上有一段题识,款写"积玉斋主人",那个"玉"字是挖改的,痕迹很明显。年羹尧的"斋名"是"双峰积雪斋",所以他也有"双峰"的别号。这分明是进入石渠之前,有人因为年羹尧是"获罪"的,也许怕被认为是"逆产",因此挖改一字,便可了事。其实笔迹字体都自己在那里清清楚楚地发言说:"我是年羹尧!"

(四)有人说,这卷第二段拍手的女子身后和第四段站在韩熙载面前听吩咐的女子的身后,绢上都有裂痕,可能中间有什么残缺。又最末二人,似乎不够作收尾的局势,或者后边还有什么场面。按古画的断裂,本是最普通的事,裂处也不一定便有遗失。一卷被割成两三卷的也是常有的。但"夜宴"本是一个短期间内的事,不比其他长大的故事,所以不可能太长,即前说(甲)(乙)两卷,据著录记载,也只都不过七尺。而这卷一丈长,还算较长的了。所以这卷即使有残损处也不可能太多。再从这卷前边隔水保留残缺的情形来看,可以见到两个问题:一是绝对发生过撕毁破裂的事;二是断缺隔水既还被保留,那么画面本身即有残碎处似乎也不致随便被遗弃。除非在保留隔水的阶段以前有过割截,但那至少是三百年前的事了。(每段都用屏风作隔界,这卷如有残损,可能是第二、第三两段之间的一个屏风。)

(五)顾闳中的事迹,宋人记载很少。只《宣和画谱》说:"顾闳中江南人也,事伪主李氏为待诏,善画,独见于人物。"此后便叙他画《夜宴图》的经过。元夏文彦《图绘宝鉴》所记,是沿着《宣和画谱》的材料。他的作品除《夜宴图》之外,还有《明皇击梧图》《山阴图》(写许玄度、王逸少、谢安石、支道林等人的故事),又有李煜的道装像,这些作品也都早已不传了。这位伟大的画家生平事迹,就剩这样简单的几句话,是何等的可惜!

因此,想到我们先民若干的伟大艺术创作和他们生平辛勤劳动的事迹,不知湮没了多少。那么,我们今天对于这些仅存的宝贵遗产除了创作方面正确的吸取借鉴之外,还应该如何尽流传保护的责任啊!

记《楝亭图咏》卷

《红楼梦》作者曹雪芹的祖父曹寅,字子清,号荔轩。他的别号楝亭,更是人所习知的。他刻的书常以"楝亭"标题,也是他这一别号传播的一个有利条件。若问他这别号的来源,便觉得不够十分具体。近年看到《楝亭图咏》,不但可以印证楝亭别号的来源,还从中看到若干历史痕迹。若从曹雪芹和他的著作方面看,虽不能得到直接的资料,但可以看到他的家世、生活和当时曹家的政治地位及社会地位。所以这份图咏不仅是名人书画真迹,更是重要的文献资料。

《楝亭图咏》现存四卷,内容是清初许多名家所画的《楝亭图》和题咏楝亭的诗、词和赋。各段都是纸本方块,纸色并不一致,可知原来是若干本册页,不知何时被拆开,各自搭配,改装成卷。每卷大致都是前边装几页画,后接若干家题写的诗文。

清陆时化《吴越所见书画录》著录《国朝恽南田诸名贤楝亭诗画卷》一卷,内容是尤侗的《楝亭赋》,禹之鼎、恽寿平、程义、严绳孙的《楝亭图》,徐乾学、韩菼、徐秉义、尤侗、杨雍建、王鸿绪、宋荦、王士禛题诗。现在这些段,有的在这卷中,有的在那卷中。如果陆时化著录的不是摹本,便是陆时化著录那一卷后,又有人续得其他若干段,重新搭配改装。卷中常见有"虞轩"收藏印章,虞轩是清末湖南巡抚俞明镇的号,是否即是俞氏所装不可知。卷中绘画的人,多是当时的大名家,题咏的尤其多是当时的大名人、大官僚。当时各本册页的总数必不止于此,改装成卷时,也不知共装多少卷,但看这仅存的四卷,已足使人惊诧了。

四卷共有图十幅,画者计有黄瓒、张淑、禹之鼎(两幅)、沈宗敬、陆漻、戴本孝、严绳孙、恽寿平、程义。题咏者计四十五家,计有成德、潘江、吴暻、邓汉仪、王方岐、唐孙华、陈恭尹、吴文源、方仲舒、顾彩、张渊懿、方嵩年、林文卿、袁理、姜宸英、毛奇龄、张芳、杜浚、余怀、梁佩兰、秦松龄、严绳孙、金依尧、顾图河、王丹林、姚廷恺、吴农祥、黄文伟、王霭、何焕、徐乾学、韩菼、徐秉义、尤侗(两篇)、杨雍建、王鸿绪、宋荦、王士禛、徐林鸿、冯经世、田时发、邵陵、许孙蕾、潘秉义、石经。

这里边有明朝的遗民,有清朝的新贵,也有明臣入清的人物。有诗人,有学者,有画家,更有当时"炙手可热"的大官僚。也有比较冷的名头,我自愧谫陋,一时还没有查出他们的事迹。

各家所题的上款,有题曹寅的字或号的,也有子清(或荔轩)、筠石并题的。筠石是曹寅的胞弟曹宣。

四卷中有纪年的七段,计有甲子(康熙二十三年,公元一六八四)、乙丑(康熙二十四年)、丁卯(康熙二十六年)、庚午(康熙二十九年)、辛未(康熙三十年,四卷中共有这一年纪年的三段)。

图咏的缘起是这样:曹寅的父亲曹玺在江宁任织造时,曾手植一棵楝树,这种树俗名金铃子。曹寅后来继承他父亲也在江宁任织造,为了宣扬他父亲的"遗爱",所以起这一个亭名,并用作别号。请人作画、作诗、作文来作纪念。在许多诗文中,姜宸英的《楝亭记》一篇说得最概括。迻录于下(段落是我分的):

> 本朝设织造,江宁、苏、杭凡三开府。故工部侍郎完璧曹公以康熙初年出苏州督理府事,继改江宁。省工缩费,民以不

扰,而上供无阙。公暇,退休读书,除隙地作亭,相羊其中。今户部公时尚幼,朝夕侍侧,知其亭而不能记其亭之所以名也。比奉命来吴门,纂先职,以事先抵金陵,周览旧署,惜亭就圮坏,出资重作,而以公手植之楝扶疏其旁也,遂名之为楝亭。攀条执枝,忾有余慕。远近士大夫闻之,皆用文辞称述,比于甘棠之茇舍焉。

余惟织造之职,设自前朝,咸领之中官,穷极纤巧。竭民脂膏,期于取当上旨,东南民力,不免有杼轴其空之叹。及于季世,大珰柄政,中外连结,钩党构衅,至于众正销亡,邦国殄瘁,斯一代得失之由,非细故矣。

今天子亲御澣濯,后宫皆衣弋绨,为天下节俭先。两省织造,俱用亲近大臣廉静知大体者为之,而曹氏父子,后先继美。及是亭之复,搢绅大夫,闻先侍郎之风,追慕兴感,与户部公特诗歌唱酬而已。则夫生长太平无事,所以养斯世于和平之福者何如!而是亭之有无兴废,可以不论也。辛未五月,与见阳张司马并舟而南,司马出是帖,令记而书之。舟居累月,精力刓敝,文体书格,俱不足观,聊应好友之命,为荔翁先生家藏故事耳。慈溪姜宸英并记于梁溪舟次。

我们知道清代特别是前期,鉴于明代太监干预政事的弊病,对于太监的抑制是非常尽力的。但是有许多的事,是统治者不能一律交给外廷官员办的,于是那些事便落到内务府旗籍人的身上。按内务府人,满语称为"包(家)衣(的)尼阿勒麻(人)"。原来清初各旗都由王公贵爵为旗主,各旗也都有"包衣人"。而镶黄、正黄、正白三旗,是由最高统治者自领,也即是皇室的亲军。号称上三旗,后来这三旗的"包衣人"便成了专管皇帝家政的内务府旗籍。

其他五旗,号称下五旗,其"包衣人"便成为各王公贵爵府中的"包衣人"。在汉语中,"内务府"和一般"包衣"有高低之别,而在最初的满语中,都只是"包衣"一词。简单地说,"内务府"籍,即是皇帝的"家人",从广义说,封建时代,一切被统治者都被认为是皇帝的"臣"或"奴才",但内务府籍更具体地是给皇帝办理私事的。因此清代有许多"差使"的缺额成为内务府旗人专利,除了京中的内务府各司等职务之外,像外任的各海关和织造等,也是这般人的专缺。大家习知,清代皇帝宫廷的用费收入和用物采购,是靠税关和织造的。而这种官职又是最"肥"的缺。于是凡得一任这类"差使"的人,便顿时成为"暴发户",何况像曹家这样蝉联几任、递传几代呢?清前期的皇帝也很"机灵",鸭子肥了,可以烹食;奴才肥了,可以抄家。于是这些人也就常见被籍没的。

这些人,得任这些差事,当然是因为可被皇帝亲信的,而清初时期,江南地方,对清朝皇帝来说,更是非常重视的。所以皇帝在当时有许多不能公开的事,也很自然地由他们承担起来。例如置办什么"以荡上心"的"奇技淫巧",伺察什么官僚们的行动,以至拉拢什么在当时有声望有地位的人物等等。于是这般人的开支,也就必然有绝大的活动余地,而有形的职权和无形的势力,也就不难想象了。所以他们的富可以超乎一般贪污的范围,而他们的贵也另有"三公不易"的。至于曹锡远一家,在清朝统治集团中,虽是"内务府汉军",但他们从辽东即属基本的队伍,并不同于某些后来编入旗籍的"汉军",而且清初有许多内务府汉军被编入满洲旗下(大约在乾隆的时候又有许多改编汉军)。所以他们受到清代皇帝的特殊信任,是有由来的。

从这四卷中初步看到许多对于研究当时历史情况有关的迹象。例如:当时大官僚,特别是隐持实力的像徐乾学,后来直到被攻击下台时,皇帝还赐给他"光焰万丈"的匾额,可谓炙手可热的了。再像王鸿绪也是具有特殊的政治势力的人,举一小例说,他可以不费一文钱一下子吃没了高士奇全部的古董,其他可想而见。但这些人对于曹寅,却一一恭恭敬敬地赋诗,亲笔小楷缮写,难道完全出于尊敬曹玺、佩服曹寅吗? 还有明遗民像恽寿平、陈恭尹、杜浚、余怀等,在当时"故国之思"是非常明显的,操行也相当坚定的,但也不能不敷衍曹寅。恽寿平尽管画得非常潦草、不题上款,从画上几乎听到他说"爱要不要",但究竟还得写上"楝亭图"三个字。陈恭尹等,不管他的诗是否收入集子,也仍然要赋咏那个楝亭的题目。这些可以见到曹寅的势力,如果深一步推测,这些书画的背后,也即透露着曹寅拉拢这般人的痕迹。

再看成德和汉军张纯修是莫逆之交,今传世有他给张的二十九札,可以看到他们的友谊深厚。成德死后,张曾为他刻《饮水诗词》。又传世有《楝亭夜话图》是张纯修所画。内容是画他和曹寅、施世纶同在楝亭中夜话的纪念图。后有曹、施的诗跋。大家知道,施世纶即是小说《施公案》中的施公,也是当时皇帝的亲信爪牙之一。知道他们四人之间是往来密切的,这四卷中姜宸英和戴本孝画题中都提到张司马,即是张纯修。而今四卷中并没有张、施的笔迹,且从当时各家诗文集中常见有题楝亭的作品,而不见于这四卷的,可知当时题咏书画,绝不止这些段。

最可笑的是王士禛,他曾累次在他著作的笔记中说明他不善写字,他的字都是他的门人林佶、陈奕禧代笔。但我们看到许多他的亲笔手札、诗稿等,字写得并不坏,又见到他为周亮工、陈其年等人题画册、画卷的字,都和手札、诗稿一样是亲笔,便觉得奇怪,他为什么在当时很流行的著作中宣布代笔人呢?后来见到这幅《楝亭诗》,知道他果有用代笔的时候,后又见曹寅藏董其昌字册,和当时内府籍的官僚卞永誉所藏康熙御笔字卷,都有王士禛题字,都是这个代笔人写的,非林非陈,写的都不高明。因此认为王士禛大概是不愿应酬像曹寅这样的人,甚至在著作中宣布代笔人,说明自己不善书,是为免得人家对他不满。但是再看各家的题咏中,露出另一消息,即是尤侗在诗序中说:"予在京师,于王阮亭祭酒座中得识曹子荔轩。"原来曹寅早是王士禛的座上客。那么私室谵谈是一种"交情",赋诗题字又是一种面目。他恐怕没想到这个两重人格无意中被尤侗给透露了。

  还有邓汉仪的作品在这四卷中也惹人注意。我们知道《红楼梦》中在袭人嫁给蒋玉菡时引"千古艰难惟一死,伤心岂独息夫人"二句,即是邓汉仪的诗。而这段情节,恰在后四十回里。如果说后四十回是高鹗一手续造的,那么即是高鹗熟习邓诗。且从一些记载中知道,这首诗曾经传诵一时,高氏引用,是并不足异的。但曹雪芹熟习他先人朋友的诗,也很可能,那么后四十回是否曾有曹雪芹遗笔在其中呢?这只是当做一个问题提出,绝不敢据此便这么引申下去以至作出结论来。

谈南宋院画上题字的"杨妹子"

一、引言

鉴定古代书画的真伪,所须辨别的,不止一端,应当最先着眼处,无款的辨别时代,有款的辨别姓名。倘若不知道款字是谁,又怎能判断它的真伪?即使能判断时代,也无法判断是这个人的亲笔还是别人伪充。宋元以来,名作如林,竟自有流传数百年,款印俱在,那些人也并不是潜耀埋名之士,况且累经名家鉴藏题跋,却一直地以讹传讹,终不能知道究竟是个什么人,像南宋"杨妹子"就是其中显著的一例。

世所传南宋画院马远、马麟的画迹中,常有宫人杨氏的题字,这人是谁,前代各家著录题跋每指称之为"杨妹子",并且多说是宁宗皇后杨氏之妹,其名为"娃"。又或指题字为杨后。及至细考各件的题字印章以至各书记载,那些所谓"杨娃""杨妹子"的说法,多属辗转传说,竟在模糊影响之间,本文试申其所疑。

二、书画文献中关于"杨妹子"的记载

最早提出的是元人吴师道,他的《仙坛秋月图》诗见《礼部集》卷五,自注云:

> 宫扇,马远画,宋宁宗后杨氏题诗,自称杨妹子。

这是说"杨妹子"即是杨皇后。后来明初陶宗仪《书史会要》卷六，先出"恭圣仁烈皇后杨氏"小传，又出"杨氏"小传一条云：

> 宁宗皇后妹，时称杨妹子，书法类宁宗。马远画多其所题，往往诗意关涉情思，人或讥之。

这是说"杨妹子"是杨后之妹。明代王世贞又提出"杨娃"之说，《四部稿》卷一三七跋马远画水十二帧云：

> 画凡十二帧……其印章有杨娃语，长辈云，杨娃者，皇后妹也……按，远在光宁朝后，先待诏艺院，最后宁宗后杨氏承恩执内政，所谓杨娃者，岂即其妹耶？

看他说"印章有杨娃语"可见是据印文释为"杨娃"。又云：

> 题画后，考陶九成《书史会要》：杨娃者，果宁宗恭圣皇后妹也，书法类宁宗。

《书史会要》并没称杨娃，这是王世贞据印文与陶氏所记合而言之的。又厉鹗《南宋画院录》卷七引明项鼎铉《呼桓日记》云：

> 马远单条四幅，俱杨妹子题……其一绿萼玉蝶……再题"层叠冰绡"四字，后有杨娃之章一小方印。

这也是释印文为"杨娃"的。

至于认为题字即是杨皇后的，像前引元人吴师道诗注为最早，其后明人凌云翰有题"马麟《长春蛱蝶》并杨太后《扑蝶图》二小幅成一卷"七绝一首，见《南宋画院录》卷八引《柘轩集》。《长春》《扑蝶》二图，载在汪珂玉《珊瑚网》名画卷五。吴升《大观录》名画卷十四，俱未记画上款印，而图后有宋濂跋云："旧时曾在宫掖，故其间有上兄永阳郡王及杨妹子之字。"可以见其题款大概。凌云翰既称《扑蝶图》是杨太后作，便是认为款字是杨后所题，也就是认为杨妹子即是杨后，这是近于吴师道之说的。清人王士禛《香祖笔记》卷四复驳吴师道诗注说："以杨妹子为杨后，误。"吴其贞《书画记》卷一记马麟雪梅图云：

> 上有杨妹子题五言绝句一首，有坤卦印，此乃杨后印，后即妹子姊也。

又卷三记马麟《梅花图》云：

> 上有楷书题五言绝一首，用坤卦图书，盖杨妹子奉杨后所题也。

又卷五记马麟《梅花图》云：

> 上有楷书诗句，用坤卦图书，不知是杨后、杨妹子也。

合三条来看，吴氏似乎也没明白妹与姊的字迹分别究竟何在？文献中关于杨氏的说法，至此可算纷纠到了极点了。

三、杨氏的题字和印章

马远画水十二帧，现藏故宫博物院，即王世贞所鉴藏题跋的。每页题四字，如"云生沧海"等，四字后各有小字一行，作"赐大两府"，这行小字的上端，钤"壬申贵妾杨姓之章"朱文长方小印一，篆文多不合《说文》，才知王世贞致误之由，看他只说"其印章有杨娃语"，而不详记印文，大概他是不能完全认识印文奇字。印中"姓"字"生"旁笔画较繁，近似"圭"字，以致误为"娃"字。按宋人好称某姓，米芾的题跋及印章中每自称米姓，可以为证。

又曾见宋院画长方小横册八片，合装一册，方浚颐旧藏，《梦园书画录》卷二著录。册中五片有题字，多是先题四字或五字的图名标目，如"绿茵牧马"等，后各书小字一行，都是"上兄永阳郡王"，在这六字的字迹上，罩盖"癸酉贵妾杨姓之章"朱文长方小印。

又故宫藏马麟画梅花直幅，上有杨氏题诗，另有"层叠冰绡"四字标题，诗后有"赐王提举"小字一行，这行上端钤"丙子坤宁翰墨"朱文长方印，这行下端钤"杨姓之章"朱文方印。

其他题画之作还很多，并且有本是别人题字而被人误认为是杨氏题的，俱不一一列举。

即就以上数件的字迹看来，笔法一致，不似出自两手。其中壬申、癸酉、丙子等干支，以南宋宫廷题字习惯看去，乃是记载作书之年，常见南宋诸帝书字，在"御书"一印外，常有干支一印，足为旁证。诸件中究竟哪件是姊书，哪件是妹书，恐怕是没人能够分出的。

四、杨氏的身世

考《宋史》卷二四三《恭圣仁烈杨皇后传》说："少以姿容选入

宫,忘其姓氏,或云会稽人……有杨次山者,亦会稽人,后自谓其兄也,遂姓杨氏。"又以《宋史》本传及《朝野遗记》《四朝闻见录》《齐东野语》诸书合看,杨氏本是宫廷乐工张氏的养女,十岁入宫为杂剧孩儿,受到吴太后的宠爱,把她赐给宁宗,历封郡夫人、婕妤、婉仪、贵妃。宁宗的韩后死后,继立为皇后,理宗立,尊为太后。她工于权术,杀韩侂冑,用史弥远,以持朝政。其初自耻家世卑微,引杨次山为兄,周密《齐东野语》卷十说:"密遣内珰求同宗,遂得右庠生严陵杨次山,以为侄(按此'侄'为'兄'之误),既而宣召入见,次山言与泪俱,且指他事为验,或谓皆后所授也。"后初姓某,至是始归姓杨氏焉。次山随即补官,循至节钺郡王云。又《宋史》称次山二子,长名谷,次名石,俱位致通显,而没有人谈到杨后有妹的。那么这"妹子"之称,究从何来?我反复寻绎,明白了她既引杨次山为兄以自重,赐画题字,都称"上兄永阳郡王",那种尊崇的情况可见,那么所谓"妹子",就是自其兄杨次山推排行第而言的。是"兄妹"之妹,不是"姊妹"之妹。吴师道的说法并未错。陶宗仪望文生义,以"妹子"为皇后的妹妹,于是沿讹了数百年,其间王士禛以吴师道的不误为误,吴其贞又由妹来推姊,都是"妹子"一称所造成的混乱。

所谓"大两府",乃指她的长侄杨谷,宋人以中书、枢密为两府,杨谷的官阶,《宋史》只说"至太傅、保宁军节度使、充万寿观使、永宁郡王"。中间必曾经历两府的职衔。杨氏题画,对于兄说"上",对于侄说"赐",尊卑的表示,是很清楚的。

壬申是嘉定五年,癸酉是六年,丙子是九年。这时已在开禧三年杀韩侂冑之后,所以杨次山获郡王之封,而杨谷位至两府。《宋史》称杨后卒于绍定五年,年七十一,那么壬申年题画水时年五十一。

五、前代人对于"永阳郡王"的误认

"上兄永阳郡王"的款字,曾引起许多误解:马麟《蝶戏长春图》,上有"上兄永阳郡王"的字样,已见前引宋濂跋语中,这卷中还有元人张愚题诗云"亲王墨未干";杨维桢题诗云"留得亲王彩笔题";至于宋濂所云"旧时曾在宫掖,故其间有上兄永阳郡王及杨妹子之字",也是认"永阳郡王"为赵氏的诸王之一。

清钱大昕《潜研堂文集》卷十八,有《记赵居广画》一则,略云:"观宋元人画二十馀种汇为一册,着色皆工妙,中有《樱桃黄鹂》横幅,长不盈尺,广半之,题云'上兄永阳郡王',覆以长印,不著年月。或询以永阳为何人,予偶忆周益公《玉堂杂记》有淳熙三年……永阳郡王居广并加食邑事,因举以对。归检益公集,则有乾道六年……皇兄岳阳军节度使……永阳郡王……制,又有乾道七年赐皇兄……永阳郡王居广生日勅。宋时封永阳郡王者固非一人,此称上兄,其为居广无疑矣。"又云:"宋之宗室能画者,如令穰、伯驹、伯骕辈,世多称之,独居广不著于陶宗仪、夏文彦之录,一艺之传,亦有幸有不幸哉,予故表而出之。"按画上所题"上兄",乃是"上给兄",不是"上的兄",由此一读之误,竟使居广忽得能画之名,可算是"不虞之誉",但这错误也是自元人开始的。

《樱桃黄鹂图》,现在上海吴湖帆先生家,印文也是"癸酉贵妾杨姓之章",潜研只说"覆以长印",大概也是因为印文的字怪难辨吧?画无款,作者当仍不出马氏父子之外。

杨后能诗,有宫词一卷,毛晋刻在《五家宫词》中,缪荃孙曾见元人抄本一卷,与刻本颇多异同,见《云自在龛随笔》书画类中。黄丕烈士礼居曾校元人钞、毛氏刻重刻一卷。我曾想她的题画之作可能有见于宫词中的,容再校对。

一九六四年

斜阳暮

秦少游《踏莎行》有"杜鹃声里斜阳暮"之句,后人聚讼极多。盖以"斜阳"与"暮",词义似有重复之嫌,遂疑"暮"字有误。

明张綖刊《淮海居士长短句》于本阕下注云:

> 坡翁绝爱此词尾两句……又《王直方诗话》载黄山谷惜此词"斜阳暮"意重,欲易之,未得其字。今《郴志》遂作"斜阳度"。愚谓此亦何害而病其重也。李太白诗:"眷彼落日暮",即"斜阳暮"也。刘禹锡"乌衣巷口夕阳斜",杜工部"山木苍苍落日曛",皆此意也……山谷当无此言,即诚出山谷,亦一时之言,未足为定论也。

其说甚是。惟宋人论此,不止王直方一家。王楙《野客丛书》卷二一条云:

> 《诗眼》载:前辈有病少游"杜鹃声里斜阳暮"之句,谓"斜阳暮"似觉意重。仆谓不然,此句读之,于理无碍。谢庄诗曰:"夕天际晚气,轻霞澄暮阴。"一联之中,三见晚意,尤为重叠。梁元帝诗:"斜阳落高舂。"既言"斜阳",复言"高舂",岂不为赘?古人为诗,正不如是之泥。观当时米元章所书此词,乃是"杜鹃声里斜阳曙",非暮也。得非避庙讳而改为"暮"乎?

又明杨慎《词品》卷三论此句一条云：

> 秦少游《踏莎行》："杜鹃声里斜阳暮。"极为东坡所赏，而后人病其"斜阳暮"为重复，非也。见斜阳而知日暮，非复也。犹韦应物诗："须臾风暖朝日暾。"既曰"朝日"又曰"暾"，当亦为宋人所讥矣。此非知诗者。古诗"明月皎夜光"，"明""皎""光"非复乎？李商隐诗"日向花间留返照"皆然。又唐诗"青山万里一孤舟"，又"沧溟千万里，日夜一孤舟"，宋人亦言"一孤舟"为复，而唐人累用之，不以为复也。

按以上诸家所辨，谓"斜阳暮"三字之不足为病，固是也，惟其所以不足为病之故，则未尽相同，观其论点，约有三类：

一、谓重叠、重复不为病，不必拘泥；（王楙、张绽说）

二、昔人累用重义字，不以为复；（杨慎说）

三、以为原是"曙"字，因避讳而改为"暮"。（王楙说）

以上除第三说当另论外，一二两说，近似而微有别，然皆未免牵强：夫字义既复，即属修辞之病，"何害而病其重"，似未足以服人也。至于"唐人累用之，不以为复"，即不足病，其理亦属难通。

窃谓"斜阳"与"暮"，二词之含义不同，其不为复者，非因古人已有，遂可不以重复论也。"暮"者，是昏暗感觉效果之称，"斜阳"是当时之具体日色，二词并无所谓重复也。杜子美《送孔巢父》诗："天寒野阴风景暮"谓风景昏暗也。韩退之《秋怀》诗："空堂黄昏暮"谓空堂之中，黄昏之时，全成昏暗状况，故"童子自外至，吹灯（吹燃火种）当我前"也。

前人所举"眷彼落日暮"，亦正此类，非因出自太白便不为复也。"朝日"之与"暾",即"落日"之与"暮",亦即"黄昏"之与"暮""斜阳"之与"暮"耳。

至于"明月皎夜光",明为月之饰词,夜为光之饰词,故此五字实即"月发光"也。设言"烫手热烧饼",又岂能讥"烫""热""烧"为重复乎?"一孤舟","孤舟"自为一词,言其非连樯衔尾之舟也。"一"者谓其旁无他物,万里、日夜,只有此舟也。设言"纣为一独夫",又岂能讥"一""独"为复乎?

其三"曙"字之说,最为无稽。少游贬郴州在绍圣三年,上距英宗赵曙之殂,才二十九年。其庙非祧,安有少游不避,而后人反为追避者。且米元章与少游同时,亦安得不避乎?且宋人避讳,不但本字,乃至同音嫌名,亦皆避之惟谨。王楙之语,直不似出自宋人,殊不可解。

又今湖南郴州市郊苏仙岭有石刻少游此词,"斜阳暮"作"残阳树","幸自绕"作"本自绕"。词后跋云:"秦少游词,东坡居士酷爱之,云少游已矣,虽万人何赎! 芾书。"无论其用笔结字之谬,其不避嫌名"树"字,亦决非治平以后之人所敢书者,是又此桩公案之再一波澜也。

笔至此,又有所触:古人文字,为后人奋笔直改者,不知凡几。今人校点古籍遇有异文处,常见有"择善而从"一语。如既出所从之字,后附列所见之异字,则读者尚可再加审择。如不出校记,而自"择"其所谓"善",遽弃其所谓不善者,所弃何字,果否不善,亦无从覆案矣。即借此词为例,如某一刊者,率尔依某一说,径改"暮"字,无论改之为"曙"、为"树"、为"度",在以"暮"为重复之说盛行时,"曙""树""度"固未尝不为善者也。此校书者之所宜慎者欤?

望江南

传闻异词,自古而然。一事重书,或歧为二事;一人名字,或歧为二人;反之,亦或有异事、异人而讹传混一者。典籍之中,固屡见不鲜。至于故事之隽永者,流播众口,增枝减叶,甚至面目全非者,亦往往而有。

昔有人于宴席中行一酒令:第一人以一事附耳告第二人,并札记其情节。第二人以下,亦附耳递传,至末一人听毕而口宣之。第一人取所记情节相印证,每有极大之歧异,举座以为笑乐。如就古人记事之文,排比而合观之,亦将不减此酒令焉。

宋人王彦龄吟《望江南》词事,于宋、元人笔记中余见者凡三条。宋王灼《碧鸡漫志》卷二:

> 王齐叟彦龄,元祐副枢岩叟之弟,任俊得声。初官太原,作《望江南》数十曲,嘲府县同僚,遂并及帅。帅怒甚,因众人入谒,面责彦龄:"何敢尔!岂恃兄贵,谓吾不能劾治耶?"彦龄执手板顿首帅前曰:"居下位,只恐被人谗。昨日只吟《青玉案》,几时曾作《望江南》,试问马都监。"帅不觉失笑,众亦匿笑去。

南宋洪迈《夷坚志》壬卷七:

旧传一官士,在官爱唱《望江南》,而为上官所责者,不得其姓名。今知为王齐叟字彦龄,元祐副枢彦霖之弟也。初官太原,作此词数十曲嘲郡县僚佐,遂并及府帅。帅怒甚,因群吏入谒,面数折之云:"君今恃尔兄,谓吾不能治尔耶?"彦龄顿首谢,且请其过。帅告之。复趋进倚声微吟白曰:"居下位,只恐被人谗。昨日但吟《青玉案》,几时曾作《望江南》。"下句不属。回顾适见兵官,乃曰:"请问马都监。"帅不觉失笑,众亦匿笑而退。彦龄讫浮沈不显。

多出末句不属回顾见兵官一事,及彦龄仕宦不显之结局。至元陆居仁《轩渠录》则云:

　　王齐叟,字彦龄,怀州人。高才不羁,为太原掾官。尝作《青玉案》、《望江南》小词,以嘲帅与监司。监司闻之,大怒责之。彦龄敛衽而前,应声答曰:"居下位,常恐被人谗。只是曾填《青玉案》,何尝敢作《望江南》,请问马都监。"时马都监者适与彦龄并坐,马皇恐亟自辨数。既退,诘彦龄曰:"某实不知,子乃以某为证,何也?"彦龄笑曰:"且借公趁韵,幸勿多怪。"

略去其兄,增出监司,且责者非帅,而是监司,又多出马都监诘问一事。《青玉案》原为托词,此则成曾与《望江南》并作之词,敛板变为敛衽,倚声变为应声。

自行文观之,词之末句,自是凑足者,而多此诘答,更多谐趣。亦或本有其事,前人述之过简。惟"昨日偶吟《青玉案》",乃借以反证"几时曾作《望江南》"耳。如平日即同以此两调嘲诸官,则自承曾作《青玉案》,亦仍莫以自解焉。且上官见责时,独吟《望江南》为答,而不吟《青玉案》,又何故耶?且《望江南》词调,通行天下,无所谓敢做与否。所以触忤者,在其词之所嘲,而不在其词调。此云"何曾敢作《望江南》",则不知所谓矣。敛板者,敛其所执之手板也。倚声者,按其词之乐律声调以吟也。改敛板为敛衽,一似妇人之侠拜矣。又改倚声为应声,则从容变为急遽矣。"书经三写,乌焉成马。"王彦龄《望江南》一事,至《轩渠录》,已走却原形,故言史料者,贵得其原也。

抑尚有说:隋有侯白,明有徐文长,皆趣话所丛,未必果有其事,有其事亦未必果属其人。近世戏剧、小说,以至江南弹词中,每见王延龄其人,延亦或作彦。其事迹多属排难解纷,平世之不平。且措置滑稽,俱符所谓任俊者。然则其人流传于委巷口耳,盖已久矣。如以俚言中人物,一一核其身世、年代、官职、里贯,以辨人之有无,事之虚实,则非知民间文学者。

故宫古代书画给我的眼福

谁都晓得，论起我国古代文物，尤其是古代书画，恐怕要属北京故宫博物院收藏的最为丰富了。它的丰富，并非一朝一夕凭空聚起的，它是清代乾隆内府的《石渠宝笈》所收为大宗的主要藏品。清高宗乾隆皇帝酷好书画，以帝王的势力来收集，表面看来，似乎可以毫不费力，其实还是在明末清初几个"大收藏家"搜罗鉴定的成果上积累起来的。那时这几个"大收藏家"是河北的梁清标、北京的孙承泽、住在天津为权贵明珠办事的安岐和康熙皇帝的侍从文官高士奇。这四个人生当明末清初，乘着明朝覆亡，文物流散的时候，大肆搜罗，各成一个"大收藏家"。梁氏没有著录书传下来，孙氏有《庚子销夏记》，高氏有《江村销夏录》，安氏有《墨缘汇观》。这些家的藏品，都成了《石渠宝笈》的收藏基础。本文所说的故宫书画，即指《石渠宝笈》的藏品，后来增收的不在其内。

一九二四年时，前宣统皇帝溥仪被逐出宫，故宫成立了博物院，后来经过点查，才把宫内旧藏的各种文物公开展览。宣统出宫以前，曾将一些卷册名画由溥杰带出宫去，转到长春，后来流散，又有一部分收回，所以故宫博物院初建时的古书画，绝大部分是大幅挂轴。

我在十七八岁时从贾羲民先生学画，同时也由贾老师介绍并向吴镜汀先生学画。也看过些影印、缩印的古画。那时正是故宫博物院陆续展出古代书画之始，每月的一、二、三日为优待参观的日子,每人票价由一元钱减到三角钱。在陈列品中,每月初都有少部分更换。其他文物我不关心,古书画的更换、添补,最引学书画的人和鉴赏家们的极大兴趣。我的老师常常率领我和同学们到这时候去参观。有些前代名家在著作书中和画上题跋中提到过某某名家,这时居然见到真迹,真不敢相信这就是我曾听到名字的那些古人的作品。只曾闻名,连仿本都没见过的,不过惊诧"原来如此"。至于曾看到些近代名人款识中所提到的"仿某人笔",这时真见到了那位"某人"自己的作品,反倒发生奇怪的疑问,眼前这件"某人"的作品,怎么竟和"仿某人笔"的那种画法大不相同,尤其和我曾奉为经典的《芥子园画谱》中所标明的某家、某派毫不相干。是我眼前的这件古画不真,还是《芥子园画谱》和题"仿某人"的画家造谣呢?后来很久很久才懂得,《芥子园画谱》作者的时代,许多名画已入了几个藏家之手,近代人所题"仿某人",更是辗转得来,捕风捉影,与古画真迹渺无关系了。这一层问题稍有理解之后,又发生了新疑问:明末的董其昌,确曾见过不少宋元名画,他的后辈王时敏、王原祁祖孙也是以专学黄子久(公望)著名的。在他们的著作中,在他们画上的题识中,看到大量讲到黄子久画风问题的话,但和我眼前的黄子久作品,怎么也对不上口径。请教于贾老师,老师也是董、王的信仰者,好讲形似和神似的区别,给我破除的疑团,只占百分之五十左右。"四王吴恽"(清代六大画家)中,我只觉得王翚还与宋元面目有相似处,但老师平日不喜王翚,我也不敢拿出王翚来与王原祁作比较论证了。这里要作郑重声明的:清末文人对古画的评鉴,至多到明代沈周、文徵明和董其昌为止,再往上的就见不着了。所以眼光、论点,都受到一定的时代局限,这里并非菲薄贾老师眼光狭窄。吴老师由王翚入手,常说文人画是"外行"画,好多年后才晓得明代所称"戾家画"就是此义。

这时所见宋元古画,今天已经绝大部分有影印本发表,甚至还有许多件原大的影印本。现在略举一些名家的名作,以见那时眼福之富,对我震动之大。例如五代董源的《龙宿郊民图》,赵幹的《江行初雪图》,巨然的《秋山问道图》,荆浩的《匡庐图》,关仝的《秋山晚翠图》。北宋范宽的《溪山行旅图》,郭熙的《早春图》,南宋李唐的《万壑松风图》,马远和夏圭的有款纨扇多件。元代赵孟頫的《鹊华秋色图》,高克恭的《云横秀岭图》,黄公望的《富春山居图》等等,都是著名的"巨迹"。每次走入陈列室中,都仿佛踏进神仙世界。由于盼望每月初更换新展品,甚至萌发过罪过的想法。其中展览最久不常更换的要属范宽的《溪山行旅图》和郭熙的《早春图》,总摆在显眼的位置,当我没看到换上新展品时,曾对这两件"经典的"名画发出"还是这件"的怨言。今天得到这两件原样大的复制品,轮换着挂在屋里,已经十多年了,还没看够,也可算对那时这句怨言的忏悔!至于元明画派有类似父子传承的关系,看来比较易于理解。而清代文人画和宫廷应制的作品,已经没有什么吸引力了。

比故宫博物院成立还早些年的有"内务部古物陈列所",是北洋政府的内务总长熊希龄创设的,他把热河清代行宫的文物运到北京,成立这个收藏陈列机构,分占文华、武英两个殿,文华陈列书画,武英陈列其他铜器、瓷器等等文物。古书画当然比不上故宫博物院的那么多,那么好,但有两件极其重要的名画:一是失款夏圭画《溪山清远图》,一是传为董其昌缩摹宋元名画《小中现大》巨册。其他除元明两三件真迹外,可以说乏善可陈了。以上是当时所能见到宋元名画的两个地方。

至于法书如王羲之《快雪时晴帖》《奉橘》,孙过庭《书谱》,唐玄宗《鹡鸰颂》,苏轼《赤壁赋》,欧阳修《集古录跋尾》,米芾《蜀素帖》

和宋人手札多件。现在这些名画、法书,绝大部分都已有了影印本,不待详述。

故宫博物院初建时的书画陈列,曾有一度极其分散,主要展室是钟粹宫,有些特制的玻璃柜可展出些立幅、横卷外,那些特别宽大或次要些的挂幅,只好分散陈列在上书房、南书房和乾清宫东庑北头转角向南的室内,大部分直接挂在墙上,还在室内中间摆开桌案,粗些的卷册即摊在桌上,有些用玻璃片压着,《南巡图》若干长卷横展在坤宁宫窗户里边,也没有玻璃罩。这在今天看来是不可思议的事,也足见那时藏品充斥、陈列工具不足的不得已的情况。

在每月月初参观时,常常遇到许多位书画家、鉴赏家老前辈,我们这些年轻人就更幸福了。随在他们后面,听他们的品评、议论,增加我们的知识。特别是老辈们对古画真伪有不同意见时,更引起我们的求知欲。随后向老师请教谁的意见可信,得到印证。《石渠》所著录的古书画固然并不全真,老辈鉴定的意见也不是没有参差,在这些棱缝中,锻炼了我自己思考、比较以及判断的能力,这是我们学习鉴定的初级的,也是极好的课堂。

不久博物院出版了《故宫周刊》,就更获得一些古书画的影印本。《故宫周刊》是画报的形式,影印必然是缩小的,但就如此的缩小影印本,在见过原本之后的读者看来,究能唤起记忆,有个用来比较的依据。继而又出了些影印专册,比起《故宫周刊》上的缩本,又清晰许多,使我们的眼睛对原作的认识更进了一步。

岁月推移,抗战开始,文华殿、钟粹宫的书画,随着大批的文物南迁,幸而没有遇见风险损失,现在藏于祖国的另一省市。抗战胜利后,长春流散出的那批卷册,又由一些商人贩运聚到北京。故宫博物院又召集了许多位老辈专家来鉴定、选择、收购其中的一些重要作品。这时我已届中年,并蒙陈垣先生提挈到辅仁大学教书,做了副教授。又蒙沈兼士先生在故宫博物院中派我一个专门委员的职务,具体做两项工作:在文献馆看研究论文稿件,在古物馆鉴定书画。那时文献馆还增聘了几位专门委员:王之相先生翻译俄文老档,齐如山先生、马彦祥先生整理戏剧档案,韩寿萱先生指导文物陈列,每月各送六十元车马费。我看了许多稿子之外,还获得参与鉴定收购古书画的会议。在会上不仅饱了眼福,还可以亲手展观翻阅,连古书画的装潢制度,都得到进一步的了解,同时又获闻许多老辈的议论,比若干年前初在故宫参观书画陈列时的知识,不知又增加了多少。

第一次收购古书画的鉴定会是在马衡先生家中。出席的有马衡先生(故宫博物院院长)、陈垣先生(故宫理事、专门委员)、沈兼士先生(故宫文献馆馆长)、张廷济先生(故宫秘书长)、邓以蛰先生、张大千先生、唐兰先生。这次所看书画,没有什么出色的名作,只记得收购了一件文徵明小册,写的是《卢鸿草堂图》中各景的诗,与今传的《草堂图》中原有的字句有些异文,买下以备校对。又一卷祝允明草书《离骚》卷,第一字"离"字草书写成"鸡",马先生大声念"鸡骚",大家都笑起来,也不再往下看就卷起来了。张大千先生在抗战前曾到溥心畬先生家共同作画,我在场侍立获观,与张先生见过一面。这天他见到我还记得很清楚,便说:"董其昌题'魏府收藏董元画天下第一'的那幅山水,我看是赵幹的画,其中树石和《江行初雪》完全一样,你觉得如何?"我既深深佩服张先生的高明见解,更惊讶他对许多年前在溥先生家中只见过一面的一个青年后辈,今天还记忆分明,且忘年谈艺,实有过于常人的天赋。我曾与谢稚柳先生谈起这些事,谢先生说:"张先生就是有这等的特点,不但古书画辨解敏锐,过目不忘,即对后学人才也是过目不忘的。"又见到一卷缂丝织成的米芾大字卷,张先生指给我看说:"这卷米字底本一定是粉笺上写的。"彼此会心地一笑。按：明代有一批伪造的米字，常是粉笺纸上所写，只说"粉笺"二字，一切都不言而喻了。这次可收购的书画虽然不多，但我所受的教益，却比可收的古书画多多了！

第二次收购鉴定会是在故宫绛雪轩，这次出席的人较多了。上次的各位中，除张大千先生没在本市外，又增加了故宫图书馆馆长袁同礼先生和胡适先生、徐悲鸿先生。这次所看的书画件数不少，但绝品不多。只有唐人写《王仁昫刊谬补缺切韵》一卷，不但首尾完整，而且装订是"旋风叶"的形式。在流传可见的古书中既未曾有，敦煌发现的古籍中也没有见到①。不但这书的内容可贵，即它的装订形式也是一个孤例。其次是米芾的三帖合装卷，三帖中首一帖提到韩幹画马，所以又称《韩马帖》。卷后有王铎一通精心写给藏者的长札，表示他非常惊异地得见米书真迹。这手札的书法已是王氏书法中功夫很深的作品，而他表示似是初次见到米芾真迹，足见他平日临习的只是法帖刻本了。赵孟頫说："昔人得古刻数行，专心学之，便可名世。"（《兰亭十三跋》中一条）我曾经不以为然，这时看王铎未见米氏真迹之前，其书法艺术的成就已然如此，足证赵氏的话不为无据，只是在"专心"与否罢了。反过来看我们自己，不但亲见许多古代名家真迹，还可得到精美的影印本，一丝一毫不隔膜，等于面对真迹来学书，而后写的比起王铎，仍然望尘莫及，该当如何惭愧！这时细看王氏手札的收获，真比得见米氏真迹的收获还要大得多。

其次还有些书画，记得白玉蟾《足轩铭》外没有什么令人难忘

---

① 蒙柴剑虹告知，巴黎藏敦煌 P·2129 号卷子即为《王仁昫刊谬补缺切韵序》，姜亮夫先生曾论及。

的了。惟有一件夏昶的墨竹卷,胡适先生指给徐悲鸿先生看,问这卷的真假,徐先生回答是:"像这样的作品,我们艺专的教师许多人都能画出。"胡先生似乎恍然地点了点头。至今也不知这卷墨竹究竟是哪位教师所画。如果只是泛论艺术水平,那又与鉴定真伪不是同一命题了。如今五十多年过去了,胡、徐两位大师也早已作古,这卷墨竹究竟是谁画的,真要成为千古悬案了。无独有偶,马衡院长是金石学的大家,在金石方面的兴趣也远比书画方面为多。那时也时常接收一些应归国有的私人遗物,有时箱中杂装许多文物,马先生一眼看见其中的一件铜器,立刻拿出来详细鉴赏。而又一次有人拿去东北散出的元人朱德润画《秀野轩图》卷,后有朱氏的长题,问院长收不收,马先生说:"像这等作品,故宫所藏'多得很'。"那人便拿走了。(后来这卷仍由文物局收到,交故宫收藏。)后来我们一些后学谈起此事时偷偷地议论道:窑烧的瓷器、炉铸的铜器、板刻的书籍等等都可能有同样的产品,而古代书画,如有重复的作品,岂不就有问题了吗?大家都知道,书画鉴定工作中容不得半点个人对流派的爱憎和个人的兴趣,但是又是非常难于戒除的。

再后虽仍时时有商人送到故宫的东北流散书画卷册,也有时开会鉴定,但收购不多,而多归私人收藏了。

解放以后,文物局成立,郑振铎先生任局长,王冶秋先生、王书庄先生任副局长,郑先生由上海请来张珩先生任文物处的副处长。这时商人手中的古书画已不能随意向国外出口,于是逐渐聚到文物局来。一次在文物局办公的北海团城玉佛殿内,摊开送来的书画,这时已从上海请来谢稚柳先生,由杭州请来朱家济先生,不久又由上海请来徐邦达先生,共同鉴定。所鉴定的书画相当多,也澄清了许多"名画"的真伪问题。例如梁楷的《右军书扇图》卷和倪瓒的《狮子林图》卷,都有过影印本,这时目验原迹,得知是旧摹本。

后来许多名迹、巨迹陆续出现,私人收藏的名迹,也多陆续捐献给国家。除故宫入藏之外,如上海、辽宁两大博物馆,也各自入藏了许多《石渠》旧藏的著名书画。此外未经《石渠》入藏的著名书画也发现了不少,分藏在全国各博物馆。

《石渠宝笈》所藏古代书画,除流散到国外的还有些尚未发现,如果不是密藏在私人家中,大约必已沦于劫火;而国内私人所藏,经过十年动乱,幸存的可能也无几了。已发现的重要的多藏于故宫、辽宁、上海三大博物机关,散在其他较小的文物、美术机关的,便成了重要藏品。经过多次的、巡回的专家鉴定,大致都有了比较可靠的结论,但又出现了些微的新情况:即某些名迹成为重要藏品后,就不易获得明确结论,譬如某件曾经旧藏者题为唐代的书画,而经鉴定后实为宋代,这本来无损于文物的历史价值,却能引出许多麻烦。古书画的作者虽早已"盖棺",而他的作品却在今天还无法"论定"。后以在今天总论《石渠》名迹(包括《石渠》以外的名迹)的确切真伪,还有待于几项未来的条件:(一)科学的鉴别技术,如电脑识别笔迹和特殊摄影技术;(二)全国收藏机关对于藏品不再有标为"重望"的必要时;(三)鉴定工作的发展和其他自然科学研究一样,后来的发明、补充、纠正如超过以前的成果,前后的科学家都不看做个人的高低、得失,而真理愈明;(四)历史文献研究的广博深入,给古书画鉴定带来可靠的帮助。那时,古书画的真名誉、真面貌,必将另呈一番缤纷异彩!

池塘春草、敕勒牛羊

昔人有从诗歌句律中窥测方音者。陆放翁《老学庵笔记》卷八云：

> 白乐天诗："四十著绯军司马，男儿官职未蹉跎。""一为州司马，三见岁重阳。"本朝太宗时宋太素尚书自翰苑谪鄜州行军司马，有诗云："鄜州军司马，也好画为屏。"又云："官为军司马，身是谪仙人。"盖北音司字作入声读。

此以三联格属律调，故知"司"字在作者实作仄声读也。又卷十五云：

> 世多言白乐天用"相"字多从俗语作"思必切"，如"为问长安月，如何不相离"是也。然北人大抵以"相"字作入声，至今犹然，不独乐天。老杜云："恰似春风相欺得，夜来吹折数枝花。"亦从入声读，乃不失律。俗谓南人入京师效北语，过相蓝辄读其榜曰"大厮国寺"，传以为笑。

此则据二联律调以知作者实以"互相"之"相"作仄声读也。

或谓此以近体格律推其字之声调，似不能依以推论古诗。如谢灵运"池塘生春草，园柳变鸣禽"，"春"字岂能读仄！

然世共知灵运得意此联,以为"对惠连辄有佳句"者也。六朝人偶见有符合律调之句,必赞叹以为精妙。盖只知其音律天成,而未悟其为律调耳。如沈约《宋书·谢灵运传·论》云:

> 子建函京之作,仲宣灞岸之篇,子荆零雨之章,正长朔风之句。并直举胸情,非傍诗史。正以音律调韵,取高前式。

按上举之例,乃曹植诗:"从军度函谷,驱马过西京。"王粲诗:"南登灞陵岸,回首望长安。"孙楚诗:"晨风飘歧路,零雨被(读若'披')秋草。"王赞诗:"朔风动秋草,边马有归心。"

又如钟嵘《诗品·序》云:

> 古曰诗颂,皆被之金竹,故非调五音,无以谐会。若"置酒高堂上""明月照高楼";为韵之首。

按沈、钟二家所举十句,除"晨风飘歧路"一句非属律调外,其余九句,莫不合律。可知当时文人未知律调平仄结构之所以然,偶遇合乎律调者,或诧为"音律调韵",或标为"为韵之首",皆此故耳。然则灵运之自诩为佳句者,安知非以其"音律调韵"乎?夫"春"字实具万物蠢动之义,安知灵运不曾依其方音读之为仄声乎?以白居易、李白、杜甫诸家之例衡之,谢灵运"春"作仄声,益为近理。如必取证古读,则《考工记·梓人》:"春以功。"注:"春读为蠢。"郑读宁不古于陆读乎?吾于是又深疑"晨风"句之"歧"字,安知作者不曾作仄读如"跂"乎?

今之言古音者,皆以《切韵》以及《唐韵》《广韵》为依据,按陆法言裁定"南北异同,古今通塞",所谓"我辈数人,定则定矣"。于统一语音之事,其功自不可泯,而南北之方音,古今之时变,竟未加记录。遂使后世误以为《切韵》所记可该今古者有之,以为可概陆氏当时南北音者有之,是直未读《切韵·序》者矣。试思陆氏之时如无"南北异同,古今通塞",彼数人者,又何需为之"定则定矣"乎?

兹再依放翁所举之例,以论斛律金之《敕勒歌》。姑不论其歌为鲜卑语之汉译文,抑为斛律氏直用汉语所歌者。斛律金虽不能用汉字署"金"字,史固未言其不通汉语也。即使其为译文,亦出当时汉人之通鲜卑语者所为者。既以汉语成歌,必其音节有足谐汉音者。

敕勒川,阴山下。天似穹庐,笼盖四野。天苍苍,野茫茫,风吹草低见牛羊。

今日读之,音节铿锵,视近世之以汉语直译西方诗者,犹觉不背华言,况其未必果出译作乎?惟其末句云:

风吹草低见牛羊。

以视《西洲曲》之"海水梦悠悠",《木兰词》之"万里赴戎机"诸句,其音律之谐,未免多逊。其所以不谐者,在于"低"字为平声耳。今检唐宋以来韵书,此字固未有仄读者。然以得声之偏旁言,"底""抵""砥",皆从氏声,而属仄调。独从"人"之"低",绝无仄读,此事理之可疑者一。

或谓字义不同,其调必异。今"抵""砥"二字既属另一义,则且置之。其"底""低"二字,固同"下"义,而分属二调,义果何居?"中兴",中间兴起也;"中"字自应平读;"中酒",为酒所中伤也,"中"字自应仄读。而唐人诗中,大抵相反:"中兴"之"中"作仄,"中酒"之"中"作平。可知后人以为音义相应者,于古固未尽然,此事理之可疑者二也。

又或以为放翁以格律定音读者,乃就唐宋人之作而言,魏晋六朝,诗律未成,安可并论?然试观文人之作,则有沈约、钟嵘所举;民间歌曲,则有《西洲》《木兰》之词。其中律调诸句,何以形成?此事理之可疑者三也。

今不妨判此"低"字,在北朝曾有仄声一读,即在陆氏所谓"南北异同"中,为其所削而不取者。则"风吹草低见牛羊",固无愧于"函京""灞岸""置酒""高楼"之取高前式者焉。

《敕勒》一歌,古今脍炙,《国风》之下,莫之与京。而白玉青蝇,尚有待于拂拭者在。

其歌"下""野"相谐,"苍""茫""羊"相谐,自韵脚言,由仄转平,和谐流走。惟"野"韵句式为三三四四,而"羊"韵句式则为三三七,读之似欠匀称。余故又疑"庐"字、"笼"字有一衍文,或其一为急读之衬字。又友人柴剑虹同志见告云:"明胡应麟《诗薮》卷三引此诗即无'笼'字。"不知明人所见果有无"笼"字之本,抑或此字为胡氏所删。苟出胡氏所删,盖亦依于理校者也。盖三三七字,为民间歌谣习用之句式,至今"数快板"者犹相沿不替,此又不待旁勘,而可知其至理者也。

虽然,此例固不可擅援也。譬之比事决狱,必其众证纷陈,情臻理至,始堪定案。否则宁从轻比,勿从重比也。

苏诗中两疑字

东坡狱中寄子由诗第一首结句云:

与君世世为兄弟,又结来生未了因。

世行诸本,皆作"世世"。以文义揆之,世世俱为兄弟,此非东坡所能知,如为预祝之词,则下句应言"愿结"。佛家因果之说,谓有今之因,乃有后之果,而后之果,又为再后之因焉。诗意盖谓今生既为兄弟,此果也,又将成为来生再为兄弟之因。此云"世世",竟成已知之数,又何用下句乎?

吾尝疑两"世"字中前一字当有误。如非形近之"此"字,则为声近之"是"字,然"世"去、"是"上,其调不同,则以"此"字为近理。盖此世之果,又结来生之因也。曾与友人刘尚荣同志言之,承为检影印常熟翁氏所藏宋本《施顾注苏诗》,果作"此"字,相与拊掌一快。

又东坡《书鄢陵王主簿所画折枝》诗,亦为近时论艺之文所常引及者:

论画以形似,见与儿童邻。赋诗必此诗,定知非诗人。

前二句,语义分明。谓评画标准,如以形似为上,其见识邻近于儿童,浅薄不足称也。至于次二句,则殊费解。"赋诗必此诗"谓每作一诗其字句必相同耶?则此人第二次所作,乃重抄第一次旧作,并不成为作诗矣。如其人欺读者,听者之不知其有第一首,而竟以旧作,累充新作,则其人非独不成其为诗人,直是鲜耻之徒矣。其故何在?

吾读王静庵先生《人间词话》云:

> 沈伯时《乐府指迷》云:说桃不可直说破桃,须用红雨、刘郎等字。说柳不可直说破柳,须用章台、灞岸等字。若惟恐人不用代字者。果以为工,则古今类书具在,又安用词为耶?宜其为《提要》所讥也。

按《四库全书总目提要》评沈氏此书云:

> 又谓说桃须用红雨、刘郎等字,说柳须用章台、灞岸等字,说书须用银钩等字,说泪须用玉箸等字,说发须用绿云等字,说簟须用湘竹等字,不可直说破。其意俗避鄙俗,而不知转成涂饰,亦非确论。

乃悟东坡此句中后一"诗"字,殆为"语"字之误。盖咏物抒情,只用习见之词,常用之语,势必流于若沈伯时者之弊。纵或不属代词一类,而望月必及乡思,举杯必关送别。甚至学杜必述流离,学李必矜豪举,无论其有无如此事实,徒成优孟衣冠,皆非大诗人、真作者之所宜出者也。

试观北宋之作,苏黄之前,惟西昆一派,独踞诗坛。观夫《酬唱》一集，全摹温李。说部记优人着破衣，自称李商隐，询其衣敝之故，则云被馆阁诸人捃扯所致。盖当时所作不仅模拟风神，且亦并摘字句矣。词非己出，岂非诗必此语之谓乎？

及检宋本此首，仍如其字，则此桩公案之结，尚有待于异日。

又先师陈援庵先生论校勘之学，言有四例：一曰对校，二曰内校，三曰外校，四曰理校。当前三者俱有所穷，而其义仍不可通时，则当以理断之。《元典章校补释例》卷六云：

> 四曰理校法。段玉裁曰："校书之难，非照本改字，不讹不漏之难，定其是非之难。"所谓理校法也。遇无古本可据，或数本互异而无所适从之时，则须用此法……昔钱竹汀先生读《后汉书·郭太传》太至南州过袁奉高一段，疑其词句不伦，举出四证。后得闽嘉靖本，乃知此七十四字为章怀注引谢承书之文，诸本皆傿入正文，惟闽本独不失其旧。今《廿二史考异》中所谓某当做某者，后得古本证之，往往良是，始服先生之精思为不可及。经学中之王、段，亦庶几焉。

谨案"得古本证之"者，援翁以古本相证，竹汀先生所未及见者也。推断无讹，以其理在耳。

东坡此诗，又安知他日不遇善本如嘉靖闽刻《后汉书》者乎？即使天壤众本，皆刻"诗"字，亦难释其可疑之理焉。

坡词曲解

东坡词中传诵最多,而误解亦最久者,莫如《水调歌头》(明月几时有)与《念奴娇》(大江东去)二首。

《水调歌头》原题云"丙辰中秋,欢饮达旦,大醉,作此篇,兼怀子由"。首云:

> 明月几时有,把酒问青天。不知天上宫阙,今夕是何年。

此全出诗人想象,因见月而问天:人间岁月,吾已尽知;天上宫阙,今夕何年,吾所不知。把酒问之,全属醉人意态。因羡月宫佳丽,乃思乘风而往,转念其地高寒,或有不如人间者,故云:

> 我欲乘风归去,又恐琼楼玉宇,高处不胜寒。起舞弄清影,何似在人间。

语气连贯,主旨分明,本无疑义。而宋神宗读之,有所评论。于是明白简洁之词句,转而晦暗曲折,不知所云矣。

《坡仙集外纪》云:

> 苏轼于中秋夜宿金山寺,作《水调歌头》寄子由云云。神宗读至"琼楼玉宇"二句,乃叹曰:苏轼终是爱君。即量移汝州。

何以指为爱君？殆谓作者之意若曰：本欲挂冠而去，转念自身一去，皇帝所居之琼楼玉宇，必将孤寂凄凉也。如此，始与"爱君"之语相符。亦必理解"不胜寒"者为高居"琼楼玉宇"中之神宗皇帝，而非幻想身游月殿之词人苏轼也。或谓此故事当出他人附会，其人盖未读懂此词者；然余则信其果出神宗，以其深符帝王学识，但见"琼楼玉宇"字样，则断其必非他人可居者。或见苏轼之不欲居琼楼玉宇，而嘉其不敢僭越耳。世之撰词话及注苏词者，莫不引之。此东坡词之久遭谬解者一。

又《念奴娇·赤壁怀古》云：

> 遥想公瑾当年，小乔初嫁了，雄姿英发。故国神游，多情应笑我，早生华发。

赤壁一地，聚讼极多，东坡一赋，恰为自诩博学之徒增一口实。以为博学如东坡，竟有误用之典，误指之地，而我独得而纠之，其足以压倒东坡，自无疑义矣。安知东坡集中，本曾自言其地属于传闻。《赤壁赋》云："此非曹孟德之破于周郎者乎？"本阕词中则云："人道是三国周郎赤壁。"诗人感兴，本不必一一确凿，况其已自设为拟议之辞乎？

今人解此词者多矣，于此"故国""华发"数句，多纡曲其辞（不具引），初未解其何故。久之始悟，盖不敢以周瑜神游见诸笔墨。周瑜，古人、死人也，而竟有神能游，是苏轼之白日见鬼；解词说诗，竟以形诸笔墨，讵能逃宣传迷信之嫌！此东坡词之久遭谬解者二也。

无论黄州赤壁与夫嘉鱼赤壁，固皆孙吴所属。故国者，周瑜之故国也。周瑜往矣,"故国神游"者,诗人设想周郎之神来游其故国也。"多情"者,谓周郎之多情也。以彼之英发,见我之早衰,自应相笑。然其相笑,非由鄙弃,正见其"多情"耳。正如辛稼轩词之"我见青山多妩媚,料青山见我应如是"。稼轩可以设想青山见人,而谓东坡不能设想周郎之神重来故国与之相见乎?

妙矣王静安先生之言曰:

> 固哉皋文之为词也:飞卿《菩萨蛮》,永叔《蝶恋花》,子瞻《卜算子》,皆兴到之作,有何命意?皆被皋文深文罗织。阮亭《花草蒙拾》谓"坡公命中磨蝎,生前为王珪、舒亶辈所苦,身后又硬受此差排"。由今观之,受差排者,独一坡公已耶?

然则"中秋""赤壁"二词之遭附会曲解,并不足异矣。至于"受差排者,独一坡公已耶",尤为卓论。谓其不然,试观《诗》之小序与夫朱传,必将有憬然而悟者。

漫谈学习书法

文字本是记录语言的符号,而我们祖国先民,对于生活上这一细节,不但未曾忽略,而且力求它美化。于是四千多年来,文字的写法,一直地被人重视讲求,而成为一种自成体系的民族艺术。

今天虽然印刷技术发展,但是手写文字,仍是我们日常生活中必不可少的一个部分。特别是我们身为人民教师的人,字写得正确美观,和正确使用祖国语言一样,都成为教育工作中的一个重要环节。

常有人问道:"写字应注意哪些事?怎样才能写好?"这个问题中,又有一些分别,即是初学的人和已有基础的人,应注意的事略有不同。现在只从初学书法的角度,简单地谈谈我个人的体会。

(一) 关于笔顺:汉字结构,不论繁体或简体,每字的笔画次序,绝大多数是有一定先后的。因为先后次序乃是客观需要所造成,按它写去,便可以顺利美观,不按它写,不但不易顺利美观,而且还会出现"步伐紊乱"的毛病。笔顺次序,虽然每字各有不同,但简单地归纳起来,除了"丿"(撇)和一少部分向左的"勾"以外,其余笔画都是先左后右、先上后下的。

(二) 关于结构:元代赵孟𫖯说:"书法以用笔为上,而结字亦须用功。"我认为他恰恰说反了。一个字如果只有一笔一画的轻重姿态美观,而全字的结构(也就是笔画的布局)毫不合理,这个字恐怕会只见其丑的。结构合适了,无论用毛笔、用钢笔、以至用铅笔,都会写得很美观。

结构要求什么？首先是要比较匀称，每个字不外乎几个组成部分，要使它互相称合，不出现特别偏轻偏重的现象。例如"例"字，是"亻、歹、刂"三部分，最好各给它差不多的地盘。"如"字是"女、口"两部分，假如在一格里中分一直线，"女"占线左、"口"占线右（上下分部的，也以此类推）。还要略为注意一部分中笔画数量多少，数多的，应该使它比较略微地多占一些地盘。像"例"字中的"歹""如"字中的"女"，比"亻、刂""口"如果略大一些也还不难看，但不可小于它旁边的任何一部分。其次是笔画与笔画之间，空白要比较匀称。例如"日"字"目"字中间的空白小方格，如果一个特大，另外的特小，便不成字。其次是有聚散，每一字靠中心的部分，最要条理分明，例如"字"字，"子"的"一"和"了"，可以延长，但"子"的头部和"宀"接近的部分，空白必要摆得匀称。譬如一个人的胸腔不能弯曲过大，而四肢则可以如意伸缩。

（三）关于用笔：用笔毫无什么秘密，执笔的最主要条件，是不可用力过大，掌心地方攥得太死。因为这样便会妨碍笔画的运转自如。也不可用指头拈转笔管，因为那样有时会失手掉下笔来。只要平平正正地写去，日久熟习，自然会生出巧妙。

古代各种风格流派，例如欧体较方、颜体较圆，这都是写者个人体力、性格、习惯的反映，并不是必须按照哪一样写才算合格。特别在初学的人，先要理解他们结构安排的关系，不须要先求方圆肥瘦的相似。这譬如建筑房屋，梁柱基石等全立得整齐，在力学上都合乎规格，再考虑油饰彩画，也并不迟，如果把应缓应急的事弄颠倒了，这房屋的后果也不问可知了。

有人常提写毛笔字怎样"入笔"、怎样"收笔"，即在刚刚下笔处，和末后住笔处，怎么转折顿挫，这对于已有基础的人来说，不妨进一步讲求,但对初学来说,能略知道有那么一种姿态就够了,因为只要先能把结构搭好,笔画能够"横平竖直",没有病态的疙瘩了,即会得到很好的效果。再进步,笔画略有轻重姿态,便会更加美观的。

(四) 关于选帖:写字最好常看好字,古代有人说:"临帖不如读帖。"即是说机械的模仿不如了解它的道理(当然只看不写也不成功)。

常有人问写什么帖好,这并没有一定,只在现在新印通行的几种著名的字帖里,如景山学校所印的欧体、颜体、柳体三本字帖,把笔画相近的字分了类,学起来较为方便。随自己的爱好选择一种写写,都不会错。重要的是最好先学楷字,不可先学行草。因为写熟了自然而出的"连笔",必然美观,如果一起始便想追求"率""带劲",那便不是真"率",而是"草率""轻率",不能"带劲",反而"软弱"了。

至于毛笔字的帖,用钢笔是否可以学?回答是"可以"。因为毛笔的顿挫肥瘦,固然钢笔写不出来,但是它的结构安排,却并不因工具不同而有大的差异。小字的帖,可以放大来写,大字的帖,也可以缩小来写。

(五) 关于练习:练习写字,并不必一定要选择什么样的好笔、好纸、好墨……许多作废的纸张,都可用毛笔在上边练字,把红、蓝墨水兑上些水,也可以代替研墨和墨汁(当然有研墨和墨汁也不妨用)。钢笔、铅笔以至粉笔更方便了,在抄笔记、写作文、写信、写便条、写黑板时,凡一下笔,便注意想想字帖的风味,有意识地把字写得好一些,"此即是学",便能很快见到效果,更不用说正式地临帖习字了。如果不信,请试试看!

金石书画漫谈

金石书画部分的内容比较多,这里只能作一个简括的介绍,谈谈个人的一点看法,研究方面的一点门径,一点线索。

伟大的中华民族文化,我认为好比一朵花,花蒂、花蕊、花瓣等,都是它的重要组成部分。这个文化史讲座的各个方面,好比是花的各个部分,金、石、书、画也是其中的一个部分。

金、石、书、画,本不是同一性质,同一用途,但在整个的中华民族文化中,这四项都成为中华民族艺术的特征,也可说是中华民族艺术所特有的。以下按次序作一些简单的介绍。

一、金

金就是金属,包括铜、铁等。这里是指用铜、铁等金属所制的器皿、器物,特别是古代的铜器。它们不管是作为实用的或是祭祀的,都是铜及其合金所制的器物。这些在商、周——人们往往说"三代",就是夏、商、周。其实夏到现在还没有十分弄清楚,一般认为夏文化是相当于龙山文化这一系,但夏的文化究竟是什么程度,还不甚清楚。所以"三代"文化,有把握的只能指商、周。古代把商、周的铜器叫做"吉金",就是好的金,吉祥的金。这种冶炼方法在当时已很发达,已能制造合金。制造出来的器皿,很多都有刻铸的文字。现在一般说的"金"是指金文,又叫"钟鼎文"。

商、周时代,诸侯贵族常常大批地制作铜器,上面刻铸铭文,现在陆续出土的不少。有时一个人只能铸一个器，有时又可一次铸好几个器。当时参与这种劳动的人民，大部分就是当时的奴隶。他们创作了千变万化的器形、妆饰图案，雕铸了种种文字铭记（记载谁、在哪年、为什么事情而制作这器）。这些器物，从商周以后长期沉埋在地下。许慎有"郡国亦往往于山川得鼎彝"的话，可见汉朝时已有出土的。

这种陆续的出土，到清朝末年，成为研究的大宗。拓本、实物，日呈纷纭，使人眼花缭乱，非常丰富多彩。到了现在，对于这方面的研究探讨就更加繁荣，方法也更加科学。从前的收藏家，不是官僚就是有钱人，他们的收藏，往往秘不示人。偶然有拓本流传出来，也不是人人可得而见之的。现在印刷术方便了，从器形到文字，大家都能看到，具有研究的条件，所以研究日见深入。发掘的方式，也愈有经验，愈加科学。从前出土的器物，辗转于古董商人与收藏家之间。它是哪里出土的？不知道。甚至一个器的盖子在一个人手里，而器本身则到另一个人手里。这种情况很多。一批出土有多少铜器？也不知道，都零零星星地散出去了。这在研究上是很费事的，因为缺乏许多辅助证据。许多奸商为了贪图得利，多卖钱，还卖到外国去。我们现在从发掘到整理、考订、印刷、编辑，都是有系统的，对于研究者有莫大的方便。可以取各个角度：器形、花纹、文字，以至它的历史背景、制作的人物、各诸侯封国的地理等等，或者是有人想学写古篆字，也可以用来作范本。例如从制作来说，往往一个人所制的不止一件，我们只要看到各器上都有同一个人的名字，便可知道它们是属于同一个人制作的一套器物。这样，我们对于古代历史、古代人的各方面（包括生活习惯），就能有更清楚、更详细、更豁亮的了解。近年来在陕西发掘了许多成套成批的窖藏青铜器，大多是同一人或同一家族的，这样研究起来就很方便了。

从宋代到清代,大都把这类器物叫做"古董",也叫"古玩",是文人鉴赏的玩物。即或考证点文字,也是瞎猜。我们当然不能否认他们的考证功劳,但那是极其有限,远远不够的,还有许多错误。稍进一步的,把它们当做艺术品。西洋人、日本人买去中国的古铜器,研究它们的花纹。中国人也有研究花纹的。这种情形,大约始于六十多年前,这仍是停留在局部的研究,偶然有几个器皿作点比较。谈到全面地着手研究,我们不能不佩服近代的容庚容希白先生,他对于铜器研究的功劳是很大的。他著有《商周彝器通考》,连器形、花纹带铭文都加以研究;还著有《金文编》,把青铜器上的字按类按《说文》字序编排,例如不同器皿上的"天"字,都放在一块。这是近代真正下大气力全面地介绍和研究青铜器及金文的。此外,罗振玉的《三代吉金文存》,也是很重要的资料。现在已有人着手重新把至今出土的商周铜器铭文加以统编,这就更加全面了,只是现在还没有出版。

对于文字的考释,能令人心服口服的,首推不久前故去的于思泊(省吾)先生。他的考释最为扎实,绝不穿凿附会。他还用古文字考证古书,成就比清末孙诒让等人大得多了。到今天为止,容、于两先生的著作以及罗的《三代吉金文存》等,仍是我们研究铜器和金文的重要参考材料。随着条件的改善,今后在这方面的研究一定会愈来愈完备,愈来愈深入。

甲骨文也被附在金文之后,讲金石的书往往连带讲甲骨,不是附在前头就是附在后头。其实甲骨应和铜器同样看待,甲骨文是金文的前身。商代刻在甲骨和铜器上的文字,往往有很大的相似,所以甲骨也应放在我们现在谈"金"的范围。现在出版了《甲骨文合集》,非常完备,研究起来不愁没有材料,不会被人垄断了。但甲骨文我不懂,不能随便说,只能谈到这里。

二、石

金、石常常并称。事实上金、石的性质、作用并不完全一样。古代的石刻有各方面的用途,所以它的形式和内容也就不同,文字因时代的关系也不同。汉朝也有铜器,但那上面的文字和商周铜器的文字迥然不同,一看就是汉朝的东西。此外,花纹和刻法也各不相同(商周铜器上的字,大部分是铸的,少部分是刻的)。

大批石刻的出现,应该说是从汉朝开始的。汉朝以前有没有石刻?有的,譬如说《石鼓文》。石鼓甭管它是什么年代的,总是秦统一天下以前的产物。唐朝人说是周宣王时作的,也有人说是北周即宇文周时候制作的。后来马衡先生经过全面考证,确定它是秦的刻石。这个秦,不是统一中国的秦朝,而是在西北地方未统一中国以前的秦国。可是还有问题:秦什么公?这个公那个公,众说纷纭,到今天尚无定论。

汉以前的石刻,起码石鼓是比较完整的,有一个石鼓的文字已经脱落,但是拓本还保留着。近年在河北满城古代中山国的地区,发掘出古代中山王的墓,里头有中山王的铜器,外边有一块石头,上面有两行字,也是战国时的刻石,比石鼓晚一些,但也是汉朝以前的刻石。所以古代石刻应追溯到石鼓和中山王墓刻石。《三代吉金文存》后面附有一小块石刻,文字和铜器文字很相像。什么时候刻的?不知道。这块石头现在也不知道哪儿去了。

现在所谓的"石",大致是指汉代及汉代以后的石刻。讲求、探讨的也比较多。汉朝的碑是比较多。其实,秦碑也有,只是不作碑形,常常是在山岩上磨平一块石头刻字。现在秦碑的原刻几乎没有,流传的大多是翻刻的。原石保留下来的只有《琅玡台刻石》,保存在历史博物馆,上面的每个字都已经模糊了。还有《泰山刻石》,只剩下了几个字,残石还在泰山的岱庙里摆着。其余的都已毁掉了,只有汉碑算是大宗。

什么是碑?碑本来是坟墓竖立的一种标志。碑石有大有小,记载着墓主人的生平事迹。后来推而广之,不光是为死者立碑,也应用到生人,譬如一个官员调离,当地有人立碑为他歌功颂德。事实上这种大块的碑,就是石头做的大块布告牌,譬如修一座庙,前面立一块碑,说明庙的缘起;皇帝办了一件事,臣下恭维,或者皇帝自吹自擂,也刻一块,岂不是布告牌?像秦始皇、唐明皇,都曾经在摩崖上让臣下给刻上大块歌功颂德的文章,比后世大张纸贴的布告结实得多,意在流传千古,但事实上后来有的让人凿掉了,有的是山崖崩塌了。当初立碑的本意不过是歌颂、吹捧死者、官员乃至皇帝,但后来意料之外地被人注意,得以保存流传的,却不在于它那歌功颂德的内容,而在于它书写的文字,在于它保存了许许多多的书法。他们吹捧的内容,已无人注意。有人见到石刻残损文字而惋惜。我说,字少了,美术品少了一部分是坏事,但文词少了,念不全了,未必不是被吹捧者的幸事,因为他可以少出些丑。从前人制作拓本,往往是为了碑上头刻的字写得好,或者是时代早,宝贵得不得了。比如汉朝在华山立了一块碑,叫《华山庙碑》,在清朝末年只保留下来三本拓本,后来又发现了一本,这四本都价值连城,后面有许多人的题跋。这也不在于它的内容(当然也有人考证),而在于它的字。许多古碑也是如此。以前人对于碑只是着眼于先拓后拓,多一字少一字,稍后对碑形、花纹、制作乃至于刻工等方面,也加以研究。这与上述对于商周铜器的研究过程很有相似之处。

汉碑这种字,不管它刻得精不精,毕竟是用刀刻出来之后,用墨拓下来的,从前得到一本都很难。今天我们看到出土的多少万支竹木简,都是汉朝人的墨迹,直接用墨写的。这在书法艺术上、史料价值上,比起汉碑来又不相同了,这待下面再说。所以说,以前的人很可怜,看到一本墨拓,就那么几个字,多一笔少一笔,这里坏一块,那里不坏,争论个不休。这是因为时代和条件都有其局限,出土的东西也少。

还有一种叫墓志,也是一大宗。坟里头埋块石头,写上这人是谁,预备日后坟让人不知道是谁了,挖开一瞧,知道是谁,人家好给他埋上。这用意是很天真的,没想到后来人家正因为他坟里有墓志,就来挖他的坟,这种情形多得很。墓志有长条的,也有方块的,汉朝还没有这东西,从南北朝一直到唐宋,都是很盛行的。墓志也和碑的性质一样,记载着死者的事迹,也属碑刻的性质。

再有一方面是"帖"。什么叫帖?本来很简单,指的是一张纸条儿或纸片儿,多是彼此的通信。现在还有便条儿,随便的纸条儿(今天的名片,也是纸条儿)。上边的字,写得比较随便,不像写碑那么郑重其事,确实另有趣味,大家比较重视,把这些有趣味的东西汇集起来。因为古代没有影印技术,只好钩摹下来刻在石头上或木板上,再用纸和墨拓下来,等于刻木板印书的办法,这种印刷品被人称作"帖"。事实上帖本来不是指墨拓的东西,而是指被刻的内容,即没刻以前的原件(纸条儿)叫"帖"。好比这是一部书,叫做《诗经》或《左传》,不是说它这个书套子或部头叫《诗经》或《左传》,而是指它的文字内容。所以"帖"也是指的所摹刻的内容。这个意义扩大了,凡是墨拓的刻本,被人作为字样子来写,作为参考品的,都被称为"帖"。如有人说:"我这儿有一本帖。"打开一瞧,是个汉碑。为什么也把它叫做"帖"?因为它已经裁了条,裱成本,被人作为习字的范本,所以也被称作"帖"。因此说,"帖"的意义已经扩大了，凡是墨拓的、石刻的、裱成本的，大家都管它叫做"帖"。

帖写的多半是行书，随便写的；而碑版多半是很规矩很郑重的。所以一般又管写行书一派的叫"帖学"，管写楷书一派的叫"碑学"。这种说法，我认为是不太科学的。

现在，印刷技术方便了，碑帖的印本也多起来了，这里无法多举例，因为太多了。要论起整部的书来，比较方便查阅的，有清末民初的杨惺吾（守敬）编的一本《寰宇贞石图》，把整篇整幅的碑文影印出来，可以使我们看到碑版的全貌，很有用处；但是它是缩小的，碑有一丈、八尺，它也只能印成这么一张纸片儿，而且碑版的数量及文字说明也不多。近代赵万里先生辑有一部《魏晋南北朝墓志考释》，都是墓志，既影印拓本，也考释文词，是很好的。讨论石刻，有一部书也很重要，就是清朝末年叶昌炽所编的《语石》，它从各个角度、各个方面来论述石刻：多少种类，多少样子，多少用途，多少文字，多少书家……分量不多，但内容极其丰富，所遗憾的是没有附插图，要是每谈一个问题每举一个例子，都附上插图，就方便多了。今天要是想给《语石》补插图，就有很大的困难，许多原石都已找不到了。我想将来会有人给它进行扩充的。《语石》这种书，现在的人不是不能做，因为现在所出土的汉魏六朝隋唐的碑和墓志极多，比当年叶昌炽所能看到的要多出若干倍，要是加以统编，细细研究，附上插图，那就太好了。最近上海要出一本"扩大石刻文字汇编"之类的书（名字还未定），不久出版，最为方便了。

叶昌炽在他的《语石》一书中说：我研究这些石刻，主要地是为了它们的字写得好（大意）。字好，是碑存在的一个重要因素。立碑刻碑的人是为了歌颂他自己。人家保存这个碑，却是为了它写的字好。这是立碑、刻碑的人始料所不及的。由此可见，书法艺术自有它独立的、不能磨灭的艺术价值。

三、书

"书"本是文字符号。现在提的"书"不是从文字符号讲,也不是从文字学讲,而是从书法艺术讲。书法在中华民族有很深远的影响,由于汉字不仅被汉族,也被少数民族不同程度地使用着,所以,书法在中华民族文化中占很重要的位置。曾经有人提出,书法不是艺术,理由是西洋古代没有一个国家、一个民族把书法当艺术的。其实,中国特有而外国没有的东西太多了,难道都不算艺术了吗?如《红楼梦》是中国特有的,外国没有,就不算文学了吗?现在,这种观点逐渐纠正过来了。大家知道,书法是一种艺术,并且是广大人民喜闻乐见、非常爱好的艺术。

中国的汉字(各个有文字的民族都一样)一出现,写字的人就有要"写得好看"的要求和欲望。如甲骨文就是如此,不论单个字还是全篇字,结构章法都很好看。可见,自从有写字的行动以来,就伴随着艺术的要求,美观的要求。

秦汉以来的墨迹,近年出土的非常多,这里面丰富多彩,字形、笔法、风格,变化极多。从前只看到汉简,现在可以看到秦代的了。如湖北睡虎地的秦简,全是秦隶。从前人看见一本残缺不全的汉碑拓本,便视为珍宝。现在可以看见汉朝人的亲笔墨迹。日本人用过一个词,把墨迹叫做"肉迹",即有血有肉,痛痒相关,我很欣赏这个词,经常借用。现在可以看到成千上万的秦汉人的"肉迹",这是我们研究文学、研究书法、研究古代历史的莫大的幸福。

不论是秦隶还是汉隶,都是刚从篆体演变过来的,写起来单调而且费事。所以到了晋朝后,真书(又叫楷书、正书)开始定型。虽然各家写法不同,风格不同,但字形的结构形式是一致的。各种字体所运用的时间都不如真书时间久,真书至今仍在运用。为什么真书能运用这么久,因为这种字形在组织上有它的优越性。字形准确,写起来方便,转折自然,可连写,甚至多写一笔少写一笔也容易被人发现。真书写得萦连一点就是行书,再写得快一点就是草书。当然,草书另有一个来源,是从汉朝的章草演变而来的。但到东晋以后就与真书合流了,是用真书的笔法写草书,与用汉隶的笔法写章草不同。

真书行书的系统既是多有方便,所以千姿百态的作品不断出现,风格多种多样,出现了各种字体(艺术风格上被称为字体),比如颜体、柳体、欧体、褚体等。为什么以前没有?因为以前没有人专职写字、专以书法著名的,就连王羲之也不是专职写字的人。古代也没有"书法艺术家"这个称呼。当时许多碑都是刻碑的工人写的,到了唐朝才有文人写碑。唐太宗自己爱写字,自己写了两个碑《晋祠铭》《温泉铭》,还把这两个碑的拓本送外国使臣。当时的文人和名臣,如虞世南、欧阳询、褚遂良、薛稷、薛曜以及后来的颜真卿、柳公权等人都写碑。这样,书法的风格流派也逐渐增多了。其实,今天看见的敦煌、吐鲁番等地出土的文书、写经等,其水平真有远远超过写碑版的。唐朝一般人的文书里,行书的书法也有比《晋祠铭》好得多的,但那些皇帝、大官写出来的就被人重视。我们要知道,唐朝有许多无名的书法家的水平是很高的,写的字非常精美。晋唐流传下来的作品(不论是刻石还是墨迹)非常多,我们的眼福实在不浅。

附带说一下名称问题:古代称好的书法作品为"法书",是说这件作品足以为法;书法、书道、书艺是指书写的方法,现在合二而一了,一律叫做"书法"。把写的字也叫做"书法",省略了"作品"二字,可以说是"约定俗成"了。

如把"书"平列在"金""石""画"之间,那它的作用和用途就大多了,广多了。生活中的各个地方,没有与书法无关的,没有用不上书法的。也可以说,书法已经出现在任何地方,也发挥着极大的效用。从书法作品、实用的装饰品到书信往来,作为交际语言的记录工具,两人以至两国的信用证明(签字)都要用书法。书法活动既可以锻炼艺术情操,又可以调心养气,收到健身的效果。总而言之,今天看到书法有这样广大的爱好者,原因很简单,就是它和人们生活的关系十分密切,这种密切的关系又非常长久。北朝人曾经说过"尺牍书疏,千里面目",给人写封信(尺牍)、写个条(书疏)等于相隔千里之远的两个人见面。现在有传真照相,可以寄照片,这是"千里面目"。但古代没有,看一封信,感到很亲切,如见其人。书法被人作为人格、形象的代表,自古以来就是这样。

　　有人常常问到什么是书法知识,说明需要抓紧编写学习书法的参考书。碑帖影印的很多了,但系统的讲解、分析是不很够的。怎么去写?大家很愿意了解。各家有各家的心得,这里就不多谈了。大家了解了书法的沿革,再多参考古代的碑帖,多看古代的墨迹,这样对书法的了解自然就会深刻,这样对写也有很多方便的地方。

四、画

　　画的起源,不用详谈。初民怎么画,只要看小孩怎么画就会明白。画很简单,可是有新鲜的趣味。看见什么就画什么,生活里面遇到什么,就随手画、刻到墙上,这是很自然的。值得特别注意的是,自从绘画成熟以后,形体逐渐地准确了,颜色也逐渐地丰富了。绘画成熟在什么时代?我们的估计往往是不对的。从近代科学考古发掘出的成果,可以看到这一点。画成熟的时代应该很早。古代的文化,从商周以来,不知经过多少次毁灭性的破坏,使后世无法看到。商周的铜器的铸造方法,近代很多人奇怪,那时就有那么高的合金技术!透光镜(铜镜子,可以透出光照到墙上),经过多少人研究,现代才发现有两种方案,但古人用哪一种方案,至今也不清楚。这说明我们有许多的科学发明、科学成就随着毁灭性的破坏而消失了。古代的绘画更脆弱了。一种是画在墙上,以为墙是结实的,但随着墙的毁坏,画也没有了。画在帛上的也不延年。唐宋人没见过古代的绘画,只看过武梁祠画像,根据这些推测判断汉朝绘画,以为汉朝绘画就是这样的。这样推论的起点太低了。不止绘画一种,我们对古代文化不了解的太多了。近代发现了汉朝墓室里的壁画,大家的看法才有所改观,觉得从前的推测是错的。近年长沙马王堆出土了帛画,使人看到出丧幡上的帛画,精致极了,比武梁祠的画不知高出多少倍。假定帛画是一百分,武梁祠的画只能算不及格。人们看到马王堆的帛画,无不惊诧变色,这才知道古代绘画水平已达到什么地步。我们应该以这(西汉初年)作为起点,往上推溯商周绘画应该有什么样的成就。看到了马王堆出土的帛画以后,有人说,我们的绘画史应重新写,已写出的全错了。因为起点(最低点)定错了。

今天我们研究古代绘画,有这么丰富的材料,但我们必须有正确的看法,这才能进行研究。看法和起点要是错了,研究就得不到正确的结论。唐以前和唐人的好画,多画在墙壁上,大多数已随着建筑物的毁坏而无存了。幸亏西北有许多干燥的洞窟壁画。首先是敦煌,敦煌壁画给我们提供了极丰富的宝贵的材料。敦煌许多画在绸帛上的画被外国人掠夺走了。国内流传下来的只是一部分。现在西北出土的一些残缺的绢画,即使是零块,都是非常精美的。这些东西的保存,对今天探讨古代绘画的源流有很大的作用。现在有没有流传下来的古画算是唐代或唐以前的呢?有。但这些画事实上都是经过第二手摹下来的,很少有真正的唐朝人直接画了留下来的。即使画稿、形象,是某名家的作品,但画上的墨迹也不是作者本人的。古代没有别的办法,幸亏摹下副本,否则今天一点影子也看不到了。

我们对待古画要持科学态度:哪些是可信的古代人直接画下来的,哪些是后代人的复制品。但许多古董商人,不是从学术出发,而是从价值观念出发,顺口说这是唐朝的,那是宋朝的,时代越早越贵,可以多卖钱。事实上与学术无关。我们参考画风,研究画派,看这些摹本、仿本、临本不是不可以,但要知道是什么时代人临的、仿的,如果听信大古董商的说法,把宋元的硬说成唐宋的,这样科学系统就乱了。譬如看京戏,如果真承认那位男演员扮女角即是一个女子,一个花脸色角的演员本人真就长得脸上花红柳绿的,这便成了小孩或傻子了。

宋朝人的画,多半是室内装饰品,很大的大张挂在屋里,比画在墙上进了一步。元朝才多卷册小品,在桌上摆着,作为案头玩赏的东西。这如同戏剧底本由舞台到案头一样。原来剧本是舞台唱的,实用的,后来成为文人创作后摆在案头欣赏,并不是在舞台上演的。有许多只能在案头看,是舞台上唱不了的。我们明白了这个道理,知道哪是墙壁上的画,哪是案头上的画,这样才能探索宋元以来的画派、画风。大家总是谈论宋朝画如何,元朝画又怎么变,哪是匠人画,哪是画家画,哪是文人画,我们今天研究古代绘画的沿革,必须考虑到这一点:在墙上画是什么样子?画在绢上贴在墙上是什么样子?案头画的小品又是什么样子?这些问题必须弄清楚。

到了元朝以后出现一种文人画——案头的玩赏的小品(不管它多大张幅也是这个系统)。墙壁上的画,实际上和装饰画是一派。文人案头画是一派，对这一派也有许多争论，但它也有它的新趣味，不能一笔抹杀。这一种风格的影响有几百年。宋朝已经开始了，如苏东坡喜欢随便画点竹子，画树、画块石头。现在还有一件真迹，树画一个圈儿，底下是石头。按照画家的要求，这画画得非常外行，非常不及格，但这是真的。米芾画的《珊瑚笔架图》，笔道七扭八歪。这是文人游戏的笔墨。到了元朝才逐渐出现精美的文人画，影响一直到现在。这一派，这种创作方法，至今尚占很大的比重。

今天研究绘画确实方便多了，印刷品越来越精了，越来越多了。我们现在要想研究，有几点特别要注意。现在研究古代绘画，研究绘画沿革历史，必须从实物出发，得看到真正的原作(包括影印品)，客观地比较，虚心地分析。只看书本上说的不够，只听别人讲的也不够，必须从实物出发，真正地客观地作了比较，我们才能得出正确的论断和新颖的见解。这种比较在古代，在从前印刷困难、地下出土的东西不多时是没有办法的。在今天，我们确实是方便多了。

现在研究古代的绘画，又出现了两种困难。一是出现了太窄的现象。我认为，研究绘画，研究绘画沿革，不论在中国还是在外国都出现了这样一个现象：研究一家，只抱住一家，翻来覆去地考证探索。须知这个作家不能独立存在，必须和当时的环境，当时的时代联系起来。"窄"还表现在只研究一家的一个方面，如一个画家又会画兰竹，又会画山水，又会画松树，却只是专门研究他画的竹子。这样就钻进了牛角尖而不自觉。二是论据必须是真品。有许多是假的，是古董商人瞎吹的。你根据的真伪还不分，不能"去伪存真"，又怎么能"去粗取精"呢？首先要辨别真伪。这里就出现一个问题，今天辨别真伪的标准，也被古董商人搅乱了。从明清以来就有这种情况:真画儿换假跋,真跋配假画儿,哪个名气大,哪个大、哪个早、哪个值钱就写哪个。后来研究者也常陷入古董商人的这个标准。如评论是纸本还是绢本,质地颜色洁白还是昏黑,黑了就用漂白粉拼命冲洗,画儿的笔墨都不清楚了,底子可白了,那也要。因为"纸白版新"。这是古董商的标准。常见著录的书上说"这是上品",但笔墨画法并不高明。为什么是上品?就因为"纸白",其实那是用化学药品冲洗白的。又如完整还是破碎,中国藏还是外国藏等,有许多人认为是外国藏的就好,其实这是令人很痛心的事。我虽然也忝被列入了"鉴定家"的行列,但我"知物不知价"。"'纸白版新'就好""这个值钱多"……这些我一点儿也不懂,因为我没做过古董商人。

总之,今天研究绘画,必须根据可靠的、可信的资料,要辨别真伪;真到什么程度,是作者亲笔还是复制品?我们为研究一种风格,复制品也有价值。当然,从古董的价钱说,复制品与原作不同,但如从学术上讲,是有研究价值的。现在印刷品很多,有了彩色印刷,虽然比起原作还有差距,但无论如何比黑白的好多了。我们受近代科学的嘉惠,受近代科学之赐,研究绘画更方便了。

今天研究金石书画的条件已千倍万倍地优于前人,我们研究的便利比古人要大得多。只要我们的观点是正确的,从实物而不是从现象出发,博学、广问、慎思、明辨,自己有一定的立脚点而不随声附和,我们的成绩会是无限的。

我心目中的郑板桥

《书法丛刊》要出一辑郑板桥的专号,编辑同志约我写一篇谈郑板桥的文章。不言而喻,《书法丛刊》里的文章,当然是要谈郑板桥的书法,但我的腔子里所装的郑板桥先生,却是一大堆敬佩、喜爱、惊叹、凄凉的情感。一个盛满各种调料的大水桶,钻一个小孔,水就不管人的要求,酸甜苦辣一齐往外流了。

我在十几岁时,刚刚懂得在书摊上买书,看见一小套影印的《郑板桥集》,底本是写刻的木板本,作者手写的部分,笔致生动,有如手迹,还有一些印章,也很像钤印上的,在我当时的眼光中,竟自是一套名家的字帖和印谱。回来细念,诗,不懂的不少;词,不懂句读,自然不懂的最多。读到《道情》,就觉得像作者亲口唱给我听似的,不论内容是什么,凭空就像有一种感情,从作者口中传入我的心中,十几岁的孩子,没经历过社会上的机谋变诈,但在祖父去世后,孤儿寡母的凄凉生活,也有许多体会。虽与《道情》所唱,并不密合,不知什么缘故,曲中的感情,竟自和我的幼小心灵融为一体。及至读到《家书》,真有几次偷偷地掉下泪来。我在祖父病中,家塾已经解散,只在邻巷亲戚的家塾中附学,祖父去世后,更只有在另一家家塾中附学。我深尝附学学生的滋味。《家书》中所写家塾主人对附学生童的体贴,例如看到生童没钱买川连纸做仿字本,要买了在"无意中"给他们。这"无意中"三字,有多么精深巨大的意义啊!我稍稍长大些,又看了许多笔记书中所谈先生关心民间疾苦的事,和做县令时的许多政绩,但他最后还是为擅自放赈,被罢免了官职。前些年,有一位同志谈起郑板桥和曹雪芹,他都用四个字概括他们的人格和作品,就是"人道主义",在当时哪里敢公开地说,更无论涉及板桥的清官问题了。

及至我念书多些了,拿起《郑板桥集》再念,仍然是那么新鲜有味。有人问我:"你那样爱读这个集子,它的好处在哪里?"我的回答是"我懂得",这时的懂得,就不只是断句和典故的问题了。对这位不值得多谈的朋友,这三个字也就够了,他若有脑子,就自己想去吧!又有朋友评论板桥的诗词,多说"未免俗气",我也用"我懂得"三字说明我的看法。

板桥的书法,我幼年时在一位叔祖房中见一副墨拓小对联,问叔祖"好在哪里"?得到的解说有些听不懂,只有一句至今记得是"只是俗些"。大约板桥的字,在正统的书家眼里,这个"俗"字的批评,当然免除不了,由于正统书家评论的影响,在社会上非书家的人,自然也会"道听途说"。于是板桥书法与那个"俗"字便牢不可分了。

平心而论,板桥的中年精楷,笔力坚卓,章法联贯,在毫不吃力之中,自然地、轻松地收到清新而严肃的效果。拿来和当时张照以下诸名家相比,不但毫无逊色,还让观者看到处处是出自碑帖的,但谁也指不出哪笔是出于哪种碑帖。乾隆时的书家,世称"成刘翁铁",成王的刀斩斧齐,不像写楷书,而像笔笔向观者"示威";刘墉的疲惫骄蹇,专摹翻版阁帖,像患风瘫的病人,至少需要两人搀扶走路,如一撒手,便会瘫坐在地上。翁方纲专摹翻版《化度寺碑》,他把真唐石本鉴定为宋翻本,把宋翻本认为才是真唐石。这还不算,他有论书法的有名诗句说"浑朴常居用笔先",真不知笔没落纸,怎样已经事先就浑朴了呢?所以翁的楷书,每一笔都不见毫锋,浑头浑脑,直接看去,都像用蜡纸描摹的宋翻《化度寺碑》,如以这些位书家为标准,板桥当然不及格了。

板桥的行书,处处像是信手拈来的,而笔力流畅中处处有法度,特别是纯联绵的大草书,有点画,见使转,在他的各体中最见极深、极高的造诣,可惜这种字体的作品流传不多。特别值得一提的是他批县民的诉状时,无论是处理什么问题,甚至有时发怒驳斥上诉人时,写的批字,也毫不含糊潦草,真可见这位县太爷负责到底的精神。史载乾隆有一次问刘墉对某一事的意见,刘墉答以"也好"二字,受到皇帝的申斥,设想这位惯说"也好"的"协办大学士"(相当今天的副总理),若当知县,他的批语会这样去写吗?

我曾作过一些《论书绝句》,曾说:"刻舟求剑翁北平,我所不解刘诸城。"又说:"坦白胸襟品最高,神寒骨重墨萧寥。朱文印小人千古,二十年前旧板桥。"任何人对任何事物的评论,都不可能毫无主观的爱憎在内。但客观情况究竟摆在那里,所评的恰当与否,尽管对半开、四六开、三七开、二八开、一九开,究竟还有评论者的正确部分在。我的《论书绝句》被一位老朋友看到,写信说我的议论"可以惊四筵而不可以适独坐",话很委婉,实际是说我有些哗众取宠,也就是说板桥的书法不宜压过翁刘,我当然敬领教言。今天又提出来,只是述说有过那么几句拙诗罢了!

板桥的名声,到了今天已经跨出国界。随着中国的历代书画艺术受到世界各国艺术家和研究者的重视,一位某代的书画家,甚至某家一件名作,都会有人拿来作为专题加以研究,写出论文,传播于世界,板桥先生和他的作品当然也在其中。我曾在拙作《论书绝句》中赞颂板桥先生的那首诗后,写过一段小注,这是我对板桥先生的认识和衷心的感受。现在不避读者赐以"炒冷饭"之讥,再次抄在下边,敬请读者评量印可:

二百数十年来,人无论男女,年无论老幼,地无论南北,今更推而广之,国无论东西,而不知郑板桥先生之名者,未之有也。先生之书,结体精严,笔力凝重,而运用出之自然,点画不取矫饰,平视其并时名家,盖未见骨重神寒如先生者焉。

　　当其休官卖画,以游戏笔墨博醵贾之黄金时,于是杂以篆隶,甚至谐称为六分半书,正其嬉笑玩世之所为,世人或欲考其余三分半书落于何处,此甘为古人侮弄而不自知者,宁不深堪悯笑乎?先生之名高,或谓以书画,或谓以诗文,或谓以循绩,吾窃以为俱是而俱非也。盖其人秉刚正之性,而出以柔逊之行,胸中无不可言之事,笔下无不易解之辞,此其所以独绝今古者。

　　先生尝取刘宾客诗句刻为小印,文曰:"二十年前旧板桥。"觉韩信之赏淮阴少年,李广之诛灞陵醉尉,甚至项羽之喻衣锦昼行,俱有不及钤此小印时之躁释矜平者也。

板桥先生达观通脱,人所共知,自己在诗集之前有一段小叙云:"板桥诗文,最不喜求人作叙。求之王公大人,既以借光为可耻;求之湖海名流,必至含讥带讪,遭其荼毒而无可如何,总不如不叙为得也。"多么自重自爱!但还免不了有些投赠之作。但观集中所投赠的人,所称赞的话,都是有真值得他称赞的地方。绝没有泛泛应酬的诗篇。即如他对袁子才,更是真挚地爱其才华,见于当时的一些记录。出于衷心的佩服,自然不免有所称赞,也就才有投赠的诗篇。但诗集末尾,只存两句:"室藏美妇邻夸艳,君有奇才我不贫。"这又是什么缘故?袁氏《随园诗话》(卷九)有一条云:"兴化郑板桥作宰山东,与余从未识面。有误传余死者,板桥大哭,以足蹋地,余闻而感焉……板桥深于时文,工画,诗非所长。佳句云:'月来满地水,云起一天山.'……"佳句举了三联,却说诗非所长,这矛盾又增加了我的好奇心。一九六三年在成都四川省博物馆见到一件板桥写的堂幅,是七律一首,云:

晨兴断雁几文人,错落江河湖海滨。抹去春秋自花实,逼来霜雪更枯筠。女称绝色邻夸艳,君有奇才我不贫。不买明珠买明镜,爱他光怪是先秦。(款称:"奉赠简斋老先生,板桥弟郑燮。")

按:"女称绝色"原是比喻,衬托"君有奇才"的。但那时候人家的闺阁中人是不许可品头论足的。"女称绝色",确易被人误解是说对方的女儿。再看此诗,也确有许多词不达意处,大约正是孔子所说"有所好乐则不得其正"的。"诗非所长"的评语大概即指这类作品,而不是指"月来满地水"那些佳句。可能作者也有所察觉,所以集中只收两句,上句还是改作的。当时媵可以赠给朋友,夸上几句,是与夸"女公子"有所不同的。科举时代,入翰林的人,无论年龄大小,都被称老先生,以年龄论,郑比袁还大着二十二岁,这在今日也须解释一下的。

还有一事,也是袁子才误传的。《随园诗话》卷六有一条云:"郑板桥爱徐青藤诗,尝刻一印云'徐青藤门下走狗'。"又云:"童二树亦重青藤,题青藤小像云,'尚有一灯传郑燮,甘心走狗列门墙'。"其后有几家的笔记都沿袭了这个说法。今天我们看到了若干板桥书画上的印章,只有"青藤门下牛马走"一印。"牛马走"是司马迁自己的谦称,他既承袭父亲的职业,作了太史令,仍自谦说只是太史衙门中的一名走卒,板桥自称是徐青藤门下的走卒,是活用典故,童钰诗句,因为这个七言句中,实在无法嵌入"牛马走"三字。而袁氏即据此诗句,说板桥刻了这样词句的印章,可说是未达一间。对于以上二事,我个人的看法是:板桥一向自爱,但这次由于爱才心切,主动地对"文学权威"、翰林出身的袁子才作了词不达意的一首诗,落得了"诗非所长",又被自负博学的袁子才误解"牛马走"为"走狗",这就不能不说板桥也有咎由自取之处了。袁子才的诗文,我们不能不钦佩,他的处世方法,也不能说"门槛不精"。他对两江总督尹继善,极尽巴结之能事,但尹氏诗中自注说"子才非请不到",两相比较,郑公就不免天真多于世故了。

恽南田的书髓文心
——记恽南田赠王石谷杂书册

江南从来是人文荟萃之乡,书画艺术历史上,更出现过不少的杰出名家。即明清两代特别著名的书画家,绝大多数生于江浙。书画名作,三百年来,当然以乾隆内府所收为最富,但自鸦片战争以后,陆续散失迁徙,解放后各博物馆大力收集,才逐渐得到妥善地保存和系统的整理。全国博物馆虽不少,论收存最富的,不过三四个单位,而江南名迹,无疑以上海博物馆征集起来,最具优越条件。

我个人到上海博物馆参观,包括参加鉴定工作,已有若干次,在馆里获见的书画珍品,从晋唐到明清,真可说是"目不暇接"。如果从头记述,即千百张纸,也未必能够记全。现在为了建馆三十五周年的庆典,特把我今年年初在馆中所见的一件绝妙之品,略加阐述。对馆中藏品来说,清初名家这一小册,几乎要算长江的尾闾;对恽南田(寿平)的艺术来说,我的阐述只是管中的豹斑,勉为写出,以求馆内馆外的专家和读者指教。

恽南田杂书一册,共十七开,道光间人跋一开。计七言、五言古诗各一首,七言绝句题王石谷(翚)画四首,又赠石谷六首,散语八段,《记秋山图始末》一篇。其中纪年二处一为庚戌,南田三十八岁;一为壬子,南田四十岁。各条散语,亦多记与石谷谈论之事,记秋山图,更是听了石谷述说那件往事而加以记载的。诗和几条散语都特别提出与石谷的交谊,以及对石谷画的赞扬。论书画的见解,更是异常透彻。最后记元代黄子久所画秋山图事,借一幅画的流传鉴定故事,发抒自己沧桑之感,措语无不平易晓畅,而一唱三叹,足使读者为之回肠荡气。这一册的书法,当然是南田的精品,只要打开册页,便可有目共见,而他的文章议论,就非详读细玩,是不易进一步剖析的。

南田的书法风格,大约可分三类:常见所作没骨花卉,彩翠绚烂,题字亦必作极其妍媚之体,用笔结字在褚登善、赵子昂之间,但绝没有丝毫忸怩之态,大大方方的。另一类是书札中常见的字体,取办于仓促之间,无意求工,却有自然流动的风致。至于他最经意的字迹,则是一种接近黄山谷(庭坚)、倪云林(瓒)风格的,字的中心紧密、四外伸张,如吴带当风,在庄重之中,有潇洒之致。所见只有在他得意的山水画题跋中和一些比较郑重的文章上,才用这类字体。现在这一册即是用这种风格写出的。不见此册,不知南田书法的真造诣。

从前常听到有人指着南田自题没骨花卉那一体说这是"画家字",也就是说南田的字只是画面的附庸,不配算"书家"的字,变相说他缺少书家的专门修养。我觉得此类评论很不公道,并未全面了解南田的书法,因此作过一首小诗说:

头面顶礼南田翁,"画家字"说殊不公。
千金宝刀十五女,极妍尽利将无同。

古乐府有一首是:"千金买宝刀,悬著中梁柱。一日三摩挲,剧于十五女。"宝刀与美女的特点,是妍和利,岂不正是南田的书格吗?妍而且利的书风,在这册杂书中,是看得最清楚的。

南田的画，每构一图，每落一笔，都是经过匠心思考的，这在画面上处处可见。而题画之语，也无不极意经营。我见过几叶他的手稿，都是题画的底稿，即使是四字标题，一、二行年月名款，都经过起草，常常调整更换它的位置，这种稿本，听说在江南有数册之多，可见南田这种一丝不苟的精神是一贯的。其实这册中无论是诗，是散语，是长篇的文章，都是在这个精神指导下写的。不但写哪首、写哪段经过精心选择，写时的谨慎，写前的打磨，也是随处可见的，而南田"文心"之妙，又为书画所掩，表而出之，实是后学无可旁贷的职责。

南田与石谷交谊敦笃，无论在此册中，或在其他题跋中都随处可见。但少见石谷在文学上有所表现。大约石谷的文学修养，相当有限，所以在他画中很少有富于风味的题语。石谷也有几个大画卷后有长篇论画的题跋，总是整整齐齐的一大段，不能不令人怀疑是有人替他起草的。南田在此册中也明白地提到：

> 昔人云：不读万卷，不行万里，不可作画。故大年（赵令穰）有朝陵之讥，东村（周臣）遂不得贤于子畏（唐寅），而吾石谷子则不必然而画已登峰矣。

好一个"不必然"，当面赠贻的话，恭维是常情，而这里竟自作如此不客气的客气话，石谷的文学修养，也就不问可知。那么石谷的那些长题，说不定就有南田捉刀的。

对书画的议论，鞭辟入里，玲珑剔透，也是南田所最擅场的，散语中论董香光（其昌）书法一段最为精到。董字风格，确实很难譬喻，他这风格的形成和利弊，也很难探索和评论，南田却把董字讲得近情近理。他说："文敏（董的谥）秀绝故弱，秀不掩弱，限于资地,故上石辄不得佳。孙子(承公)谓其不足在是,其高超亦在是。何也?昔人往往以己所不足处求进,伏习既久,研炼益贯,必至偏重,所谓矫枉者过其正也,书家习气皆于此生。"所论这种道理,也适合于各类艺术,甚至许多事物。但能说得如此恰当深入的,却还少见。他又说:"气习者,即用力之过,不能适补其本分之不足,而转增其气力之有余,而涵养未至,陶铸琢磨之功不足以胜之。是以艺成习亦随之,或至纯任习气而无书者。"这种情况,不待远求,即以董氏同时的人如张二水的棱角,稍后傅青主的纠绕,岂不正是很好的例证?最后说:"惟文敏用力之久,如瘠者饮药,令举体充悦光泽,而不为腾溢,故宁恒见不足,勿使有余。其自许渐老渐熟,乃造平淡,此真千古名言,亦一生甘苦之至言,可与知者道也。"这虽是论董书,实际上也是南田"夫子自道也"。

这册中,南田自己的改笔,随处俱有,从所改的字句,可以见到他字斟句酌的匠心,添注涂改本是作家执笔起草时必不可免的。昔人从某些名家改稿中获得诗文作法道理的事,在文献记载中非常之多,都是极有价值的。这一册共十四段(一组诗算一段)。有修改字句的九段,有空字未填的一段。其中"记秋山图始末"一段改动最多,甚至有在已改处再改的。

现在略举最具匠心的几段为例:

> 余为石谷题画诗几数十首,将悉芟率尔酬应之作,择其意得者,另书一卷,为山人拊掌之资。

改笔把"意得"二字改为"小有致"三字。按"意得"是意"有所得",与"得意"不同,已较谦虚,又改为"小有致",更十分客气了。又在论董书一段中"是以书成习气亦成"句,改为"是以艺成习亦随之"。

"书"改为"艺",范围转宽了,"习气亦成"改为"习亦随之",不但化僵硬为柔和,而且体现了安雅的风度。又提到董书"故恒见不足,勿使有余","勿使"是出于主动,则"不足"并非本有不足,已很明白,而改笔又添一"宁"字,于是"不足"完全由于主动,与"勿使"相应,就丝毫无可误会了。

有一条论写生花卉的习气更空了二字的地方:

> 写生家日研弄脂粉,搴花探蕊,致有□□习气,岂若董巨长皱大点,墨雨淋漓,吞吐造化之为快乎?剑门樵客(王石谷的别号)以此傲南田,宜也。

这分明是一段抑己扬人的客气话,写生家的"习气"是什么,抑重了,太屈心,抑轻了,又与下文扬处不相应,从起草至送到石谷手中,不知经过多少时间,还是一块空白纸,"富于千篇,穷于一字。"虽南田亦不能免。也许是像昔人对天承认罪过所说的"两日科头,一朝露坐"那种"自我检讨"吧?

至于《记秋山图始末》一篇,更是洋洋洒洒的一篇大文,也是南田惨淡经营的一篇杰作。它的本事是这样:王烟客(时敏)早年听董香光谈论元代黄子久(公望)有一幅《秋山图》,如何如何精美。烟客经过京口,在藏者张氏家见到此图,感觉果然神妙,要求收买,藏家不同意,后来再去,藏者不见面了。烟客告诉王石谷,石谷告诉王长安(永宁),王长安是吴三桂的女婿,住在苏州拙政园,从张氏后人手中买到张家全部收藏的金石书画,其中就有《秋山图》。及至石谷见到原画,并不像烟客所形容的那么好,又请烟客和王玄照(鉴)看,也都不觉满意,王长安怀疑了,石谷与玄照设法假意赞赏,才算了事。

兹从其改笔顺序举几处例证，说明南田临文的匠心，也可看出他的苦心。谈到烟客首次拜访藏家，是拿着董香光的介绍信，及至再去，主人不见，说：

因知向所殷勤，在推宗伯（董的官）之余也。

烟客在当时为江南大族文人的重望，他的儿孙也在清朝通籍，做了大官。面子是不能有所损伤的。改为：

奉尝（奉常，王烟客的官，改写"常"为"尝"，南田避明讳）徘徊淹久而去。

这不仅无损烟客的威望，在文情上既显得令人惆怅，又增加名画的可想而难见的神秘性。又记：

须臾传王奉尝来，先呼石谷与语。

在"来"字下，加"奉尝舟中"四字。显得烟客的身份，尚未下船，先与石谷相问，自与入门后私语有别。但不知当日苏州街道如何，在今日船是无从到拙政园门的。既在船中呼语，则石谷远迎，更见烟客之尊，石谷之敬。最后王玄照来：

又顷王玄照郡伯亦至，石谷亟先谕意郡伯，郡伯诺，乃入。大呼秋山图来，披指灵妙，赞叹缕缕不绝口，戏谓王氏非厚福不能得奇宝。

改笔抹去"石谷瓯先"至"乃入"十三字,而在"谓"上加一"戏"字。所抹十三字,确实累赘,于文中为败笔,抹去诚然应该,但如何交代王玄照并没有认假为真,也正是个难事。用一"戏"字,则省却若干事前的交代。这种稿本,最有益于学写作的人,可惜像南田这等水平的文章草稿,得之不易!

记王长安得了黄子久的次品画竟然不悟时,说他"至死不悟"。用墨涂去"死"字,改写"今"字,我想这或是嫌"死"字太硬,或是因这时王长安尚未死。按王应奎《柳南随笔》卷六记:

康熙乙巳,吴逆三桂遣人持数千金至吴收古书画器物。

按王长安名永宁,是吴三桂的女婿,在苏州买古物,无疑即包括这次收购的。乙巳为康熙四年,撤藩在康熙十二年。阮葵生《茶余客话》卷八记吴门拙政园为平西王婿王永宁所有,又说:

滇黔逆作,王永宁惧而先死。

这册杂书中两处纪年,后一处是壬子,即康熙十一年,这时吴三桂还没叛,王永宁还没死,那么改为"今"字,只是修词之需了。册中改笔都用圈围或旁点办法表示删除,只有此二处用墨涂抹,我先从影印本上看字迹的大概形状,推测应是某字,这次从原迹上看,涂的墨并不浓,底字清楚可见,推测固然未误,又似南田有意给人留出谜底。

原稿记:"奉尝亦阅沧桑且五六十年。"改笔点去"六"字,又改"五"为"三"。按明亡在甲申,下距乙巳为二十二年。至壬子为二十九年,那么"且五六十年",实是南田误算到他起稿的时候了。

"始末"中记烟客二次访张氏,张氏不再见他是"出使南还道京口"。烟客最后一次以尚宝卿出使福建,在天启七年,他三十六岁。那么初次到京口看画时,年龄比三十六岁还要小。到乙巳在吴门重看《秋山图》时,已七十六岁,相隔四十多年,感觉当然不会相同,而眼力增进,也是合理的事。文中说烟客在舟中先问石谷说:

> 王氏已得秋山乎?石谷诧曰未也,奉尝曰赝耶?曰"是真一峰(黄子久别号)物"。曰得矣,何诧为?曰昔者先生所说,历历不忘,今否否,乌睹所谓秋山哉!

改笔把"真"改为"亦","物"改为"也",语意偏轻,几似说它是伪物,加上最末说:"王郎(石谷)为予述此,且订异日同访秋山真本。"那么"真一峰物",至此已成伪物,好似名图真会"幻化"了。

总之,烟客三十余岁时,先入董香光的吹嘘言词,看到画后又买不到手,愈想慕愈觉其好,本是人所常有的极平常心理,而经南田这篇文章一写,反使人觉得扑朔迷离,成了疑案。但南田写此文,本不同于今天写"书画鉴定意见书",而是用传奇笔法,借名画故事,以寓沧桑之感而已。论文章,是名作佳篇;论鉴定,是疑阵冤案。这册最可贵处,是修改的线索分明,加之书法的精良,确实堪称双绝。

一九八七年

玩物而不丧志

"玩物丧志"这句话,见于所谓伪古文《尚书》,好似"玩物"和"丧志"是有必然因果关系的。近代番禺叶遐庵先生有一方收藏印章,印文是"玩物而不丧志"。表面似乎很浅,易被理解为只是声明自己的玩物能够不至丧志,其实这句印文很有深意,正是说明玩物的行动,并不应一律与丧志联在一起,更不见得每一个玩物者都必然丧志。

我的一位挚友王世襄先生,是一位最不丧志的玩物大家。大家二字,并非专指他名头高大,实为说明他的玩物是既有广度,又有深度。先说广度:他深通中国古典文学,能古文,能骈文,能作诗,能填词。外文通几国的我不懂,但见他不待思索地率意聊天,说的是英语。他写一手欧体字,还深藏若虚地画一笔山水花卉。喜养鸟、养鹰、养猎犬、能打猎;喜养鸽,收集鸽哨;养蟋蟀等虫,收集养虫的葫芦。玩葫芦器,就自己种葫芦,雕模具。制成的葫芦器,上有自己的别号,曾流传出去,被人误认为古代制品,印入图录,定为乾隆时物。

再说深度:他对艺术理论有深刻的理解和透彻的研究。把中国古代绘画理论条分缕析,使得一向说得似乎玄妙莫测而且又千头万绪的古代论画著作,搜集爬梳,既使纷繁纳入条理,又使深奥变为显豁。读起来,那些抽象的比拟,都可以了如指掌了。

王先生于一切工艺品不但都有深挚的爱好,而且都要加以进一步的了解。不辞劳苦地亲自解剖。所谓解剖,不仅指拆开看看,而是从原料、规格、流派、地区、艺人的传授等等,无一不要弄得清清楚楚。为弄清楚,常常谦虚地、虔诚地拜访民间老工艺家求教。因此,一些晓市、茶馆,黎明时民间艺人已经光临,他也绝不迟到,交下了若干行业中有若干项专长绝技的良师益友。"相忘江湖",使得那些位专家对这位青年,谁也不管他是什么家世、学历、工作,更不用说有什么学问著述,而成了知己。举一个有趣的小例:他爱自己炒菜,每天到菜市排队。有一位老庖师和他谈起话来说:"干咱们这一行……"就这样把他真当成"同行"。因此也可以见他的衣着、语言、对人的态度,和这位老师傅是如何地水乳,使这位老人不疑他不是"同行"。

王先生有三位舅父,一位是画家,两位是竹刻家。那位画家门生众多,是一位宗师,那两位竹刻家除留下刻竹作品外,只有些笔记材料,交给他整理。他于是从头讲起,把刻竹艺术的各个方面周详地叙述,并阐发亲身闻见于舅氏的刻竹心得,出版了那册《刻竹小言》,完善了也是首创了刻竹艺术的全史。

他爱收集明清木器家具,家里院子大、房屋多,家具也就易于陈设欣赏。忽然全家凭空被压缩到一小间屋中去住,一住住了十年。十年后才一间一间地慢慢松开。家具也由一旦全部被人英雄般地搬走,到神仙般地搬回,家具和房屋的矛盾是不难想象的。就是这样的搬走搬回,还不止一次。那么家具的主人又是如何把这宗体积大、数量多的木器收进一间、半间的"宝葫芦"中呢?毫不神奇,主人深通家具制造之法,会拆卸,也会攒回,他就拆开捆起,叠高存放。因为怕再有英雄神仙搬来搬去,就没日没夜地写出有关明式家具的专书,得到海内外读者的热烈喝彩。

最近又掏出尘封土积中的葫芦器,其中有的是他自己种出来的。制造器皿的过程是从画式样、旋模具起,经过装套在嫩小葫芦上,到收获时打开模子,选取成功之品,再加工镶口装盖以至髹漆葫芦器里子等。可以断言,这比亲口咀嚼"粒粒辛苦"的"盘中餐",滋味之美,必有过之而无不及!现在和那些木器家具一样,免于再积入尘土,赶紧写出这部《说葫芦》专书,使工艺美术史上又平添出一部重要的科学论著。我们优先获得阅读的人,得以分尝盘中辛苦种出的一粒禾,其幸福欣慰之感,并不减于种禾的主人。

写到这里,不能不再谈王先生深入研究的一项大工艺,他全面地、深入地研究漆工的全部技术。不止如上说到的漆葫芦器里子。大家都知道,木器家具与漆工是密不可分的。王先生为了真正地、内行地、历史地了解漆工技术,我确知他曾向多少民间老漆工求教。众所周知,民间工艺家,除非是自己可信的门徒是绝不轻易传授秘诀的。也不必问王先生是否屈膝下拜过那些身怀绝技的老师傅。但我敢断言,他所献出的诚敬精神,定比有形的屈膝下拜高多少倍,绝不是向身怀绝艺的人颐指气使地命令说"你们给我掏出来"所能获得的。我听说过漆工中最难最高的技术是漆古琴和修古琴,我又知王先生最爱古琴,那么他研究漆工艺术是由古琴到木器,还是由木器到古琴,也不必询问了。他注解过唯一的一部讲漆工的书《髹饰录》。我们知道,注艺术书注词句易,注技术难。王先生这部《髹饰录解说》不但开辟了技术书注解的先河,同时也是许多古书注解所不能及的。如果有人怀疑我这话,我便要问他,《诗经》的诗怎么唱?《仪礼》的仪节什么样?周鼎商彝在案上哪里放?古人所睡是多长多宽的炕?而《髹饰录》的注解者却可以盎然自得地傲视郑康成。这一段话似乎节外生枝,与葫芦器无关。但我要郑重地敬告读者:王世襄先生所著的哪怕是薄薄的一本小册,内容讲的哪怕是区区一种小玩具,他所倾注的心血精力,都不减于对

《髹饰录》的注解。

旧时社会上的"世家"中,无论为官的、有钱的、读书的,有所玩好,都讲"雅玩"。"雅"字不仅是艺术的观念,也是摆出身份的标准。"玩"字只表示是居高临下的欣赏,不表示研究。其实不研究的欣赏,没有不是"假行家"。而"假行家"又"上大瘾"的,就没有不丧志的。怎样丧志,不外乎巧取豪夺,自欺欺人,从丧志沦为丧德。而王世襄先生的"玩物",不是"玩物"而是"研物";他不但不曾"丧志"而是"立志"。他向古今典籍、前辈耆献、民间艺师取得的和自己几十年辛苦实践相印证,写出了这些部已出版、未出版、将出版的书。可以断言,这一本本、一页页、一行行、一字字,无一不是中华民族文化的注脚,并不止《说葫芦》这一本!

谈诗书画的关系

首先说明，这里所说的诗是指汉诗，书指汉字的书法，画指中国画。

大约自从唐代郑虔以同时擅长诗书画被称为"三绝"以后，这便成了书画家多才多艺的美称，甚至成为对一个书画家的要求条件。但这仅止是说明三项艺术具备在某一作者身上，并不说明三者的内在关系。

古代又有人称赞唐代王维"诗中有画、画中有诗"，以后又成了对诗、画评价的常用考语。这比泛称三绝的说法，当然是进了一步。现在拟从几个不同的角度，探索一下诗书画的关系。

一

"诗"的涵义。最初不过是徒歌的谣谚或带乐的唱辞，在古代由于它和人们的生活有着密切的关系，又发展到政治、外交的领域中，起着许多作用。再后某些具有政治野心、统治欲望的"理论家"硬把古代某些歌辞解释成为含有"微言大义"的教条，那些记录下来的歌辞又上升为儒家的"经典"。这是诗在中国古代曾被扣上过的几层帽子。

客观一些，从哲学、美学的角度论的"诗"，又成了"美"的极高代称。一切山河大地、秋月春风、巍峨的建筑、优美的舞姿、悲欢离合的生活、壮烈牺牲的事迹等等，都可以被加上"诗一般的"这句美誉。若从这个角度来论,则书与画也可被包罗进去。现在收束回来,只谈文学范畴的"诗"。

二

诗与书的关系。从广义来说,一个美好的书法作品,也有资格被加上"诗一般的"四字桂冠,现在从狭义讨论,我便认为诗与书的关系远远比不上诗与画的关系深厚。再缩小一步,我曾认为书法不能脱离文辞而独立存在,即使只写一个字,那一个字也必有它的意义。例如写一个"喜"字或一个"福"字,都代表着人们的愿望。一个"佛"字,在佛教传入以后,译经者用它来对梵音,不过是一个声音的符号,而纸上写的"佛"字,贴在墙上,就有人向它膜拜。所拜并非写的笔法墨法,而是这个字所代表的意义。所以我曾认为书法是文辞以至诗文的"载体"。近来有人设想把书法从文辞中脱离出来而独立存在,这应怎么办,我真是百思不得其法。

但转念书法与文辞也不是随便抓来便可用的瓶瓶罐罐,可以任意盛任何东西。一个出土的瓷虎子,如果摆在案上插花,懂得古器物的人看来,究竟不雅。所以即使瓶瓶罐罐,也不是没有各自的用途。书法即使作为"载体",也不是毫无条件的;文辞内容与书风,也不是毫无关联的。唐代孙过庭《书谱》说:"写《乐毅》则情多怫郁,书《画赞》则意涉瑰奇,《黄庭经》则怡怿虚无,《太师箴》又纵横争折。暨乎兰亭兴集,思逸神超;私门诫誓,情拘志惨。所谓涉乐方笑,言哀已叹。"王羲之的这些帖上是否果然分别表现着这些种情绪,其中有无孙氏的主观想象,今已无从在千翻百刻的死帖中得到印证,但字迹与书写时的情绪会有关系,则是合乎情理的。这是讲写者的情绪对写出的风格有所影响。

还有所写的文辞与字迹风格也有适宜与否的问题。例如用颜真卿肥厚的笔法、圆满的结字来写李商隐的"昨夜星辰昨夜风"之类的无题诗,或用褚遂良柔媚的笔怯、俊俏的结字来写"杀气冲霄,儿郎虎豹"之类的花脸戏词,也使人觉得不是滋味。

归结来说,诗与书,有些关系,但不如诗与画的关系么密切,也不如那么复杂。

三

书与画的关系问题。这是一个大马蜂窝,不可随便乱捅。因为稍稍一捅,即会引起无穷的争论。但题目所逼,又不能避而不谈,只好说说纯粹属于我个人的私见,并不想"执途人以强同"。

我个人认为"书画同源"这个成语最为"书画相关论"者所引据,但同"源"之后,当前的"流"还同不同呢?按神话说,人类同出于亚当、夏娃,源相同了,为什么后世还有国与国的争端,为什么还有种族的差别,为什么还要语言的翻译呢?可见"当流说流"是现实的态度,源不等于流,也无法代替流。

我认为写出的好字,是一个个富有弹力、血脉灵活、寓变化于规范中的图案,一行一篇又是成倍数、方数增加的复杂图案。写字的工具是毛笔,与作画的工具相同,在某些点画效果上有其共同之处。最明显的例如元代柯九思、吴镇,明清之间的龚贤、渐江等等,他们画的竹叶、树枝、山石轮廓和皴法,都几乎完全与字迹的笔画调子相同,但这不等于书画本身的相同。

书与画,以艺术品种说,虽然殊途,但在人的生活上的作用,却有共同之处。一幅画供人欣赏,一幅字也无二致。我曾误认文化修养不深的人、不擅长写字的人必然只爱画不爱字,结果并不然。一幅好字吸引人,往往并不少于一幅好画。

书法在一个国家民族中,既具有"上下千年、纵横万里"的经历,直到今天还在受人爱好,必有它的特殊因素。又不但在使用这种文字的国家民族中如此,而且越来越多地受到并不使用这种文字的兄弟国家民族的艺术家们注意。为什么?这是个值得探索的问题。

我认为如果能找到书法艺术所以能起如此作用,能有如此影响的原因,把这个"因"和画类同样的"因"相比才能得出它们的真正关系。这种"因"是两者关系的内核,它深于、广于工具、点画、形象、风格等等外露的因素。所以我想与其说"书画同源",不如说"书画同核",似乎更能概括它们的关系。

有人说,这个"核"究竟应该怎样理解,它包括哪些内容?甚至应该探讨一下它是如何形成的。现在就这个问题作一些探索。

一、民族的习惯和工具:许多人长久共同生活在一块土地上,由于种种条件,使他们使用共同的工具;

二、共同的好恶:无论是先天生理的或后天习染的,在交通不便时,久而蕴成共同心理、情调以至共同的好恶,进而成为共同的道德标准、教育内容;

三、共同的表现方法:用某种语辞表达某些事物、情感,成为共同语言。用共同办法来表现某些形象,成为共同的艺术手法;

四、共同的传统:以上各种习惯,日久成为共同的各方面的传统;

五、合成了"信号":以上这一切,合成了一种"信号",它足以使人看到甲联想乙,所谓"对竹思鹤""爱屋及乌",同时它又能支配生活和影响艺术创作。合乎这个信号的即被认为谐调,否则即被认为不谐调。

所以我以为如果问诗书画的共同"内核"是什么,是否可以说即是这种多方面的共同习惯所合成的"信号"。一切好恶的标准,表现的手法,敏感而易融的联想,相对稳定甚至于有排他性的传统,在本民族(或集团)以外的人,可能原来无此感觉,但这些"信号"是经久提炼而成的,它的感染力也绝不永久限于本土,它也会感染别人,或与别的信号相结合,而成为新的文化艺术品种。

当这个信号与另一民族的信号相遇而有所比较时,又会发现彼此的不足或多余。所谓不足、多余的范围,从广大到细微,从抽象到具体,并非片言可尽。姑从缩小范围的诗画题材和内容来看,如把某些诗歌中常用的词汇、所反映的生活,加以统计,它的雷同重复的程度,会使人吃惊甚至发笑。某些时代某些诗人、画家总有爱咏、爱画的某些事物,又常爱那样去咏、那样去画。也有绝不"入诗""入画"的东西和绝不使用的手法。彼此影响,互相补充,也常出现新的风格流派。

这种彼此影响,互成增减的结果,当然各自有所变化,但在变化中又必然都带有其固有的传统特征。那些特征,也可算作"信号"中的组成部分。它往往顽强地表现着,即使接受了乙方条件的甲方,还常能使人看出它是甲而不是乙。

再总括来说,前所谓的"核",也就是一个民族文化艺术上由于共同工具、共同思想、共同方法、共同传统所合成的那种"信号"。

四

诗与画的关系。我认为诗与画是同胞兄弟,它们有一个共同的母亲,即是生活。具体些说,即是它们都来自生活中的环境、感情等等,都有美的要求、有动人力量的要求等等。如果没有环境的启发、感情的激动,写出的诗或画,必然是无病呻吟或枯燥乏味的。如果创作时没有美的要求,不想有动人的力量,也必然使观者、读者味同嚼蜡。

这些相同之处,不是人人都同时具备的,也就是说不是画家都是诗人,诗人也不都是画家。但一首好诗和一幅好画,给人们的享受则是各有一定的分量,有不同而同的内核。这话似乎未免太笼统、太抽象了。但这个原则,应该是不难理解的。

从具体作品来说,略有以下几个角度:

一、评王维的"诗中有画,画中有诗"这两句名言,事实上已把诗画的关系缩得非常之小了。请看王维诗中的"画境"名句,如"山中一夜雨,树杪百重泉""竹喧归浣女,莲动下渔舟""草枯鹰眼疾,雪尽马蹄轻""坐看红树不知远,行尽青山忽见人"等等著名佳句,也不过是达到了情景交融甚或只够写景生动的效果。其实这类情景丰富的诗句或诗篇,并不止王维独有,像李白、杜甫诸家,也有许多可以媲美甚至超过的。李白如"朝辞白帝彩云间""天门中断楚江开",《蜀道难》诸作;杜甫如"吴楚东南坼""无边落木萧萧下",《奉观严郑公厅事岷山沱江画图十韵》诸作,哪句不是"诗中有画"?只因王维能画,所以还有下句"画中有诗",于是特别取得"优惠待遇"而已。

至于王维画是个什么样子,今天已无从得以目验。史书上说他"云峰石迹,迥出天机;笔思纵横,参乎造化"。这两句倒真达到了诗画交融的高度,但又夸张得令人难以想象了。试从商周刻铸的器物花纹看起,中经汉魏六朝,隋唐宋元,直到今天的中外名画,又哪一件可以证明"天机""造化"是个什么程度?王维的真迹已无一存,无从加以证实,那么王维的画便永远在"诗一般的"极高标准中"缺席判决"地存在着。以上是说诗与画二者同时具备于一人笔下的问题。

二、画面境界会因诗而丰富提高。画是有形的,而又有它的先天局限性。画某人的像,如不写明,不认识这个人的观者就无从知道是谁。一个风景,也无从知道画上的东西南北。等等情况,都需要画外的补充。而补充的方法,又不能在画面上多加小注。即使加注,也只能注些人名、地名、花果名、故事名,却无从注明其中要表现的感情。事实上画上的几个字的题辞以至题诗,都起着注明的作用,如一人骑驴,可以写"出游""吟诗""访友"甚至"回家",都可因图名而唤起观者的联想,丰富了图中的意境,题诗更足以发挥这种功能。但那些把图中事物摘出排列成为五、七言有韵的"提货单",则不在此内(不举例了)。

杜甫那首《奉观严郑公厅事岷山沱江画图》诗,首云:"沱水流中坐,岷山到北堂",这幅画我们已无从看到,但可知画上未必在山上注写"岷山",在水中注写"沱水"。即使曾有注字,而"流"和"到"也必无从注出,再退一步讲,水的"流"可用水纹表示,而山的"到",又岂能画上两脚呢!无疑这是诗人赋予图画的内容,引发观画人的情感,诗与画因此相得益彰。今天此画虽已不存,而读此诗时,画面便如在眼前。甚至可以说,如真见原画,还未必比得上读诗所想的那么完美。

再如苏轼《题虔州八境图》云:"涛头寂寞打城还,章贡台前暮霭寒,倦客登临无限思,孤云落日是长安。"我生平看到宋画,敢说相当不少了,也确有不少作品能表达出很难表达的情景,即此诗中的涛头、城郭、章贡台、暮霭、孤云、落日都不难画出,但苏诗中那种回肠荡气的感情,肯定画上是无从具体画出的。

又一首云:"朱楼深处日微明,皂盖归来酒半醒。薄暮渔樵人去尽,碧溪青嶂绕螺亭。"和前首一样,景物在图中不难一一画出,而诗中的那种惆怅心情,虽荆、关、李、范也必无从措手的。这八境图我们已知是先有画后题诗的,这分明是诗人赋予图画以感情的。但画手竟然用他的图画启发了诗人这些感情,画手也应有一份功劳。更公平地说,画的作用并不只是题诗用的一幅花笺,能引得诗人题出这样好诗的那幅画,必然不同于寻常所见的污泥浊水。

三、诗画可以互相阐发。举一个例:曾见一幅南宋人画的纨扇,另一面是南宋后期某个皇帝的题字,笔迹略似理宗。画一个大船停泊在河边,岸上一带城墙,天上一轮明月。船比较高大,几占画面三分之一,相当充塞。题字是两句诗,"沉寥明月夜,淡泊早秋天",不知是谁作的。也不知这两面纨扇,是先有字后补图,还是为图题的字。这画的特点在于诗意是冷落寂寞的,而画面上却是景物稠密的,妙处在即用这样稠密的景物,竟能把"沉寥""明月夜"和"淡泊""早秋天"的难状内容,和盘托给观者。足使任何观者都不能不承认画出了以上四项内容,而且无差错。如果先有题字,则是画手善于传出诗意,这定是深通诗意的画家;如果先有画,则是题者善于捉住画中的气氛,而用语言加工成为诗句。如诗非写者所作,则是一位善于选句的书家。总之或诗中的情感被画家领悟,或画家的情感被题者领悟,这是"相得益彰"的又一典范。

其实所见宋人画尤其许多纨扇小品,一入目来便使人发生某些情感的不一而足。有人形容美女常说"一双能说话的眼睛",我想借喻好画说它们是一幅幅"能说话的景物,能吟诗的画图"。

可以设想在明清画家高手中如唐六如、仇十洲、王石谷、恽南田诸公,如画沉寥淡泊之景,也必然不外疏林黄叶、细雨轻烟的处理手法。更特殊的是那幅画大船纨扇的画家,是处在"马一角"的时代,却不落"一角"的套子,岂能不算是豪杰之士!

四、诗画结合的变体奇迹。元代已然是"文人画"(借用董其昌语)成为主流,在创作方法上已然从画帧上贴绢立着画而转到案头上铺纸坐着画了。无论所画是山林丘壑还是枯木竹石,他们最先的前提,不是物象是否得真,而是点画是否舒适。换句话说,即是志在笔墨,而不是志在物象。物象几乎要成为舒适笔墨的载体,而这种舒适笔墨下的物象,又与他们的诗情相结合,成为一种新的东西。倪瓒那段有名的题语说他画竹只是写胸中的逸气,任凭观者看成是麻是芦,他全不管。这并非信口胡说,而确实代表了当时不仅止倪氏自己的一种创作思想。能够理解这个思想,再看他们的作品,就会透过一层。在这种创作思想支配下,画上的题诗,与物象是合是离,就更不在他们考虑之中了。

倪瓒画两棵树一个草亭,硬说它是什么山房,还振振有词地题上有人有事有情感的诗。看画面只能说它是某某山房的"遗址",因为既无山又无房,一片空旷,岂非遗址?但收藏著录或评论记载的书中,却无一写它是"遗址图"的,也没人怀疑诗是抄错了的。

到了八大山人又近了一步,画的物象,不但是"在似与不似之间",几乎可以说他简直是要以不似为主了。鹿啊、猫啊,翻着白眼,以至鱼鸟也翻白眼。哪里是所画的动物翻白眼,可以说那些动物都是画家自己的化身,在那里向世界翻着白眼。在这种画上题的诗,也就不问可知了。具体说,八大题画的诗,几乎没有一首可以讲得清楚的,想他原来也没希望让观者懂得。奇怪的是那些"天晓得"的诗,居然曾见有人为它诠释。雅言之,可说是在猜谜;俗言之,好像巫师传达神语,永远无法证实的。

但无论倪瓒或八大,他们的画或诗以及诗画合成的一幅幅作品,都是自标新义、自铸伟辞,绝不同于欺世盗名、无理取闹。所以说它们是瑰宝,是杰作,并不因为作者名高,而是因为这些诗人、画家所画的画、所写的字、所题的诗,其中都具有作者的灵魂、人格、学养。纸上表现出的艺能,不过是他们的灵魂、人格、学养升华后的反映而已。如果探索前边说过的"核",这恐怕应算核中一个部分吧!

五、诗画结合也有庸俗的情况。南宋邓椿《画继》记载过皇帝考画院的画手,以诗为题。什么"乱山藏古寺",画山中庙宇的都不及格,有人画山中露出鸱尾、旗竿的才及了格。"万绿丛中红一点",画绿叶红花的都不及格,有人画竹林中美人有一点绛唇的乃得中选。"踏花归去马蹄香",画家无法措手,有人画马蹄后追随飞舞着蜜蜂蝴蝶,便夺了魁。如此等等的故事,如果不是记录者想象捏造的,那只可以说这些画是"画谜",谜面是画,谜底是诗,庸俗无聊,难称大雅。如果是记录者想象出来的,那么那些位记录者可以说"定知非诗人"(苏轼诗句)了。

从探讨诗书画的关系,可以理解前人"诗禅""书禅""画禅"的说法,"禅"字当然太抽象,但用它来说诗、书、画本身许多不易说明的道理,反较繁征博引来得概括。那么我把三者关系说它具有"内核",可能辞不达义,但用意是不难理解的吧?我还觉得,探讨这三者之间的关系,必须对三者各自具有深刻的、全面的了解。在了解的扎实基础上再能居高临下去探索,才能知唐宋人的诗画是密合后的超脱,而倪瓒、八大的诗画则是游离中的整体。这并不矛盾,引申言之,诗书画三者间,也有其异中之同和同中之异的。

一九八五年四月十八日

台北故宫博物院珍藏书画精品复制品展览观后感言

"观后感言"这样的题目太旧了吧？不然，字字落实，都有意义。因为我看了这个展览(按，指"中国台北故宫博物院珍藏书画复制品展览")，真是"百感交集"！

我现在说的感，则是比较复杂多样，有悲有喜，有谢有盼。不避罗列条文之嫌，分别说说我之所感，呈给尊敬的读者，看看与我有几条"同感"，或还有什么"新感"。

一、感旧。"感旧"在古代诗集中是个常见的题目，多半是追忆旧游，感怀往事。今天我在展览会场上首先鲜明浮现在脑中的，是五十多年前一幕幕的情景。

那时的故宫博物院曾在院内开放好几个陈列书画的展览室，除了钟粹宫有些玻璃陈列柜外，其他展室有的就把画幅直接挂在墙上，卷册摊在桌案上。有些卷册盖上一层玻璃，有的连玻璃也没有。后来才逐渐只在钟粹宫中展览书画。

当时每张门票是"大洋"一元，但在每月初的一、二、三号，减收为三角。这在我这穷学生不但是异常优惠，此外还有极大好处。每月月初时展品必更换几件，撤去已展多时的，换上还未展过的。这三天内不但可省七角钱，还能看到新东西。重要名作展出的时间较长，往往不轻易撤换，像这次最引人注目的范宽的《溪山行旅图》、郭熙的《早春图》，当时是每次总能看到的。

我现在也忝在"鉴定家"行列中算一名小卒,姑不论我的眼力、学识够上多少分,即使在及格线下,也是来之不易的。这应该归功于当时经常的陈列和每月的更换,更难得的是我的许多师长和前辈们的品评议论。有时师友约定同去参观,有时在场临时相遇,我们这些年轻的后学,总是成群结队地追随在老辈之后。最得益处是听他们对某件书画的评论,有时他们发生不同的意见,互相辩驳,这对我们是异常难得的宝贵机会,可以从中得知许多千金难买的学问。如果还有自己不能理解的问题,或几位的论点有矛盾处,不得已,找片刻的空闲,向老辈问一下。得到的答案即使是淡淡的一句,例如说"甲某处是,乙某处非",在我脑中至今往往还起着"无等等咒"的作用。

回想当年我在钟粹宫一同参观的老辈已无一存,同学同好,至多只剩两三人。我曾直接受到的教导和从旁得到的见闻,今天在我身上已成了一担分量很重的责任,我应当把它交给后来者,但是又"谈何容易"呢!

二、感谢。我首先感谢的是各项伟大科学技术的发明,若没有现代先进的摄影、印刷种种技术,也就不会有这些"下真迹一等"、逼真活现的复制品。从文物"价格"上来看,复制品究竟不是原迹,但从它们的艺术效果上讲,应该说是"与真迹平等"的。我也曾见到过西洋的复制技术,例如所印的油画、水彩画作品,使我不但感觉那幅画的内容现于眼前,并且对那件名作的各个组成部分无论用的什么油色、什么水彩、什么布、什么纸,都可一一了然。更妙的是觉得那件作品,可以摸着触手,擎着费力,其实还只是薄薄的一张纸,这样的印刷技术不为不高了吧,但未见印刷中国古代书画有什么杰出的成品。

今天我所见到的日本所做的复制品,从卷册装帧的设计,到书画印刷效果的要求，都做得恰到好处，或说"搔着痒处"。不奇怪，由于文化传统以及对艺术的爱好标准和趣味，我们两个民族之间确实具有极其珍贵的共同基础。在这个基础上所做出的成果之优，自是不言而喻的。相反，违反了它，效果也是不言可知的。

高明的印刷术还能提高现在文物上所存的效果，例如王羲之的《快雪时晴帖》，年代太久了，纸色十分昏暗，已成了酱油颜色，在展览柜中我从来没看清过"时晴"二字，曾猜想快雪堂帖勾摹刻石时大概是"以意为之"的，现在从印本上才看清了它的笔画。又如范宽画的右下部分树林楼阁，我也从来没看清楚过。记得古人记载说范画屋宇笔力凝重，可称"铁屋"，我却说这部分是"铁板"一块黑黑地分辨不清。现在我站在复制品前，欣然自觉和宋代人所见一样了。除了要化验纸质、绢丝等无法解决外，其他部分中即使细微差别，无不可以使人"豁然心胸"的。因此，从利用价值上讲，它的方便处，已足称"上真迹一等"(乃至若干倍)了！

二玄社把这么些中国古书画加以复制，使它们化身千万，二玄社的同仁付出的辛劳，怎能不令人由衷地感谢！日本中华书店、中国国际图书贸易总公司和北京故宫博物院的协作，在故宫绘画馆中展出这些复制品，给广大艺术文物爱好者极大的眼福，又怎能不令人由衷地感谢呢！

三、感想。好端端的一块陆地，因有一条洼陷处，无情的海水，乘低流过，使得这海峡两岸的家人父子夫妇兄弟互不相聚，已若干年了。我们全家祖先的光辉文化，最集中、最突出的标志，莫过于历代文物。这些年来，在中原各省新出土的几乎近于"算数譬喻所不能及"了，以古书画论，也发现了五十年前从来没人见过的许多"重宝"。

现在二玄社已把海峡彼岸的部分古书画精品复制出来，饱了此岸人的眼福,大家看了这次展览之后,彼此交谈,不约而同地想到如何把我们此岸的精品,也给彼岸的同胞、同好们看看。我们都从童年过来的,回忆童年时得到一件好玩具,总想给小朋友看,互相比较、夸耀,中心目的还是共赏。小孩儿如此,我们今天虽早成了"大孩儿""老孩儿",可以说,我们还是童心尚在、天真未泯的。我设想一旦大大小小的天真孩童相见,心中的酸甜苦辣,谁能不抱头倾诉呢?互有的玩具,共同拿出来比较夸耀一番,岂不是弥天之乐吗?

我个人也可算文物界的一个"成员",我敢于代表,也确有把握地代表此岸有童心的大小老少诸童们"发愿","愿文"一大篇,这里只先说最小的一项:我们愿虚心学习先进的印刷技术;向日本二玄社引进先进的技术,或合作复制此岸的古书画精品,尽快给彼岸的骨肉们瞧;进一步创造条件,使两岸的原迹有并肩展出的机会;再进一步,使两岸骨肉有并肩观看展品的机会。这些机会,有!我相信有。我还相信这机会实现时,大家的眼睛一定都已看不见展品,而是被眼泪迷住了。

一九八五年七月八日